Kerstin Ehmer

Der weiße Affe

PENDRAGON

Für Emma

1

Als es hell wird und das Morgenlicht die stahlgenietete Hochbahn entlangfährt, schlurren die Hafenarbeiter zu den Spreeanlegern, schnaufen Kutschpferde in die Futtersäcke, wird in den Küchen krachend die Kaffeemühle gedreht, holpern Fahrräder und Handkarren übers Katzenkopfpflaster, schiebt die erste Lokomotive auf ihr Gleis im Görlitzer Bahnhof.

»Breslau einsteigen, Zug fährt ab«, brüllt der Bahnhofsvorsteher Wuhlke, wie immer ohne Bitte und Danke, die Reisenden zusammen. Um die Ecke hüpft seine Tochter Erika an der Hand ihres Bruders die Treppen zur Wrangelstraße runter.

»Fünf Pfennige, wenn du mir meine Zigaretten vom Dachboden im Hinterhaus holst.«

Erika nickt erfreut und verschwindet nach hinten über den ewig dunklen Hof, vorbei am Aschekasten, vorbei an der Teppichstange, an der sie manchmal Schweinebaumeln übt, vorbei an der Regentonne hinein ins Treppenhaus des Seitenflügels. Zwischen erstem und zweitem Stock ist die Tür zum Abort nur angelehnt und Erika hört den Morgenstrahl des Drahtziehers Moritz Winkhaus ins Kloset rauschen. Im Zweiten keift die Kaminke ihrem Mann hinterher, dass er sich bloß nicht unterstehen soll nach der Schicht wieder beim Bier … Dann ist die Stiege still, obwohl da einer gegen die Wand gelehnt sitzt und mit schwarzgewichsten Lederschuhen Erika den Weg versperrt. Mund steht offen, Augen starr geradeaus auf gar nichts.

Das Mädchen steigt vorsichtig über die Beine mit den Bügelfalten und klopft im Dritten. »Fräulein Hilde, Ihr Besuch ...«

Lehrter Bahnhof. Die Berlin-Hamburger-Bahn spuckt im Rauch der ächzenden Lokomotive den jungen Kriminalkommissar Ariel Spiro mit 52 Minuten Verspätung auf den überfüllten Bahnsteig.

»Braucht der Herr Hilfe mit dem restlichen Gepäck?« Ein Riese in speckigem Anzug hat sich vor ihm aufgebaut.

»Nein danke, ich hab nichts weiter.« Er weist kurz auf den Lederkoffer in seiner Hand. Er hat es eilig. Sein erster Arbeitstag und schon spät dran.

Der Riese zuckt die Achseln. »Na, ob Se damit weit kommen?« Er trollt weg.

»Zigaretten, Zigarren?« Da ist die Nächste, die was von ihm will. Hübsch und jung und wie zu einem Ausflug ins Grüne. Spiro schüttelt bedauernd den Kopf. Ganz schön kurz, die Haare, denkt er und sieht sich um. Eilig haben es hier plötzlich alle und rennen zielstrebig der Haupthalle entgegen. Spiro rennt mit. Wer hier gehört werden will, muss schreien. Lachen, Satzfetzen.

»... heute Abend im *Adlon*?«

»Wir sind im Sportpalast. Sechs Tage jeht's rund.«

»Fritz Lang macht wieder was in Babelsberg. Riesige Kulissen lässt er bauen.«

»Da ist die Massary. Ich fass es nicht.« Spiro erhascht einen Blick auf einen flaschengrünen, engtaillierten Mantel und das fliegende Ende einer dunkelbraunen Straußenboa.

»… er sitzt im Orchester, im *Marmorhaus*. Jeden Abend issa weg und ick alleene.« Ein dünnes Mädchen schmollt mit spitzem Mündchen einen deutlich älteren Herrn im Stresemann an. Der legt ihr nicht ganz väterlich einen mitfühlenden Arm um die Taille. »Schnürsenkel! Alle Farben! Valiern Se nicht den Halt!«

Streichhölzer, Würstchen, Extrablätter, alles lautstark angepriesen. Spiro muss raus aus diesem Lärm und auf dem schnellsten Weg ins Präsidium am Alexanderplatz. Er drängelt sich einen Weg durch die Leiber zum Hauptportal. Endlich draußen, liegt vor ihm ein leerer Platz und dahinter die Spree.

Wo sind die Droschken? Wo die Leute? Nur ein Einbeiniger sitzt hinter einem umgedrehten Hut und polkt etwas aus seinem Ohr.

»Entschuldigen Sie, aber wie komm ich weg von hier?«

Der Krüppel mustert den Kommissar aufreizend langsam von unten bis oben. »Da muss ick erst mal nachdenken.«

Spiro versteht und wirft ein Zehnpfennigstück in den Hut.

»Droschken sind um die Ecke am Osteingang, hier isses nur schön.«

Spiro wirft einen Blick zurück in das Gedränge der Haupthalle und beschließt außenrum zu gehen. Ein säulenbewehrter Vorbau ist zu umrunden, dann endlich der Vorplatz und mindesten 50 Reisende, die in eine Handvoll Droschken drängen. Aussichtslos. Er trabt den Humboldthafen entlang und fängt an zu schwitzen. Auf der Invalidenstraße rollen Pferde- und Autodroschken, alle voll besetzt, es rollen Handkarren, Fahrräder, es röhren Busse, aber wo sind die Haltestellen? Laut ist diese Stadt und schnell und sie stinkt und es gefällt ihm. Wenn es bloß nicht schon so spät wäre. Er kommt zu den roten Ziegelbauten der Charité und da, im Schatten, ist endlich ein Kutscher, der seinem Pferd den Futtersack umhängt.

»Ich muss zum Alex, schnell. Wenn Sie bitte Ihre Pause etwas nach hinten schieben könnten, wäre ich Ihnen sehr dankbar.«

»Dat kostet aber extra.«

»Das ist es mir wert. Ich zahle den doppelten Preis. Aber machen Sie schnell.«

»Tempo, Tempo, das schrein se alle«, brummt der Alte und erklimmt ächzend den Bock. Müde zuckelt das Pferd voran. Spitz stehen ihm die Knochen aus dem Hintern. Es hätte die Pause brauchen können. Zu Fuß wäre er fast genauso schnell gewesen. Kurz vorm Alex hat sich der Verkehr verkeilt. Sie stehen.

»Wird wohl wieder demonstriert.« Spiro springt raus und hat nur zwei Mark klein, der Kutscher nichts zum Wechseln. Behauptet er jedenfalls.

»Halsabschneider«, presst Spiro heraus, bevor er losläuft und er hört noch, wie der Kutscher lacht und dem Pferd mit der Peitsche eins überzieht. Im Laufschritt weiter zum Präsidium, genannt die Burg.

Grau und mächtig ragt sie zwischen Rotem Rathaus und Bahntrasse auf. Drinnen liegt kühle Stille in endlos langen Gängen. Seine Abteilung, die Kriminalpolizei, residiert im dritten Stock. Zwei elegante Männer schlendern ihm entgegen.

»Guten Morgen, Spiro mein Name. Ich bin der neue Kollege. Wo finde ich bitte das Büro von Kriminaloberkommissar Heinrich Schwenkow?«

Verschwitzt steht er vor ihnen mit seinem Koffer, Krawatte schief und Hast im Blick. Wortlos nestelt einer der beiden eine Zigarre aus dem Jackett und zündet sie umständlich über einem Streichholz an. Der andere schaut versonnen auf die Uhr und dann vorbei an Spiro, den Gang hinunter, als würde dort die Sonne aufgehen.

»Vierte links«, lässt endlich der Erste verlauten, nachdem er ein paar Kringel in den Gang geschmökt hat.

Spiro also weiter, manche Türen stehen offen. Kommissare an ihren Schreibtischen. Er grüßt hinein. Nichts kommt zurück. Einer wendet ihm sogar ostentativ den Rücken zu.

Bin ich unsichtbar geworden, wundert sich Spiro, oder brauchen die hier einfach nur etwas länger?

Jetzt ist er drin und entschuldigt sich. Die Bahn, der Verkehr.

»Ja, ja«, sagt Kriminaloberkommissar Heinrich Schwenkow, blonder Schnauzbart, vollschlank, Gesichtsfarbe bluthochdruckrot, Zigarre, Ärmel hochgekrempelt, Schweißperlen. Vor ihm der neue Kommissar aus Wittenberge. In seinem Rücken ein Sofa und zwei grünsamtige Sessel, abgeschabt, an der Wand eine Flusslandschaft. Vielleicht die Spree, fragt sich der Neue, nicht die Elbe jedenfalls.

Schmaler gewundener Flusslauf, hohe Schilfufer, Weiden, die sich vor einem großen Himmel zum Wasser neigen. Ob er da manchmal schläft, auf dem grünen Sofa oder nur liegt und den Fluss anschaut?

Er schreckt hoch. Da gab es eine Frage an ihn. Er hat sie nicht verstanden.

»Verzeihung, Herr Kriminaloberkommissar Schwenkow, was oder wer soll ich sein? Ich verstehe nicht.«

»Sie verstehen nicht, Kriminalkommissar Ariel Spiro, dass ihr Name Fragen aufwirft? Meine Männer heißen Konrad, Gustaf, Wilhelm oder Walther. Aber Ariel? Der Löwe Gottes? Zündet er am Freitagabend sieben Kerzen an und dann Shalom Shabbat?«

Wieder der Name also. Spiro hat das schon oft gehört. Die Antwort kommt automatisch.

»Meine Mutter verehrt Shakespeare, Lieblingsstück *Der Sturm*. Ariel ist ein Luftgeist, gefangen und versklavt auf einer Insel. Wenn Sie wüssten, was mir der Kerl schon an Hänselei und Spott gebracht hat.«

Schwenkows Misstrauen ist mit Händen zu greifen.

»Ausgefallene Namensgebung für Wittenberge.«

»Ausgefallene Frau für Wittenberge, Bankdirektorentochter aus Berlin, nicht ganz standesgemäß verheiratet, züchtet Rosen, spielt Klavier, studiert mit den Kindern der Familie Theaterstücke ein. Wenn Sie mal Schillers *Räuber* mit einem neunjährigen Franz Moor sehen wollen, der mit heller Stimme ruft ›Ich fühle eine Armee in meiner Faust – Tod oder Freiheit‹, dann müssen Sie zum Sommerfest der Spiros kommen.«

Schwenkow verzieht das Gesicht. Theater ist für ihn eine Pflicht, die er ab und zu an der Seite der Gattin absolviert, bevor ihn im Dunkel des Parketts regelmäßig der Schlaf übermannt.

Spiro hat wachgelegen in der letzten Nacht zu Hause. Die Dunkelheit voller Geräusche, die er kennt, seit er denken kann. Das Knacken der Türrahmen und Bodendielen, Pappelrascheln vor dem Fenster, Uhu auf Jagd und das helle Fiepen der Maus in seinen Krallen. Er hat sich losgerissen wie ein Boot, dessen Seile dem Drängen der Strömung nachgegeben haben, und das jetzt den Fluss hinabtreibt, weg von der Stadt unter dem hohen Fabrikturm, auf dem in großen Lettern »Veritas« steht. Kein moralisches Leitbild für die Bürger Wittenberges, sondern Name einer Nähmaschine, die sie dort herstellen.

»Vater Getreide- und Saatenhändler? Wär im Betrieb beim Vater nicht mehr für Sie drin gewesen?«
»Bin ja nicht alleine. Großer Bruder, kleine Schwester. War schon Platz am Tisch für mich, hat aber auch nicht richtig gepasst, der Stuhl.«
Seit jeher hat seine Familie gehandelt. Generationen von Spiros haben ihre Elbschiffe mit Gütern bestückt und flussauf und -abwärts gesandt, haben in dunklen, holzverkleideten Kontoren über Ladelisten gebeugt gesessen, ihren Reibach hinter eisernen Tresortüren verschlossen, im Rauch schwerer Zigarren Verträge abgeschlossen und mit einem Schnaps oder Weinbrand besiegelt. Schon als Kind

war Spiro mit seinem vollständigen Desinteresse am väterlichen Treiben aufgefallen. Nichts hat sich daran geändert. Der Bruder hat langsam übernommen, sogar die kleine Schwester kann die Bücher führen. Spiro dagegen hat Jura studiert und sich bei der Preußischen Polizei beworben. Nicht die vielfältigen väterlichen Beziehungen, kein Gemauschel, haben ihm da helfen können. Er ist der erste Spiro, der unter den skeptischen Blicken der Familie ihrer Profession den Rücken gekehrt hat. Man hält seinen Beruf insgeheim noch immer für eine Spinnerei, die hoffentlich irgendwann vorübergehe und den Sohn zurückbrächte zur Elbe und ihren Kähnen, zurück ins Kontor.

»Ihr Ruf eilt Ihnen voraus. Von den schweren Verbrechen ist nichts liegengeblieben. Saubere Statistik.« Schwenkow schiebt anerkennend die Unterlippe vor.

Spiro lächelt müde. »Keine nassen Fische in Wittenberge. Ist aber nicht schwer bei 25 000 Seelen. Ziemlich übersichtlich, der Ort.«

Schwenkow schießt einer Rauchwolke einen preußischblauen Blick hinterher. »Sogar der Mädchenmörder hatte die Freundlichkeit, sich am Ende der Jagd selbst zu erschießen.«

Spiro legt den schmalen Kopf schräg, atmet lange aus und schweigt. Jetzt also wieder die Mädchen. Fünf Mädchen, die erst gefehlt haben und dann tot waren, die gesamte Gegend paralysiert. Ihre Körper im Strom, der ihre Haare zu Fächern ausbreitet. So weiß die Arme und das Wasser, das über ihre offenen Augen fließt. Er streicht seine Haare eng am Kopf zurück, schiebt so ihre Leichen weit hinten auf den Speicher seiner Erinnerung, den er besser nicht betritt.

»War vielleicht das Beste, auch für ihn«, sagt er dann leise und Schwenkow nagt an seiner Unterlippe. Er sieht auf den Bericht. Ganz knapp ist der Mörder seinem Jäger in den Selbstmord entkommen. Er hat ihn wochenlang verfolgt, sich kaum Pausen oder Schlaf gegönnt und ist auf immer neue Mädchenleichen gestoßen. Schwenkow hat den Bericht genau gelesen. Die beiden waren allein, dann war der Mädchenmörder tot. Schwenkow sieht ihn an.

Eine Frage steht im Raum, so plastisch wie die Rauchgebirge der Havanna, und der heute Morgen angereiste Kommissar zur Probe, Ariel Spiro, und sein Vorgesetzter, Kriminaloberkommissar Heinrich Schwenkow, sehen aneinander vorbei, während der eine weiß, was der andere denkt. Das passiert, obwohl sie sich gerade erst kennengelernt haben und dass das so ist, missfällt beiden sehr.

Energisches Klopfen an der Tür, die aufgestoßen wird, ohne eine Antwort abzuwarten. Hinter horngefassten starken Brillengläsern wasserblaue Augen, auf den Durchmesser eines Bleistifts dezimiert.

»Angenehm, Gehrke. Sie müssen Spiro sein. Willkommen in der Mordinspektion und wie sind Sie hier reingekommen? Tasse Kaffee?«

Schwenkow räuspert sich. »Fräulein Gehrke, Sekretärin und sozusagen meine rechte Hand. Darf ich vorstellen, Kriminalkommissar Ariel Spiro, heute Morgen leicht verspätet angereist aus Wittenberge an der Elbe.«

Spiro steht auf und beugt sich formvollendet über das raue Pfötchen der Gehrke.

»Es ist mir ein Vergnügen. Und reingekommen bin ich durch die Tür, das Vorzimmer war leider leer. Kaffee bitte immer schwarz.«

Röte flutet ihre Wangen, wasserblauer Glanz durchs Brillenglas.

So ein Sauhund, macht der mir die Gehrke verrückt, denkt Schwenkow.

Und er sieht den Neuen, wie er sich dem gestandenen Fräulein Gehrke mühelos und tief ins Gedächtnis drückt: dunkles, beinah schwarzes Haar, Augen tief in Schattenhöhlen, darüber dichte, dunkle Brauen schräg nach oben weisend, die Wangenknochen scharf gezeichnet, leicht abwärts gebogen die Nase, aber dann der Mund groß, voll und mit aufwärts geschwungenen Mundwinkeln, wie aus einem ganz anderen Gesicht herausgeschnitten und in die hageren Züge des jungen Kollegen implantiert. Ein Mund, der mit seiner weichen Fülle und seinem kräuseligen Schwung ein eigenes Leben zu führen scheint, verletzlich, spöttisch, amüsiert, ein ständiger satirischer Kommentar zum dunklen Ernst der Augen, ein unseriöser Mund.

Kriminaloberkommissar Heinrich Schwenkow, ein Berg von einem Mann, der seine Intuition und einen hellwachen Verstand hinter anderthalb Zentnern Fleisch und einem immensen Schnauzbart verschanzt hat, spürt das Nervöse, das die Wangen seines Gegenübers höhlt und dem hochgewachsenen, sehnigen Körper eingeschrieben ist. Er denkt, dass der Neue ganz gut nach Berlin passt, besser als nach Wittenberge und, dass er das auch selbst weiß und sich deshalb beworben hat. Schwenkow weiß, dass die Stadt groß ist und schnell und nachts nicht ins Bett kommt und er sorgt sich ein wenig um den sensiblen Mund des jungen Kommissars. Er nimmt sich vor, dessen Jagdinstinkt im Auge zu behalten.

Ein Telefon klingelt. Die Gehrke galoppiert ins Vorzimmer.

»Aha. O Gott. Wo? Wird erledigt.«

Keine Minute später ist sie mit dem Kaffee zurück. »Zucker auch?«

Spiro schüttelt den Kopf. »Nie, aber vielen Dank.«

»Wir haben eine Leiche«, flötet Fräulein Gehrke und reibt kurz und emsig die Handflächen aneinander. »Wrangelstraße 185, Treppenhaus vom Hinterhaus, Bankier, Eduard Fromm steht in seinen Papieren, die hat er noch in der Tasche, Geld ist weg.«

»Hätte mich auch gewundert, um die Ecke vom Görlitzer Bahnhof eine pralle Börse unversehrt zu finden. Ob die einer Leiche in der Tasche steckt oder einem treuherzigen Besucher aus der Provinz, spielt da keine große Rolle. Also Obacht da unten, Spiro, denn das wird Ihr Fall. Hoffe, Sie sind wenigstens ausgeschlafen. Unser aller Chef in seiner großen Weisheit wird sich schließlich was dabei gedacht haben, als er Sie herkommen ließ. Immerhin scharrt eine ganze Reihe unserer eigenen Kriminalsekretäre schon lange mit den Hufen. Die wollen alle auf die Höhere Polizeischule in Eiche und den Kommissar machen. Aber Beförderungsstopp.«

So sieht's also aus, denkt Spiro. Deshalb die Feindseligkeit der Kollegen, die fast schon mit Händen zu greifen war. Da kommt einer aus der Provinz und marschiert einfach an der Schlange vorbei bis nach vorne. Das nehmen sie mir übel.

»Sechs Monate Probezeit sind schnell vorbei. Da sollte sich entschieden haben, ob es für Sie auch in Berlin zum Kommissar reicht. Aber zurück können Sie ja immer«, setzt Schwenkow nach.

Als ob das ginge. Er hat Wittenberge als lebende Legende verlassen, der junge, aber harte Hund, dem keiner je durch die Lappen gegangen war. Der Held, der die Stadt vom Mädchenmörder befreit hatte, von dem Mörder, der dabei allerdings zu Tode gekommen ist. Angeblich durch die eigene Hand, aber dabei, oder zumindest sehr nah dran, war nur Spiro. Um ihn ist es nach seinem größten Erfolg einsam geworden. Die Kollegen haben ihm den Abschluss geneidet oder, schlimmer noch, Zweifel und Misstrauen gesät. Hatte hier ein Polizist die Seiten gewechselt und war, von Abscheu und Jagdfieber getrieben, zum Mörder geworden? Man hatte Respekt, großen Respekt, aber es traute ihm nun auch keiner mehr über den Weg. Nein, es gibt kein Zurück für ihn, nicht nach Wittenberge.

Er steht auf. Die Hauptstadt ist ihm ins Blut gefahren, gleich am Bahnhof. Mit ihrem Tempo, ihrer Größe, dem

Gewimmel, mit ihrem Lärmen, das so anders ist als die große Stille entlang der Elbe, von der er kommt. Sie hat sich vor ihm ausgebreitet wie das Ungeheuer einer alten Sage und ihm ihren Benzinatem ins Gesicht geblasen. Sie hat ihn infiziert.

»Ich fahre also hin und übernehme von den Schupos? Untersucht jemand den Fundort?«

»Ja, da sind wir ganz modern. Es gibt Tatortfotos und Fingerabdrücke werden genommen. Der Chef hat das eingeführt und sie kommen sogar aus Amerika, um sich sein Mordauto zeigen zu lassen. Es wird gerade erprobt. Drin ist alles, was man zur Spurensicherung braucht: Markierungspfähle, Scheinwerfer und Taschenlampen, Spaten, Pinzetten, Äxte, Handschuhe, Kamera natürlich, Schrittmesser, Meterstäbe und 'ne Schreibmaschine. Sie passen auch noch rein. Hamse eigentlich schon Quartier gemacht?« Schwenkow blickt auf den Lederkoffer neben der Garderobe, eher Musterkoffer eines Vertreters für Strumpfbänder als die gesamte Habe eines Angestellten der preußischen Polizei.

»Es gibt ein Zimmer bei einer Kriegerwitwe. Am Karlsbad, Ecke Potsdamer Straße. Hatte aber noch keine Zeit, um mich vorzustellen.«

Fräulein Gehrke streckt schon eine Hand nach dem Koffer aus und bietet an, ganz Großmut, darauf aufzupassen.

Aber Spiro, der den Kampf zwischen Neugier und Anstand im Inneren des Fräuleins ahnt, ist schneller. »Vielleicht wird's spät, da habe ich ihn besser dabei. Schönen Dank aber trotzdem.«

Die Enttäuschung weicht aus den Zügen der Gehrke und macht einem Lächeln Platz.

»Ich bring Sie erst an Ihren Schreibtisch und dann runter in den Hof.«

Spiro kriegt seinen Dienstausweis, Signalpfeife, Handfessler und eine Dreyse 1907.

Die zierliche Pistole wiegt er in der Hand und überlegt. Es geht ja erst mal nur um den Tatort. Da braucht er die Dreyse nicht. Sie wandert in die oberste Schublade seines Schreibtisches und kollert beim Zuschieben dumpf gegen die Rückwand.

Drei Monate früher.

Aus dem viereckigen Himmel über dem Hof fallen letzte, langsame Flocken. Er sieht sie schmelzen auf den Granitbrocken des Pflasters, den fetten Blättern der Rhododendren, auf den modrigen Laubresten der Kastanie, darin die hellen Teppiche der Schneeglöckchen. Letztes Aufbäumen eines schwindenden Winters. Sie zieht ihn vom Fenster weg, bringt ihn an seinen Ort, ihr Finger verschließt seine Lippen, die Tür aus Latten, das Schloss. Die graue Königin empfängt wieder. Sie hat sich das rote Herz auf den Mund gemalt und den Ansatz der Haare auch rot gefärbt. Er ist der Einzige, der weiß, dass sie grau ist hinter ihren falschen Farben. Jetzt Gestöhne und hechelnder Atem und gleich kommt der Geruch nach Tier. Durch den Spalt kann er sie sehen. Das

Gesicht zur Wand, ist sie über den Zuschneidetisch gebeugt, ihre roten Nägel bohren sich in die Veilchensträuße der Tapete. Daneben wartet die Schneiderpuppe mit dem Umhang König Lears in geronnenem Braun. Hosen aus heller Ziege, weich wie ein Handschuh. Sie keuchen und schreien. Jetzt ist es zu Ende. Der Besuch zieht die Hosen hoch und klatscht ihr auf den Hintern. »Der König ist abgenommen, würd ich sagen. Vielleicht noch die ein oder andere Änderung, aber im Prinzip kann er sich so sehen lassen. Der Herr Regisseur lässt übrigens Grüße ausrichten und fragt, wie es dem Jungen geht. Du sollst ihm eine Nachricht schreiben. Er war nicht in der Schule.« »Der Junge geht ihn gar nichts an.«

Die graue Königin ist wütend. Das sieht er. Zwischen den Augenbrauen zwei senkrechte Linien. Aber der Mund lacht. »Sag ihm, ich melde mich nächste Woche. Und jetzt sieh zu, dass du rauskommst, der Junge muss jeden Augenblick zurückkommen.« Das stimmt nicht. Er ist längst da, war die ganze Zeit da, ist immer da, entweder draußen an ihrer Seite oder weggeschlossen hinter den Latten im gestreiften Licht. Da, wo ihn keiner sieht, wo sie ihn versteckt und ihm mit dünnem Zeigefinger die Lippen verschließt. Wo er wartet, bis alles Warten aufhört und er vollkommen leicht wird, ohne Gewicht und frei. Sein schmaler Körper ausgestreckt auf der Matratze, sein Geist reitet auf dem Panzer einer Meeresschildkröte an einen Strand am anderen Ende der Welt, wird eingeboren, dunkel seine Haut, fast schwarz und Sonne blinkt auf der Spitze eines Speers, bevor er sich ins Silberkleid des Fisches bohrt. In seiner Höhle ist es dunkel. Aber es gibt eine Kerze und seine Hände lassen Schatten auf den Wänden tanzen. Affen im Sprung von Ast zu Ast, Paradiesvögel mit träge aufgeschüttelten Federschleppen. Possums verschwinden im Unterholz, wo der Python mit gespaltener Zunge auf sie wartet.

Der Riegel wird zurückgeschoben. Die Königin riecht nach Seife. Sie trägt den japanischen Mantel. Er ist sehr blau und glänzt. Sie zieht den Jäger ins Licht. Er ist jetzt fast so groß wie sie. Seine Augen auf der Höhe ihres Mundes, ein rotes Herz, ein spitzes Herz, darin sind weiße Zähne. Sie singt, küsst seine Augen und streichelt seine blonden Locken. Sie zieht sie lang, lässt sie zusammenschnellen und lacht.

Sie kocht ihm eine Schokolade. Sie schnüffelt an seiner Haut wie ein Hund. »Du riechst so jung, mein Prinz.« Sie zieht ihn auf den roten Diwan und er legt seinen Kopf in ihren Schoß.

Er liebt sie. Sie ist so schön mit ihrem roten Haar, die Lampe lässt es auflodern wie ein Feuer. Die Zeit steht still im Reich der Königin.

Ihre kohleumrandeten Pharaonenaugen blicken aufmerksam auf ihn hinab. Leise und ernst erzählt er von der Expedition in die Schwarzinselwelt der Südsee, von einer der größten Inseln der Welt, darauf der Kaiserin-Augusta-Fluss. Ihn hinauf, vom Meer bis zu den Bergketten in der Ferne, geht die Expedition. An seinen Ufern Pfahlhäuser mit hohen Dächern aus Schilf, bewohnt von Wilden und von Geistern.

Er erzählt ihr von den Ritualen, die aus Jungen Krieger machen, von der Zeit zwischen zwei Monden, allein in den Wäldern, von der Hütte, die der Knabe zur Beschneidung betritt und als Krieger verlässt. Die Hütte, der Schoß der Mutter, einmal noch geht er hinein. Wenn er hinauskommt, ist er ein Mann. Das erzählt er ihr nicht. Später steht sie auf und näht der Königstochter Regan ein Kleid aus feinem Batist, so fein, dass man beinah hindurchsehen kann. Er liest weiter den Bericht der Expedition.

Im schwarzen Adler, dem Mordauto, herrscht Enge. Spiro gegenüber sitzt Kommissar Ewald Bohlke und schwitzt. Besonders heiß ist es nicht, aber seit seinen Wintern in den schlammigen Schützengräben der Champagne schwitzt Bohlke, gleichbleibend und zu jeder Jahreszeit. In seiner Flanke steckt ein Schrapnellsplitter, der manchmal wandert und fast immer schmerzt. Vor Reims hat sich eine Kugel aus den eigenen Reihen verirrt und hat ihm ein Stück Fleisch aus der rechten Wange gerissen. Vier Tage später hat er mit einem angenähten, halbseitigen Dauergrinsen schon wieder im Graben gelegen.

Bohlke hat seine Gesundheit dem Kaiser geschenkt. Als junger Mann ist er in den Krieg gezogen und versehrt daraus zurückgekommen. Kinder wechseln bei seinem Anblick in der Dämmerung die Straßenseite. Jetzt, angesichts des Chaos im Parlament der jungen Republik, ist er skeptisch, ob sich das gelohnt hat. Jeder Mord zu dem man ihn schickt, ist für ihn eine feindliche Attacke auf das geordnete Miteinander der Preußen. Bohlke ist noch immer im Krieg. Nur der Feind hat sich geändert. Er ist jetzt überall.

Sie fahren auf der Jannowitzbrücke über die Spree und schnurren an den Lagerhäusern, Speichern und der Pumpstation vorbei. Spiro denkt, dass man den Fluss in Berlin nicht sieht, obwohl er mitten durch die Stadt fließt. Verborgen hinter Mauern, Fabriken und Schornsteinen, kann man ganz in seiner Nähe sein und spürt ihn dennoch nicht. Bohlke wirft einen misstrauischen Blick auf die schmalen, langen Hände des Neuen, mit ihren gepflegten Nägeln, und stöhnt. Spiro hört das und denkt, dass sein Chef es ihm mit diesem Kollegen nicht leicht machen will. Gegensätzlicher können zwei Männer kaum sein. Trotzdem fragt er jetzt, ob er eine Frühstückspause haben könne, der Tote habe schließlich keine Eile mehr und nichts davon, wenn der Kommissar vor Hunger nicht mehr denken kann. Bohlke murrt, dass er in Frankreich wochenlang ohne Verpflegung ausgekommen war und an seinem Gürtel gekaut habe. Spiro sagt, dass ihm ein Hackepeterbrötchen mit Zwiebeln lieber sei. Bohlke lacht. Der Neue hat Humor. Das gefällt ihm. Sie halten am Schlesischen Bahnhof. Spiro sieht die Hochbahn mit ihrem genieteten Gerüst, das sich wie eine aufgebockte Schlange aus Stahl kreischend und ratternd in Höhe des zweiten Stocks durch die Stadt zieht. Am Platz vor dem Bahnhof gehen sie in ein verräuchertes Lokal, in dem Arbeiter auf dem Weg zur Mittagschicht ein kleines Helles zischen. Dazwischen Dauergäste, die in der Kneipe ihr Kontor eröffnet haben und ihren Geschäften nachgehen. Spiro auf zum Tresen, holt Brötchen und Kaffee für beide. Ihm ist schwindlig und schlecht. Die letzte Nacht ohne Schlaf, die neue Stadt, die Hetze zum Präsidium. Und jetzt eine Leiche zur Begrüßung. Aber er freut sich auch. Immerhin geben sie ihm eine Chance zu beweisen, was er kann, besser, als ihn einfach bis zum Ende der Probezeit kalt zu stellen. Aber was in den Magen braucht er trotzdem und einen Kaffee dazu.

»Naa, hat die Geisterbahn heut Ausgang oder was ist los?« An ihrem Stehtisch wird Bohlke derweil von einem kleinen Mann im Überzieher angegrient, der ihm mit Hut gerade bis zur Brust reicht. Er pampt zurück, dass er bis zu seiner Verwundung fürs Vaterland immerhin normal gewesen sei, was man von dem Zwerg hier nicht behaupten könne, der sei ein Krüppel von Geburt. Der Zwerg hat so schnell Wut in den Augen und ein Messer in der Hand, dass Bohlke nicht bis drei zählen kann. Mitten im Gewühl fühlt er sich wehrlos, da sieht er, wie Spiro den Angreifer von hinten in den Schwitzkasten nimmt. Bräunlichrot läuft der Kleine an, auf der Stirn schwillt eine Ader die Schläfe hinunter. Er will nicht aufgeben, aber Spiro lockert nicht und weicht den blinden Stößen der Klinge nach hinten aus. So lange, bis das Messer auf die Holzbohlen fällt. Er hebt es auf.

Die sind hier aber schnell erregbar, denkt er. Der Märker braucht da länger, bis er mal in Fahrt kommt.

Umliegend hat man sich so gedreht, dass man nichts verpasst. Spiro fühlt sich wie ein Boxer im Ring und darauf hat er keine Lust. Den Dienstausweis sollte er hier besser nicht ziehen, das sagt ihm sein Instinkt. Auch Bohlke behält seinen in der Tasche und nickt dem neuen Kollegen dankend zu. Der senkt beschwichtigend die Hände und sieht dem Kleinen in die wütenden Augen. »Reg dich ab. Nur solchen Helden wie meinem Freund haben wir es zu verdanken, dass wir hier noch Hackepeterbrötchen und Bouletten kriegen, statt Frösche und Schnecken.«

Beifälliges Gelächter. »Recht hatter.«

Die Hellen stoßen aneinander, Spiro beißt in sein Brötchen, klappt das Messer zu und gibt es dem Kleinen zurück. Der hat so seine Ganovenehre wieder, setzt den Hut auf, tippt an die Krempe und schiebt raus. Bohlke räuspert sich, Spiro winkt ab und schlingt das Brötchen runter. »Jetzt aber los zur Leiche.«

Im Hof der Wrangelstraße 185 ist Auflauf. Kinder recken die dreckigen Hälse. Zwei Schupos halten die Tür bewacht. Spiro und Bohlke steuern ihren Zwiebelatem der Rübensuppe bei, die ihren Geruch im Hof abgelegt hat.

»Morgen, die Herren, wo ist denn der Tote?«

»Gleich hinter der Tür. Wir haben ihn schon mal runtergebracht.«

Bohlke wird weiß vor Wut. »Lesen Sie Ihre Dienstanweisungen oder wischen Sie sich damit den Hintern ab? Wie oft noch soll die Abteilung I die Dienstanweisung rumschicken? Leichen werden nicht bewegt, der Tatort nicht verändert, nicht aufgeräumt, gewischt oder zertrampelt, nichts, solange, bis ein Mordkommissar und die Spurensicherung dagewesen sind und es Fotos gibt!«

Hinter der Tür liegt ein elegant gekleideter Herr in mittlerem Alter auf zwei Brettern. Augen geschlossen, das Gesicht friedlich, die Hände gefaltet. »Der Schupo soll doch als Bestatter gehn. Da ist Talent. Hab selten son entspanntes Mordopfer gesehn.« Bohlke schüttelt den Kopf.

Zweieinhalb Stockwerke drüber wringt die Kaminke den Lappen aus.

Sie grimmt. »Das Fräulein sitzt und verdrückt Tränen, während ich ihrn Kavalier vonner Wand wischen darf. Sone Schweinerei.« Bohlke schnappt nach Luft. Ein Absatz im schmalen Treppenhaus zwischen zweitem und drittem Stock. Geländer, Wand und Boden glänzen feucht. Keine Spuren, keine Abdrücke von Fingern oder Sohlen, kein Tathergang, nichts. Bohlke schießt nach unten, um die Schupos mit einer zweiten Salve Kasernenhofflüche zu exekutieren. Spiro grinst und fragt, wer den Mann gefunden hat.

Vorderhaus, zweiter Stock. Er dreht die Schelle in der Tür. Drinnen gellt es. Die Mutter mit knochigen Schultern und breiten Händen, die sie auf den Blumen der Kittelschürze abwischt, öffnet die Tür. Sie ordnet eine Strähne zurück in den Knoten und sieht zuerst den Koffer, dann Spiro an. »Wir ham kein Geld für Firlefanz. Vier Kinder, da bleibt nichts übrig. Tut mir leid, junger Mann.«

Spiro schiebt nach Hausiererart den Fuß in die Tür. Dämmerung hinter den dichten Gardinen in der Wohnung. »Kriminalkommissar Spiro. Ihre Tochter hat die Leiche gefunden?« Frau Wuhlke seufzt leise und Kummer gewohnt, dreht sich um und bellt mit überraschend lautem Organ: »Erika, die Polizei will dir vahörn.«

Ein mageres Mädchen schält sich aus dem Schatten des langen Flurs.

Das graue Kind, denkt er. Spillerige Zöpfe in verwaschenem Blond, ausgelaugte Augen, schmal und auf der Hut.

»Guten Tag, junges Fräulein, ich bin Ariel Spiro von der Kriminalpolizei. Ich untersuche den Tod des Mannes im Hinterhaus. Du hast ihn also gefunden?«

»Ja, hab ich.« Ihre Augen leuchten auf.

»Was hasten da valorn jehabt im Hinterhaus so früh?«, keift die Mutter.

»Nüschte«, sagt Erika.

»Wie spät war es denn, als du wegen nichts im Hinterhaus die Treppe hoch bist?«

»Na, dreiviertel acht. War ja auf dem Weg zur Schule.«

»Und dann war da dieser Mann …?«

»Den kenn ich, der hat mir mal 'nen Groschen gegeben. Das ist der Besuch von Fräulein Hilde. Aber einen Verlobten hat sie auch noch.«

»Wo war er denn genau und wie sah er aus?«

»Als wären ihm die Knie weich geworden und er hat sich hinsetzen müssen. So sah er aus. Auf dem Absatz. An die Wand hat er sich angelehnt und ich dachte schon, vielleicht isser besoffen oder sowas.«

»Hast du sein Gesicht angeschaut?«

»Er hat ganz starr geguckt, da wusste ich, der is hinüber. Aber er hat auch so ausgesehen, als könnte er irgendwas nicht glauben oder hätte sich gewundert über was.«

Sie hat was für ihn. Sie ist aufgeregt und ihre schönen Augen glänzen, sie feuchtet die Lippen mit der Zungenspitze. »Komm, mein Schöner, probier das an.« Sie öffnet die Knöpfe des hellen

Hemdes in englischem Schnitt und streift dabei mit den Handrücken seine Brust. Er dreht sich weg. Sie ist eine Schlange. Die Königinhand fährt seinen Rücken hinauf, gräbt sich in seinen Hals, dass es schmerzt und er den Kopf in den Nacken wirft. Sie streift ihm ein langes Hemd über. Seide, hellblau, Ärmel bauschen über engen Manschetten, das Revers eine Rüschenkaskade. Die Seide ist ein einziges Streicheln überall. Seine Hände fließen darüber, über Arme und Brust. Im Spiegel lässt das Blau des Hemds das seiner Augen leuchten, als seien sie blauer, jetzt da er es trägt. Sie gibt ihm eine Kniebundhose aus dunklem Samt dazu und dreht sich mit spöttischem Lächeln um. »Venedig?«, fragt er. »Othello? Bin ich Jago oder Cassio?« »Du bist so klug, mein Sohn. Du weißt alles, was du wissen musst, da kann er toben, wie er will, und du bist schön.« Sie schmiegt sich an seine Seite, streichelt seine Flanke durch die Seide hindurch. Es fließt, sein Hemd aus Wasser. Er dreht sich langsam um sich selbst und legt kokett die Hände auf die Hüften. »Mein Schöner, mein Einziger.« Ihr Gesicht, Entzücken.

Dann schneidet ihre Stimme. »Aber ein Faulenzer bist du auch. Wo ist das Paket mit König Lear? Wir müssen los ins Theater.« Jetzt fällt er wieder. Er fällt tief. So plötzlich, wie sie ihn emporhebt in höchste Höhen, so abrupt lässt sie ihn auch wieder fallen.

Wrangelstraße 185, Hinterhaus, dritter Stock. Hier wohnt Fräulein Hilde, die vollständig Hildegard Müller heißt.

So steht es zumindest auf dem Emailleschild an ihrer Tür. Keine Klingel, Spiro wartet, bis sich sein Atem beruhigt hat, klopft. Erst leise, dann kräftig.

Im Türspalt blonde Locken in stattlicher Höhe. Die muss fast eins achtzig groß sein, denkt Spiro, eine Walküre. Verheultes Mondgesicht mit Schmollmündchen. Hellblaue Augen mustern ihn und dann den Koffer. »Muss ich schon raus? So schnell? Hat er diesen Monat noch nicht bezahlt? Das sieht ihm überhaupt nicht ähnlich.« Schnäuzen in feinen Batist. »Aber es sieht ihm auch nicht ähnlich ermordet im Treppenhaus zu liegen. Sind Sie der neue Mieter?« Augen fließen über, Schluchzen, der gewaltige Busen bebt.

»Spiro, Kriminalpolizei Berlin. Sie kennen den Toten?«

Fräulein Hilde zieht ihn in die Wohnung. Er findet in der Küche den Holztisch mit Besteckschublade, Kessel auf dem Herd. Heringstopf und Gurkenfass in graublauem Salzbrand. Äpfel, Birnen, Kirschen rollen in Weckgläsern auf den Regalen. Ein düsterer Flur, aus dem die Dunkelheit in den Rest der Wohnung durchsickert. Die Stube in reinstem Biedermeier. Ottomane, Tisch mit Flechtstühlen, eine Kredenz. Hinter den Glastüren erkennt Spiro die bunten Blumen aus Meißen auf der feinen Ware, ein dreibeiniger Tisch mit einem lebensgroßen Affen aus Porzellan. »Ein schönes Stück.«

»Ja, ich glaube das Äffchen war ihm wichtig. Er hat erzählt, dass es irgendeinem schrecklich berühmten Mann gehört hat, manchmal hat er aber auch das Gegenteil behauptet. *Nathan der Weise* heißt ein Theaterstück über ihn. Er hat es sich angesehen, aber ich durfte nicht mit.«

Spiro schreckt auf. »Ein Mendelssohn Affe?«

»Kann sein. Ich kann ihn ja jetzt nicht mehr fragen.« Wieder Tränen, neues Taschentuch.

In der Küche pfeift der Kessel. Spiros Blick bleibt auf der Kaffeemühle hängen.

»Wollen Sie einen Kaffee?«, fragt das Fräulein, das sich schnell vom Schrecken an der Tür erholt. Sie füllt eine Handvoll Bohnen in die Mühle. Es duftet, als das Wasser sprudelnd ins Pulver sickert. Am Tisch dann Schweigen. Spiro weiß nicht, was er von der Wohnung halten soll. Das Fräulein Hilde wohnt allein auf zwei Zimmern in einer Biedermeierpuppenstube, in einer Gegend, wo normalerweise vielköpfige Familien auf demselben Platz zusammengepfercht sind. Dreck, Läuse, Suff und Gestank, das hätte er erwartet, stattdessen urdeutsche Gemütlichkeit, inszeniert wie das Bühnenbild für ein Stück von Gerhard Hauptmann. Und dann dieser Affe. Ob von Mendelssohn oder nicht, ein Porzellan dieser Güte ist mehrere Hundert Reichsmark wert, wohlmöglich über Tausend. Was hat der Bankier hier getrieben?

»Fräulein Müller, Sie sind bekannt mit dem Toten im Treppenhaus, dem Bankier Eduard Fromm?«

»Bekannt ist gut, Sie sind ja schon im Bilde.«

»Darf ich fragen, was Sie beruflich machen?«

»Ich hab im *Metropol* getanzt, keine großen Rollen, aber immerhin. Da hab ich den Eduard getroffen. Wissen Sie, man verdient nichts als Tänzerin und muss sogar die Kostüme selber zahlen. Fast alle Mädchen haben Gönner. Freunde, Kavaliere, wie immer Sie das nennen wollen. Ich habe dann aufgehört zu tanzen, weil der Eduard gern wollte, dass ich abends zu Hause bin, wenn er vorbeikommt.«

»Wie oft hat er Sie denn besucht?«

»Jede Woche viermal. Montags und dienstags nur eine gute Stunde zwischen sechs und sieben, mittwochs und donnerstags lange, bis um zehn. Dann ist er nach Hause. Und die Wochenenden war ich frei.«

»War Herr Fromm bei Ihnen, bevor ihm das passiert ist?«

»War ja Mittwoch.«

»Also bis um zehn?«

Sie nickt und heult und Spiro sieht die hellen Locken des Fräulein Hilde gegen die dunkle Öffnung der Tür.

»Was werden Sie jetzt tun?«

»Ich werd mehr nähen. Ich war immer sehr gut in Handarbeiten und habe tagsüber in der Schneiderei fürs *Metropol* gearbeitet und auch von zu Hause. Ich habe eine Maschine. Aber aus der Wohnung muss ich raus, da kann ich nähen, bis die Finger bluten und es würd nicht reichen.«

Es klopft und Ewald Bohlke schiebt sein geflicktes Gesicht in den Flur.

»Die nächste Leiche lassen die liegen bis sie schimmelt«, knurrt er. Fräulein Hilde schluchzt auf und verschwindet wieder im Batist.

Bohlke zieht die Schultern hoch und wehrt gleichzeitig mit den Händen ab. »Ich hab ihm ja nicht auf den Kopf gehauen.«

Spiro setzt noch mal an. »Fräulein Müller, Ihr Bekannter,

der Bankier Eduard Fromm hat Ihnen also diese Wohnung bezahlt?«

»Nicht nur die Wohnung. Eduard war wirklich spendabel …«, beginnt sie, wird aber von Bohlke unterbrochen.

»Und trotzdem haben Sie neben dem Eduard auch noch regelmäßig Besuch von einem Herrn Gustav Mrozek empfangen, hab ich im Hof gehört.«

Fräulein Hilde wird giftig. »Der Eduard hatte gar nichts dagegen. Er wollte ihn bloß nicht sehn.«

Spiro ist schon aufgestanden. Jagdfieber.

»Und wo ist der Mrozek jetzt?«, fragt er.

»Wenn ich's bloß wüsste. Jetzt sind sie alle beide weg.« Schluchzen, Tränen. »Er hat einen Freund, den Hugo, Pattberg, glaube ich, irgendwo in der Falckensteinstraße.«

Sie gehen die Mietskasernen entlang. Ärmliche Läden für Eier und Kartoffeln, bräunliche Kohlköpfe verströmen einen strengen Geruch.

»So was würde man in Wittenberge nur noch den Schweinen geben«, sagt Spiro.

»Da haben die aber Glück«, kommt es von Bohlke. In der Kohlenhandlung im Souterrain Falckensteinstraße 1 sitzt ein magerer Junge von höchstens zwölf Jahren und springt bei ihrem Eintreten wie von der Tarantel gestochen auf. »Schönen Tag, die Herrschaften.« Er wirft sich einen Zehn-Kilo-Sack Koks über die Schulter. »Wohin darf ich die bringen?«

Spiro ist erschrocken, das ist doch noch ein Kind.

»Immer langsam mit den jungen Pferden. Deine Kohlen brauchen wir nicht«, meint Bohlke ungerührt.

Ernüchtert lässt der Junge den Sack zu Boden gleiten. »Keiner braucht grad Kohlen. Nur 'n paar Briketts zum Kochen.«

»Wir brauchen den Hugo Pattberg, Freund vom Gustav Mrozeck, Freund von Hildegard Müller.«

»Kenn ick, Falckensteinstraße 17. Zweiter Hof, erster Stock, Pattberg, zweimal die Woche zehn Briketts.«

Bohlke ist schon draußen. Spiro bedankt sich. Enttäuscht schaut ihnen der Junge nach.

Sie klopfen an Pattbergs Tür. Es raschelt und kruschelt, leise Schritte, dann Stille. »Aufmachen, Polizei!«, dröhnt Bohlke.

Über ihnen geht eine Wohnungstür auf. »Endlich kommt mal einer. Das war ja schon lange überfällig. Aber der Hugo ist ausm Fenster raus. Hab ihn grad über den Hof laufen sehen.« Das eingefallene Vogelgesicht einer Frau mittleren Alters schiebt sich übers Geländer. Ihr rechtes Auge zuckt in regelmäßigen Abständen und zieht den Rest ihres Gesichts mit. Bohlke poltert die Stufen hinab. »Vielleicht krieg ich ihn noch.«

Spiro springt in entgegengesetzter Richtung die Treppen hoch. »Ich muss noch mal mit Ihr reden. Die weiß noch mehr.«

»Darauf könn Se Gift nehmen«, empfängt ihn die Vogelfrau freundlich. Er weist sich aus. »Wie haben Sie das gerade gemeint? Das war ja schon lange überfällig?«

»Das sollten Sie ja wohl am besten wissen«, gibt sie zurück.

»Wir brauchen Herrn Pattberg lediglich als Zeugen. Verhaften wollten wir ihn gar nicht.« »Na, das wird ja immer schöner. Wofür kriegen Sie denn eigentlich Ihr Geld, fürs Spazierengehen?«

»Werte Dame, wenn wir nun schon mal das Vergnügen haben uns zu unterhalten, verraten Sie mir doch bitte, warum wir den Pattberg festnehmen sollten.« Spiro versucht ein gewinnendes Lächeln, das jedoch am tiefeingegrabenen Pessimismus ihrer Züge zerschellt, wie Gischt an einer Klippe. »Na wegen der Mädchen natürlich. Immer hör ich sie weinen und sie sind doch noch so klein. Und immer andere holt er sich vom Schlesischen Bahnhof, vom Andreasplatz. Die wissen ja alle nicht, wohin.« Spiros Blick wird ernst.

Wenig später findet er Bohlke auf der Wrangelstraße. Pattberg ist ihm entwischt. Sie schicken das Mordauto zurück zur Burg und gönnen sich eine Droschke über die Jannowitzbrücke.

»Wer weiß, vielleicht steckt der Bankier mit drin und sie haben die Mädchen systematisch ausgesucht und weitergeleitet«, sagt Bohlke.

Spiro denkt an das Biedermeierstübchen und wiegt den Kopf. »Oder das Opfer hat davon erfahren und musste deshalb sterben.«

Bohlke kommt langsam in Fahrt. »Ist auch möglich, aber den Pattberg sollten wir uns auf jeden Fall vorknöpfen und den Mrozek auch. Und wenn das stimmt, dann werden die beiden eine Abreibung kriegen, die sich gewaschen hat, diese perversen Schweine. Diese Stadt ist ein Sumpf. Wo immer Sie hier hintreten, Spiro, da ist Modder. Am Tauentzihn fahren die Damen im offenen Wagen ihre Pelze spazieren, während hier oder in Neukölln oder im Wedding sogar die Kartoffelschalen aus dem Abfall geklaut werden. Sie werden Ihr nettes Elbstädtchen noch vermissen.«

Spiro betrachtet seinen Kollegen und denkt, dass man die Verbrechen nicht persönlich nehmen darf. Dass man sie behandeln muss als wären sie eine mathematische Gleichung, kühl und mit Abstand. Aber den hat er hier noch nicht gefunden. Er ist mittendrin oder läuft Bohlke hinterher, der wie eine Dampfwalze durch die Stadt pflügt.

Vorm Andreasplatz lassen sie anhalten. Die Stralauer Vorstadt, unweit des Schlesischen Bahnhofs, war mal ein Arbeiteridyll, ist jetzt aber eine ganz schlechte Gegend. Zwischen den ersten Standbildern, die man in besseren Zeiten der Arbeiterschaft errichtet hat, der Figur einer zärtlichen Mutter mit schlafendem Kind im Schoß und einem Schmied mit Sohn, der das Ärmchen nach dem gewaltigen Hammer reckt, liegt eine geschwungene, bestimmt 15 Meter lange Marmorbank, wie ein heller Strand, an dem die Stadt ihre Geld- und Heimatlosen anbrandet, die der Schlesische Bahnhof in die Vorstadt spült.

Ausgerechnet hier, zwischen den marmorweißen Elternteilen, holt sich Hugo Pattberg seine Opfer, die Ausreißerinnen, kleinen Diebinnen, die Unehelichen, die überzähligen Esser, die Schwierigen, die Hoffnungsvollen, die mit Hummeln im Hintern. Spiro und Bohlke setzen sich und sondieren die Lage. Sie haben eine Beschreibung von Hugo Pattberg und einen Mann im Visier, auf den sie passt. Jetzt spricht der mit einer blassen Blonden, höchstens dreizehn. Ärmel fallen weit über die Hände, Löcher in den Stiefeln. Sie bohrt in der Nase und lacht über einen Witz, den er für sie reißt. Und noch ehe Spiro an Zugriff auch nur denken kann, kommt Bohlke wie ein Gewitter über den Mann und dreht seinen Arm auf den Rücken, dass es ihm fast den Knochen aus der Schulter zieht.

Pattberg jault. »Hilfe, der Polyp will mir festnehmen.« Drei Vierschrötige fühlen sich angesprochen und schließen sich um die beiden zusammen.

Schon wieder denkt Spiro, dass er die Dreyse gut gebrauchen könnte und sei es nur zur Abschreckung, stattdessen hat er den Koffer in der Hand. Und er denkt auch, dass die Polizei in dieser Stadt nicht besonders populär zu sein scheint.

Bohlkes Stimme dröhnt über den Platz. »Der hier interessiert sich für kleine Mädchen, für die ganz jungen, frischen. Und wenn euch eure Töchter was wert sind, dann steht ihr mir hier nich im Weg.«

»Stimmt das, Genosse?«

Einen kurzen Moment nur schaut Pattberg zu Boden, aber das reicht. Krachend fährt ihm ein schwerer Stiefel in den Allerwertesten.

»Die Obrigkeit dankt.« Bohlke führt ab.

Ihr Delinquent ist lang und dünn, wie eine Latte. Die Verschlagenheit steht ihm im Gesicht, das Spiro entfernt an eine verärgerte Spitzmaus erinnert.

»Herr Pattberg, wir suchen Ihren Freund Gustav Mrozek. Eine Ahnung, wo wir ihn finden?«, fragt Spiro.

»Kenn keinen Mrozek«, zischt der Lange.

»In der Zelle fällt er dir wieder ein. Da bin ick mir sicher«, bollert Bohlke.

»Ich kenn keinen Mrozek.«

»Das wern wa sehn. Ich bring ihn in die Burg«, sagt er zu Spiro. Der nickt und sagt, dass er noch mal zurück in die Wrangel will.

Mit dem Handfessler bindet sich Bohlke den Hugo an den Arm und läuft mit ihm Richtung Alex. In der Breslauer Straße zerrt er ihn in einen Hof, macht ihn los und platziert einen rechten Haken auf seinem Jochbein. Erst grinst Pattberg noch und faselt was von Recht und Ordnung. Dann kriegt er doch Angst unter Bohlkes stierem Blick. Der fragt auch gar nichts mehr, sondern greift ihm in die schmierigen Haare und knallt seinen Kopf gegen die Mauer. Einmal, zweimal, dreimal. An der Stirn springt die Haut auf und Blut läuft ihm in die Augen. Das helle Viereck des Himmels über dem Hof sieht er durch einen roten Schleier, als er die Wand runterrutscht auf den Boden. Bohlke dreht sich vorsichtshalber einmal um die eigene Achse. Da ist keiner. Alle Fenster sind zu. Er holt aus und tritt ihm in die Seite wie ein Fußballer seinen Elfmeter. Pattberg hört noch, dass seine Rippen mit trockenem Knacken brechen, dann wird alles schwarz. Bohlke holt ihn zurück und hat noch immer diesen Blick und zittert. Da flüstert Pattberg, dass sein Freund Mrozek in der *Linde* säuft.

»Warum nicht gleich so?«, murmelt Bohlke und bindet

ihn wieder an. Er schleift den Stöhnenden zur nächsten Pumpe, hält erst den eigenen Kopf in den Schwall, dann den seines Gefangenen. Er schüttelt sich wie ein Hund, hustet, dann gehen sie weiter.

Sie laufen über den Kurfürstendamm. Atemfahnen vor ihren Mündern in der noch immer kalten Luft. Er sieht nichts. Licht sticht in seine Augen, obwohl die Sonne schon tiefsteht, so selten kommt er aus der Höhle im Parterre des Hinterhofs. Sie drehen die Köpfe auf dem Boulevard. Es ist ein Aufsehen um sie. Die graue Königin trägt ihren roten Schopf wie einen leuchtenden Helm durch die Blickpfeile und er muss hinterher. Er trägt ein neues Nachtgewand für Lore auf den Armen, als sei es ihre Leiche. Er ist der Lakai seiner Königin. Selbst im Wassergewand aus Seide bleibt er Domestik und trippelt mit schweren Armen ihrem roten Leuchten nach, biegt ab in die Grolmanstraße und über den Savignyplatz. Russische Satzfetzen fliegen an ihm vorbei, was er liebt. Das Russisch verwandelt die Frauen in Täubchen, die gurren. Rechts ab Richtung Knie, da ist das Theater, wieder eines. Das ist das, was er kennt in der Stadt, die Theater. Wie gestrandete Wale liegen sie tagsüber grau an den Straßen, wenn er ihr die Kostüme nachträgt in die Staubwelt der Hinterbühnen.

Dieses Theater ist neu, eine flache, steinerne Schachtel, aus der sich nachts ganz rund ein gläserner Eingang wölbt, wie ein hell erleuchtetes Geschwür. Sie gehen auf die Seite, zum Eingang für Künstler und Lieferanten. Drinnen ist wieder fenster-

loses Dunkel, ein Ameisenbau mit dem Geruch von Staub und Arbeit. Den kennt er, der ist derselbe in allen Theatern. Durch das Labyrinth der Gänge zu den Garderoben, wo die Schauspieltiere eingeschlossen sind mit ihrer Angst vor der Bühne. Wo sie vor den Spiegeln hocken und die Hände kneten, vor sich das Abbild ihrer blanken Nerven. ›Nickel und die 36 Gerechten‹ hat er draußen gelesen und ›Nickels Frau‹ hat ihr Nachthemd zerrissen, deshalb sind sie da und bringen ein neues. »Wer sind die sechsunddreißig Gerechten?«, fragt er ›Nickels Frau‹. Die schaut ihn an und wundert sich, dass der blauseidene Page auch sprechen kann, aber weil er so schön ist, gewährt sie ihm die Gnade und erklärt: »Im Talmud steht, dass die Welt trotz all ihrer Sünden nicht untergeht, solange auf ihr noch sechsunddreißig Gerechte leben, die in der Not mittels ihrer selbstlosen Taten uns alle retten.«

»Und hier in der Stadt arbeiten die Gerechten rund um die Uhr, soviel Sünden fallen an und man überlegt ihre Zahl sicherheitshalber aufzustocken.« Das sagt der Mann, der jetzt in der Tür steht. Auf seinem Kopf ein Berg dunkler Haare. Er sieht ihn an und lächelt. Er kennt ihn. Er sagt der Königin, wer ein Kleid bekommt und wie es aussehen soll. Er begegnet ihm oft.

Der Mann fragt ihn etwas, aber er antwortet nicht, denn er soll nicht mit Männern sprechen. Die Königin streckt den Rücken und setzt ihre Unnahbarkeitsmaske auf. Aber sie wölbt auch die Lippen zu einem rotwulstigen O. Der Mann geht mit ihnen hinter die Bühne ins große Schwarz. So düster ist es hier, dass er nicht sehen kann, wo es aufhört. Landschaften hängen an Seilen in der Luft. Unten steht ein dunkles Zimmer auf Holzplatten gemalt. Es ist auch ein wirkliches Bett da und er legt sich hinein. Durch das Fenster ist da ein Mond, der in einen Garten scheint.

Sie streiten hinter der Wand, auf die der Mondgarten gemalt ist. Sie haben vergessen, dass es nur eine Theaterwand ist und er hört ihre Stimmen, die aus dem Schwarz auf ihn herabfallen. Er zieht sich die Bettdecke über die Ohren, die riecht nach Schminke und Parfüm. »Es ist vielleicht die letzte Gelegenheit für ihn ein halbwegs normaler Mensch zu werden. Vierzehn Jahre und nie eine Schule gesehen. Ich hätte das nicht dulden dürfen.« »Bei mir lernt er mehr, als ihm ein Lehrer jemals beibringen kann.« »Was denn? Wie man Männer verführt und Geld aus ihnen herauspresst?« »Du bist geschmacklos, geizig und feige noch dazu.« »Es geht nicht um uns. Es geht um ihn. Du klammerst dich an ihn.« »Er ist mein Leben.« »Und da sperrst du ihn ein? Tage- und nächtelang ist er allein. Er braucht Kinder in seinem Alter.« »Das sind Barbaren. Sie wissen nichts. Sie sind grausam und die Lehrer ebenfalls, Sadisten mit Rohrstöcken. Ich weiß, wovon ich spreche.« »Diese Schule ist nicht wie andere. Dort sollen sich die Kinder entfalten. Sie sind dem Lehrer nicht untergeordnet, sondern seine Kameraden. Sie sind an der frischen Luft und treiben Sport. Sie entscheiden in der Schulgemeinde über ihre Belange, wie im Reichstag. Da ist Demokratie von klein auf. An solchen Schulen wächst der ›Neue Mensch‹ heran. Ich bestehe darauf. Es ist alles arrangiert. Hier sind die Zugfahrkarten. Morgen früh brecht ihr auf.«

»Niemals werde ich dem zustimmen. Niemals. Ohne ihn kann ich nicht leben. Er ist mein Ein und Alles.« Die Stim-

men verschwimmen zu einem zornigen Nebel. Er sieht nur den Mond über dem Garten und schläft ein.

Spiro hat es wieder in die Wrangelstraße getrieben. Diese Wohnung lässt ihm keine Ruhe. Was war das zwischen dem Bankier und der Walküre Hildegard Müller? Was hat der jüdische Bankier sich hier vor allem selber vorgespielt? Scharaden im Biedermeier? Oder ist das nur ein großer Bär, den ihm Fräulein Hilde da aufbindet? Hat der Mrozeck zusammen mit seinem pädophilen Kumpel Pattberg hier ein Bordell mit kleinen Ausreißerinnen betrieben? Musste Fromm sterben, weil er Wind davon bekam?

»Obacht vor den Müllern«, hat sein Vater immer gesagt. »Die haben seit jeher die Bauern um ihr Getreide betrogen. Die Mühlen immer abseits der Dörfer und was hier nachts geschah, hat keiner gesehen.« Also wieder drei Treppen hoch, wieder klingeln, wieder Tränen. Er lässt sich das Schlafzimmer zeigen und noch einmal den Rest der Wohnung. Nichts deutet darauf hin, dass hier Mädchen beherbergt wurden.

»Fräulein Müller, darf ich fragen, wie alt Sie sind?«

»Ich bin fünfundzwanzig. Was hat das mit Eduard zu tun?«

»Sind Sie da nicht schon etwas zu alt für den Geschmack Ihres Freundes Gustav?«

»Was soll das denn heißen? Was erlauben Sie sich?«, heult sie auf, dass es das Gewoge ihrer Oberweite schüttelt.

»Der Hugo Pattberg, Gustavs Freund, ist bekanntermaßen an sehr jungen Mädchen interessiert.« Die Müller verzieht das Gesicht und Spiro weiß nicht so recht, wie er weiter fragen soll. »Sind denn die Interessen von Gustav an Ihnen eher normal, also wie bei anderen Männern auch?« Fräulein Hilde wird rot und bringt kein Wort mehr raus. Sie reibt einen imaginären Fleck aus der Kittelschürze. »Es ist wichtig für uns das zu wissen, sonst würde ich Sie nicht danach fragen.«

Sie fasst sich ein Herz. »Na, unser Liebesleben war nicht mehr so toll in der letzten Zeit. Ich dachte schon, dass er vielleicht 'ne andere hat.«

»Wie lange kennen Sie den Gustav eigentlich schon?«

»Der kommt so seit nem halben Jahr zu mir.«

»Und der Eduard Fromm?«

»Den Eduard kenn ich seit fast fünf Jahren. Gucken Sie sich mal um, das ist ja alles nicht gestern erst hier reingekommen.«

»Fräulein Müller, haben Sie die Wohnung eingerichtet?«

»Iwo, niemals. Das ist alles ganz wie der Eduard das wollte, bis auf den Zentimeter genau hingeschoben. Da war er eigen. Der hat alles liefern lassen und dirigierte dann die Möbelpacker. Er hat auch das Porzellan gebracht. Einmal habe ich selber eine weiße Kaffeekanne gekauft, da war er außer sich. Die musste sofort zurück. Deutsche Blumen wollte er auf seinem Porzellan. Sogar die Weckgläser hat er von irgendwo angeschleppt. Die sind hier so was wie Dekoration. Gegessen hat er das nicht, sondern Wurst.«

»Wurst?«

»Blutwurst, Leberwurst, Knacker, Wiener, Krakauer, so was.«

»Aber Herr Fromm war doch ein Mosaischer?«

»Was war er?«

»Herr Fromm war doch Jude?«

Fräulein Hilde reißt die Augen auf. »Das kann ich mir nicht vorstellen.«

»Ist aber so. Es steht sogar in seinem Ausweis. Es war ihm also verboten Schweinefleisch oder Würste zu essen …«

»So ein Jude war er nicht. Ganz und gar nicht. Genau andersrum, er hat viele Würste gegessen. Immer mussten welche in der Kühlkammer unterm Fenster sein. Er hat manchmal gesagt: ›Kommt zu mir, ihr Würstchen, ich fress euch alle auf.‹ Dann haben wir gelacht und er hat mich auf seinen Schoß gesetzt wie ein Kind. Manchmal hat er aber auch ohne was zu sagen, Wiener um Wiener kalt in den Mund geschoben und runtergewürgt. Da bin ich dann ins Schlafzimmer an die Maschine und hab genäht. Und ein paarmal hat er so viele runtergeschlungen, dass sie ihm wieder hochgekommen sind.«

Spiro steigt verwirrt die Treppen runter. Ein jüdischer Bankier, der sich an Schweinefleisch bis zum Erbrechen überfrisst, der sich ein urdeutsches Idyll mit blondgelockter Walküre dazu gekauft hat und wie im Zoo zu regelmäßigen Zeiten besucht. Der Freund der Walküre interessiert sich für Minderjährige und hat vielleicht mit seinem Freund einen Mädchenhändlerring für Perverse aufgebaut. Das ist nicht Wittenberge. Das sind lauter Dinge, von denen er bis jetzt nur hinter vorgehaltener Hand gehört hat. Und gleichzeitig ist es ein Fall wie alle anderen auch. Seine Arbeit bleibt dieselbe. Spuren, Hinweise, Fragen, alles wie immer. Nur die Orte verändern sich wie die Kulissen eines neuen Stücks am Theater. Er ist überrascht, dass sein Staunen nicht größer ist. Nach langem Suchen findet er in einem Fischladen ein Telefon.

»Sekretariat Kriminaloberkommissar Schwenkow, Gehrke am Apparat«, rattert es wie ein Fernschreiber.

»Spiro hier. Liebes Fräulein Gehrke, ist der Oberkommissar zu sprechen?«

»Ich verbinde«, flötet das Fräulein.

»Schwenkow«, bellt es aus der Muschel und Spiro zuckt zurück. So stellt er sich den Ton des Kasernenhofs vor, der ihm erspart geblieben ist. Als er den Einzugsbefehl erhielt, hatte er eine schwere Lungenentzündung mit Verdacht auf Tuberkulose. Fast ein Jahr lang musste er die Sache auskurieren und hat über seine Zukunft nachgedacht. Dann war der Krieg vorbei. Er hat studiert und ist anschließend zur Polizei. Er hat sich schon oft gefragt, was ohne die Krankheit aus ihm geworden wäre.

Schwenkow ist bereits im Bilde. Bohlke hat ihn informiert. Pattberg ist im Arrest und wird früher oder später mit der Sprache herausrücken. Spiro behält das Gespräch mit der Müllerin erst mal für sich. Er will sich selbst einen Reim darauf machen, bevor er Schwenkow von der Wohnung und den Würsten erzählt. Aber dazu muss er mehr wissen, viel mehr.

»Was ist eigentlich mit der Familie Fromm? Hat denen

schon jemand gesagt, dass ihr Haushaltsvorstand tot ist?«, fragt er.

»Gut, Spiro. Da sagen Sie was. Die Ereignisse haben sich ja gewissermaßen überschlagen. Fahren Sie da hin, das ist nichts für Bohlke. Seine Visage eignet sich nicht zum Überbringen solcher Nachrichten. Magdeburger Platz 3. Allerhöchste Zeit. Sagen Sie denen auch, dass wir schon einen Verdächtigen in der Zelle haben. Wenn die sich beschweren, kriegen wir womöglich von der Presse was aufs Dach.«

Am Magdeburger Platz rauschen die Ulmen, sonst vornehme Stille. Es ist nicht weit zum Tiergarten, gleich hinterm Landwehrkanal leistet sich die schnell gewachsene Stadt ein großes Stück Grün. Einst Jagdgebiet des Kaisers, jetzt Ausflugsziel mit Biergärten unter Kastanien entlang der Spree. Füchse und Frettchen wechseln nachts aus dem Tiergarten auf den Magdeburger Platz. Ein Habicht hängt geduldig in der Luft und wartet, dass die Kaninchen die Nasen aus dem Bau strecken.

An der Ostseite des Platzes ein beeindruckender Bau. Behängt mit Balkonen, gekerbt von Loggien, dazwischen wachen strenge, aber barbusige, Sphinxen. Die Belletage wird gleich viermal von einem Atlas auf den muskulösen Schultern gestemmt. Spiro stellt seinen Koffer ab und zieht den Messingring im Maul des Löwen. Aus Messing auch das Schild im Marmor des Entrees: Fromm. Weit entfernt, hinter schwerem dunklen Holz, klingt ein Glockenton.

Ein Hausmädchen in weißer Schürze öffnet, sieht seinen

Koffer und zetert ihn an, bevor er auch nur Luft holen kann. »Dass Sie sich überhaupt noch hertrauen.« Kopfschüttelnd verschwindet sie. Gerade noch rechtzeitig kann er die schwere Tür aufhalten und in die Diele schlüpfen. Rechts führt ein Flur weit ins Haus hinein. Geradezu fällt ihm durch das Glasmosaik in einer Flügeltür ein Kaleidoskop bunten Lichts vor die Füße. Das Mädchen bleibt verschwunden. Er steht, wartet, aber niemand kommt zu seinem Empfang. Irgendwo wird Klavier gespielt. Er folgt den Tönen durch eine verwaiste Zimmerflucht, quert Salon, Speisezimmer, Bibliothek, dann lehnt er im Rahmen des Musikzimmers und lauscht. Chopin, opus 28, deuxième Etüde. Leiser, dunkler Takt wie fernes Donnergrollen, kein Licht in der Melodie. Langsam und unerbittlich greift da eine linke Hand das Grauen herbei. Schönheit, Zartheit perlt für einige Takte von rechts, dann wieder das Treiben des Bassschlüssels. Wieder schält sich zögernd eine Melodie frei. Und geht unter.

Dann das Stück noch mal. Die linke Hand hämmert unbarmherzig, als sei es Beethoven. Dagegen steht eine zaghafte Hoffnung in d-Moll. Am Ende vereint in Traurigkeit.

Am Flügel eine Gestalt in hellem, bis zum Boden fließenden Kleid. Ein Wust schwarzen Haars, in einen losen Zopf gefasst, vereinzelt blitzen graue Strähnen. Mehr kann er nicht sehen.

Versunken. Immer wieder greift sie nach Ideen, versteckt in den wenigen Noten vor ihr und türmt sie auf in diesem Raum, in dem sich alles im glänzenden Parkett spiegelt. Sonne durch Blätter, Gummibäume in verzweigtem Wuchs bis zur hohen Decke. Die weichen gelbgrünen Blätter einer Zimmerlinde, geformt wie die Farbe Pik im Kartenspiel. Efeugirlanden dunkeln die Ecken mit fettig grünen Blättern weiter ab. Ein Urwald und darin der Flügel in grünem Schatten. Ein kleiner, runder Tisch aus Rosenholz, zierliche Sessel mit gelbem Polster.

Spiro kennt die Etüde. Zu Hause in Wittenberge, die Schwester über dem Klavier. Quälende Stunden auf der Suche nach den richtigen Noten. Er erinnert jeden einzelnen Ton, aber hat nicht geahnt, dass sie das, was er jetzt hört, beschreiben. Er hat nicht gewusst, dass man so Klavier spielen kann, als wären auch kleine und kleinste Nuancen eines Gefühls in die Noten geschrieben und immer wieder andere. Plötzlich Stille. Die Klavierspielerin dreht sich langsam zu ihm um.

Wie alt sie wohl ist?, fragt er sich. Augen, groß und dunkelbraun und warm, mit langen Wimpern, noch verschwommen. Tiefe Linien von den feinen Nasenflügeln zu den Mundwinkeln. Ein schöner, voller Mund, geschwungen wie ein Vogel im Flug. Spiro räuspert sich und sagt dann doch nichts, schaut nur, wie sich ihr Gesicht allmählich zu einem Gegenüber ordnet, als würde sie langsam aus großer Tiefe an die Oberfläche schwimmen. Noch immer Stille. Er atmet das Grün und riecht die feuchte Erde in den Töpfen. Die Etüde schwingt noch dunkel in seinem Körper. Auf der Schwelle stehend, neben sich den Koffer, fühlt er sich, als wäre er schließlich angekommen und wünscht, er könnte bleiben und sie würde spielen und er würde den Pflanzen beim Wachsen zusehen und er wäre nicht Kommissar und hätte nicht immer wieder einen herrenlosen Toten, dem es zuerst eine Familie zu finden gilt und dann seinen Mörder, wobei der oft genug aus der Familie stammt.

»Sie sind nicht der Klavierstimmer.« Es ist keine Frage. Sie stellt fest. Ihre Stimme erinnert ihn an den melodiösen Alt einer Oboe.

»Leider nicht, ich wünschte ich wäre es. Ariel Spiro, Kriminalpolizei. Sind Sie Charlotte Fromm?« Behutsames Nicken, ihre Augen zwei schwarze Knöpfe auf elfenbeinfarbigem Samt. »Ich fürchte, ich muss Ihnen eine sehr traurige Mitteilung machen.« Er hat jetzt Angst, hier in dieser eigenartigen Welt, die ihn so sehr anrührt, etwas kaputt zu machen. Er spricht langsam und leise und versucht seine Sätze nicht wie ein Amtsschreiben klingen zu lassen. »Heute Morgen wurde in der Wrangelstraße in Kreuzberg die Leiche eines Mannes gefunden. Wir müssen annehmen, dass er ermordet worden ist. In seiner Brieftasche befanden sich die Ausweispapiere Ihres Mannes.«

Wieder Stille. Ohne Nachhall, absolute Stille.

»Kennen Sie das? Sie haben einen schlimmen Traum, aus dem Sie endlich aufwachen. Und der Tag fängt an wie jeder andere. Aber dann wiederholt sich der Traum. Alles geschieht jetzt wirklich und man kennt es schon und weiß immer, was als nächstes kommt und trotzdem ist es noch furchteinflößender und quälender als in der Nacht.« Sie dreht sich auf ihrem Hocker um und macht sich müde wieder an den Chopin. Einige Takte, dann versandet das Spiel. »Er ist nicht nach Hause gekommen, gestern Abend. Das ist für Eduard sehr ungewöhnlich. Genauer, das ist so noch nie vorgekommen.«

In der *Linde* sitzt Bohlke und hat Gustav Mrozek im Blick, wie ein halbsatter Habicht die Maus auf dem Feld. Überraschend hilfsbereit hat ihm der Wirt seinen Stammgast Gustav in der schwankenden Reihe am Tresen gezeigt. Seit Stunden ist der ihm mit seinem lallenden Gegreine auf die Nerven gegangen. Er hat gehofft, dass der Polyp ihn baldigst abführt, Stammgast hin- oder her, aber ausnahmsweise lässt sich Bohlke Zeit. Über der zweiten Molle fragt er sich, ob es noch zu früh ist für einen Schnaps oder gerade richtig. Ihm wird hier immer ganz anders, in der Luisenstadt, die jetzt zur einen Hälfte Mitte und zur anderen Kreuzberg heißt. Seine Urgroßeltern sind Gärtner auf den sandigen Weiten des Köpenicker Feldes gewesen, so hat die Gegend noch Mitte des letzten Jahrhunderts geheißen. Die Frau hat Narzissen, Ranunkeln, Gladiolen gezogen. Die schönsten Rittersporne weit und breit. Die Liebe des Urgroßvaters hat der Zwiebel gegolten. Er hat gezogen und gezüchtet, kleine Scharfe, gelbe Riesen, Schalotten, die Zwiebel ohne Tränen, so was. In den letzten 80 Jahren hat die hungrige Stadt die Felder gefressen. Jetzt quetschen sich die lichtlosen Arbeiterquartiere zwischen Gewerbebetriebe und Manufakturen. So dicht wie hier hocken die Menschen nirgendwo sonst in der Stadt aufeinander. 100 Leute in einem Haus, acht auf zwei Zimmern. Von Grün nichts mehr zu sehen. Auch die *Linde* gibt es nur noch als Schild über der Kneipentür, immerhin.

Bohlke zeigt auf die Schnapsflasche im Regal hinterm Tresen und hebt kurz den Daumen. Der Wirt nickt und wischt sich die Hände an einem Küchentuch ab, das über seinem schweißigen Nacken hängt.

Besser desinfizieren hier, denkt Bohlke. Die Wände sind dunkelbraun geräuchert, die Gläser schmierig, wie auch der Tresen. Vermackte Holzbänke die Wand entlang, drei Mann haben sich zum Schlafen hingelegt.

Ein dünnes Mädchen mit strähnigen Haaren bringt den Schnaps und bleckt durchscheinende Zähne zu einem missratenen Lächeln. »Ich␣tät einen mittrinken, wenn Se zahlen.«

»Heut nich. Lass gut sein.«

Er denkt an den jungen Kollegen. Schicker Anzug, Klavierhände. Der ist aus anderem Holz geschnitzt. Kann man dem trauen? Wie heißt er noch? Ariel? Was soll denn das fürn Name sein?

Am Tresen schmeißt Gustav Mrozek seine letzte Runde. Aber das weiß er noch nicht.

Ein Bäcker in karierter Hose will an Bohlkes Tisch vorbei wanken, eckt aber an und bleibt hängen. Er braucht beide Arme, um sich abzustützen. »Oijeujeu. Das gibt wieder Ärger zu Hause. Ich hör meine Olle schon keifen. Aber was soll ich denn machen, wenn mein Kumpel seinen Abschied von den Fleischtöpfen gibt. Weg die Wohnung, weg die Kohle, wohin geht Gustav, ach wohin.« Der Bäcker hustet ein Lachen in das Bier des Kommissars und schlingert raus.

Der stürzt seinen Schnaps, streicht über den Granatsplitter in seiner Hüfte und rappelt sich auf. Gustav Mrozek ist voll. Er hat den Quadratschädel auf dem Tresen abgelegt und stiert aus roten Augen in seine schwarze Zukunft. Bohlke zeigt ihm seinen Ausweis und zieht ihn am Kragen aus der *Linde*. Der Wirt sortiert das Geld ins Portemonnaie und kratzt sich am Hintern. »Machet jut, Gustav.«

Spiro telefoniert wieder. In den Hallen der Frommschen Wohnung hat man ihm ein Telefon gezeigt, auf einem Intarsientischchen aus Persien. Ebenholzblüten ranken ihre schwarzen Umrisse über ein Gewirr aus Oliven- und Sandelholz. Er ruft Oberkommissar Schwenkow an und der teilt ihm mit, dass Bohlke schon den mutmaßlichen Mörder, den Freund der Geliebten, einen Gustav Mrozek, schwer alkoholisiert und daher nicht vernehmungsfähig in der Zelle sitzen hat.

Gott sei Dank, denkt er und hofft, dass der Mrozek gesteht und er diese Frau mit den dunkelbraunen Augen nicht länger vom Klavierspielen und von ihrer Trauer abhalten muss. Er fragt, ob er mit ihr eine Identifizierung in der Gerichtsmedizin morgen früh machen kann.

»Neun Uhr und jetzt Feierabend und Quartier machen«, brummt Schwenkow.

Spiro verlässt die Wohnung Fromm und als er den Magdeburger Platz schon fast hinter sich hat, ist da Hufgeklapper und zwei Reiterinnen traben ihm langsam über die Von-der-Heydt-Brücke entgegen. Groß und sehnig die eine auf einem braunen Hannoveraner, auf einem tänzelnden Araber die andere. Mit weichen Knien bleibt er stehen. Zierlich ist die zweite Reiterin, knabenhaft, das dunkelblonde Haar zerzaust, die Wangen gerötet, die Augen groß und grün und schweißnass der schmale Hals. Sie hält die Zügel in lockerem Bogen in der gesenkten Linken und gestikuliert weit ausholend mit der Rechten ein Gewirr von Linien in die blaue Luft. Helles Lachen mit kleinen, weißen Zähnen. Sie ist so lebendig wie Musik. Sie sieht, dass er sie sieht und gar nicht aufhören kann damit und da lacht sie wieder und zwinkert ihm mit einem ihrer schönen Augen zu. Er hebt mit zwei Fingern leicht die Hutkrempe. Zu mehr reicht es nicht. Alle Courage verlässt ihn wie eine rücklaufende Brandung den Strand. Dieses Mädchen mit dem kurzen Haar, das in der Sonne leuchtet, in Reithosen wie ein Mann und schlank wie eine Sportlerin, das muss er erst mal sacken lassen. Sehr allein steht er an diesem Platz in dieser Stadt auf Probe, der Kommissar aus der Prignitz, während das Hufgeklapper leiser wird und er nicht wagt ihm nachzusehen.

2

Spiro fährt unter der Erde, dritte Klasse, Holzklasse. 20 Pfennig für ein Umsteigeticket. Die Waggons der U-Bahn sind holzverkleidet, aus Holz auch die Bänke, nur eiserne Räder kreischen auf Schienen durch die Eingeweide der Stadt. Es wird geraucht und das nicht zu knapp. Sein Kopf ein einziger Klumpen Schmerz, der Magen sauer. Kaffee ging nicht. An der Mohrenstraße steigt er um in die Nordbahn und hat noch drei Stationen Zeit, sich zu sammeln. Es ist gerade acht, als er am Oranienburger Tor die Stufen ins müde Grau des Morgens emporsteigt.

Gestern Abend ist er im schrägen Sonnenuntergangslicht den Steinquadern des Landwehrkanals bis zur Straße Am Karlsbad gefolgt. Pappelrauschen überm Pfefferkuchenpflaster. Hinter verwilderten Vorgärten bröckelnde Fassaden und Balkone. Er ist die Häuserzeile abgegangen, seine Hausnummer fehlte. Ein Torbogen ließ ihn schließlich nach hinten durch und da fand er die Überbleibsel eines alten preußischen Landgutes, ein Nebengebäude vielleicht, aber mit kleinem Vorplatz, bewachsen mit hohem Gras, gerahmt von Steinvasen voller Unkraut. Flache Stufen hoch zur verglasten Veranda. Er hat den emaillierten Klingelknopf gedrückt, drinnen metallisches Scheppern. Die Kriegerwitwe Margarete Koch hat im Garderobenspiegel den Knoten gerichtet und die graue Kittelschürze noch mal glattgezogen, bevor sie den neuen Untermieter in Empfang nahm.

Sie hat ihn in die gute Stube hereingezogen. Zuerst gab es Kaffee, aber nur anstandshalber, dann kam der Mampe auf den Tisch. »Halb und halb. Das hamse nich in Wittenberge, det is von Leydicke in der Mansteinstraße, gar nicht weit von hier.«

Ölig ist der Kräuterbitter in die Likörgläser geflossen. Unter jedem Glas ein Deckchen, denn Margarete Kochs Passion ist die Häkelei. Deckchen all überall: auf den Kopfpolstern des Sofas und der Sessel, Häkelbezüge auf den Sitzen, Gehäkeltes auf dem Büfett, in den Etagen der Vitrine, natürlich auf dem Tisch, das Parkett bedeckt mit Läufern und abgetretenen Persern. So ist jede Oberfläche gegen Abnutzung gesichert. Man wird das Zimmer irgendwann auspacken und im Originalzustand vorfinden, dachte er noch, bevor mit dem Denken Schluss war. Zu dritt sind sie in dieser Pension, klärte sie ihn auf. Ein junger Mann, ein Kellner, belege das Zimmer neben ihrem. Er arbeite nachts und schlafe tagsüber. Aber momentan käme er gar nicht. Sicher sei eine *Bekanntschaft* schuld. Spiro brachte einige Mampes mit Anstand hinunter, ließ sich Fotos vom Gefreiten Koch unter die Nase halten, stramm und schneidig damals noch und jetzt schon lange unter der Erde. Margarete, sie waren beim Du, hatte gekichert und dem Porträt zugeprostet und er hatte gedacht, dass diese gezielte französische Kugel, die das wackere Herz des Gefreiten Koch für immer zum Stillstand gebracht hatte, noch lange nicht das Ende für Margaretes Leben bedeutete. Die Rosenranken der Tapete fielen am Rand seines Blickfelds leicht in die Unschärfe, als er endlich über die große

Diele in sein Zimmer wankte. Hier war abrupt Schluss mit der Idylle. Zwischen vergilbten Vorhängen aus einstmals braunem Brokat sah er auf eine kleine Fabrik, die sich im nächsten Hof angesiedelt hat. Zwei Schornsteine. Sogar ein Schienenanschluss schob sich durch das Vorderhaus an eine niedrige Rampe. Er fragte sich, wann morgens die ersten Waggons hineinlärmen würden. Auf der Fensterbank hatte ein Gummibaum vor der öden Aussicht kapituliert. Zwischen den vertrockneten Blättern waren Spinnweben gewachsen. An den Zimmerwänden rankte in braunen Rauten undefinierbares Blattwerk auf gelblichem Grund. Schwerdunkles Holzbett, der Überwurf braun. Als er den Schrank öffnete, gab das obere Scharnier nach und die Tür fiel ihm entgegen. Er stellte sie zur Seite und hängte einen schwarzen Anzug und zwei frische weiße Hemden auf die Stange. Leibwäsche ins Fach. Er hat die Schuhe von den Füßen getreten und sich auf die Matratze fallen lassen, die sich ächzend zu einer tiefen Senke krümmte. Fuß- und Kopfteil des Betts drohten mit dunkel gemaserter Größe auf ihn hinunter. Die braune Hölle, dachte er noch, bevor er, benebelt von Leydickes süßem Bitter, in seinem Anzug eingeschlafen ist, nur um kurz nach sechs vom ohrenbetäubenden Zusammenstoß von Waggon und Prellbock direkt vor seinem Fenster hochzuschrecken.

Oranienburger Tor. Spiro orientiert sich kurz, dann weiß er wieder wo er ist. Ein Mops führt seine dünne Herrin an der Leine und schenkt ihm einen bedauernden Blick aus feuchten schwarzen Augen. Er folgt dem weit ausholenden

Bogen der Hannoverschen Straße zur Gerichtsmedizin. Er will den Pathologen sprechen, bevor Charlotte Fromm kommt, um ihren Mann zu identifizieren. Zwei Häuser aus gelbem Klinker, drei Stockwerke hoch, verbunden durch ein niedriges Gebäude mit rotem Bogengang zur Straße hinaus, soviel Platz braucht die Hauptstadt für ihre Toten. Spiro fragt sich in den Keller durch. Das wäre nicht notwendig gewesen, denn die Sektionsräume verweisen aufgrund ihres Geruches auf sich selbst. Er kennt diesen süßlich-fauligen Gestank, der einem sofort auf den Magen schlägt und manchmal so stark ist, dass man meint ihn kauen zu können. Hinter einer Tür die Metalltische mit den Rinnen für Blut und Waschwasser. Ein hochgewachsener Mann im weißen Sektionskittel, goldgefasste Brille, scharfgespitzte Nase, sieht ihn aus wachen Augen an.

»Ariel Spiro, Kriminalkommissar, neu in Berlin. Ich suche Professor Fraenckel.«

»Steht vor Ihnen, junger Mann. Haben wir denn einen Termin oder stolpern Sie immer so herein und stören bei der Arbeit?«

»Oberkommissar Schwenkow sagte …«

»Ach der Schwenkow. Hat wahrscheinlich wieder vergessen dem Frollein Gehrke den Auftrag zu geben. Dann sein Sie mir willkommen. An welchem meiner Gäste haben Sie denn besonderes Interesse?«

»Ich untersuche den Mord an dem Bankier Eduard Fromm.«

»Der kam gestern mit Dringlichkeit. War nicht besonders kompliziert. Man hat ihm den Schädel eingeschlagen.

Womit, ist mir allerdings ein Rätsel. Ich tippe auf Holz. Aber keine Latte. Irgendwas mit Spitzen und Kerben, gedrechselt vielleicht. Auf jeden Fall frisch gestrichen in Rot, Weiß und Schwarz. Wir haben Farbreste gefunden, die waren noch ganz weich.«

»Schwarz, Weiß, Rot, die Reichsflagge. Kann das ein Hinweis auf einen politischen Hintergrund sein?«

Fraenckel runzelt die Stirn. »Junger Mann, das entzieht sich meiner Kenntnis und fällt eindeutig in Ihren Bereich. Vielleicht war's auch eine Strebe vom Treppengeländer, allerdings mit seltsamem Anstrich.« Spiro merkt, dass ihn der Rechtsmediziner auf Abstand halten will. Er kennt ihn noch nicht und weiß nicht, ob er was kann und ob er politisch links, rechts oder irgendwo dazwischensteht. Das ist sein gutes Recht.

»Um neun Uhr kommt die Witwe, Charlotte Fromm, um ihn zu identifizieren«, sagt er. Der Professor sieht auf die Uhr. »Da haben wir noch gut zwanzig Minuten, um ihn wieder zuzumachen. Er hatte übrigens ein Magengeschwür und zwei Krakauer im Bauch. Nicht gerade Schonkost, würde ich sagen.« Er gibt einem Assistenten ein Zeichen. »Übernehmen Sie das, Herr Schulz. Und schöne Nähte, bitte. Wir wollen die Frau Bankier ja nicht vor den Kopf stoßen. Sie, Herr Spiro, möchte ich bitten, vorne im Garten zu warten. Sie finden ihn dann im ersten Schauraum, Erdgeschoss.« Er ist entlassen.

Vor dem roten Bogengang steht eine Bank. Er lässt sich darauf fallen und ist froh, dass noch Zeit ist, um den Leichenkeller wieder loszuwerden. Schwarz, Weiß, Rot, das hat ihm noch gefehlt. Politische Morde sind heiße Eisen und bedeuten Eingaben von ganz oben, tägliche Berichte an die Vorgesetzten, sorgfältiges Abwägen, wer zu was befragt werden darf, Schuldige, die keine sind und einer gierigen Presse zum Fraß vorgeworfen werden. Viele politische Morde bleiben unaufgeklärt in der jungen Republik, die um ihren inneren Frieden fürchtet.

Auf der Straße hält eine Motordroschke. Ein Mann steigt auf der Beifahrerseite aus, Mitte 20, eleganter schwarzer Anzug, vielleicht auf Maß, denkt Spiro, blasses Gesicht und Augen in dunklen Höhlen, wie ein Schauspieler vom Film. Er geht nach hinten und öffnet formvollendet den Fond für Charlotte Fromm, auch sie in Schwarz, und noch jemand entsteigt der Droschke. Nein, denkt er, bitte nicht. Und gleichzeitig schlägt ihm sein Herz bis hinauf in den Hals. Die dritte Gestalt, die sich in einem aufsehenerregenden schwarzen Kostüm aus der Droschke löst, ist die Reiterin von gestern Abend mit den grünen Augen. Er hat sie sofort erkannt.

Ein Kloß wächst in seinem Hals, als er ihnen entgegengeht. Charlotte Fromm gibt ihm eine Hand, so leicht wie ein Hauch, und stellt vor: »Kriminalkommissar Ariel Spiro, Shalom, meine Kinder, Ambros und Nike.«

Auch Bohlke ist früh auf an diesem Morgen. Er rüttelt den Kohlenrost und hustet auf die zischende Schlacke im Aschekasten ab. Er geht zur Kühlkammer unter dem Fenster und gießt sich seinen Morgenschnaps in ein Tonpinnchen. Runter damit, Lippen lecken, wohliges Stöhnen, Flasche wieder zu und zurückgestellt. Er guckt vorsichtig ins Schlafzimmer. Unter der Wand mit den zartrosa Röschen, die er ihr gleich nach dem Krieg gekleistert hat, liegt seine Traudel. »Mein Panzerschiff«, wie er sie heimlich nennt.

»Na, bist du wieder nicht zur Ruhe gekommen letzte Nacht?« Bohlke hat ihr Mieder schon in der Hand. Traudel schwingt die Beine über den Bettrand, zieht das lange Nachthemd über den Kopf und verstaut die gesamte Fülle ihrer enormen Oberweite in den Körbchen. Sie wendet Bohlke ihren runden Rücken zu und er beginnt geduldig von unten nach oben eine Reihe von 40 Häkchen zu schließen. Als er fertig ist, ist ihre Pracht in einen spitzen Bug gegossen, hinter dem sie später durch die tobenden Wogen ihrer Volksschüler kreuzen wird wie ein freundliches Schlachtschiff.

»Bist 'n Guter.« Sie küsst ihn auf die heile Seite des Gesichts. »Und jetzt machen wir Kaffee.«

Sie setzen sich an den Holztisch, er schneidet vier Scheiben Graubrot, sie schmiert die Brombeermarmelade aus den Beeren, die sie im letzten Herbst am Müggelsee gesammelt haben.

»Ganz schön geächzt und gestöhnt hast du heute Nacht.«

Er brummt verlegen und sie streichelt seine Hand. Es ist nämlich so, dass Bohlke noch über ein Jahr nach seiner Rückkehr nachts nicht ins Bett gekommen ist und sich stattdessen mit seinen Albträumen unter die Mäntel im Flur auf die Dielen verkrochen hat. Auch jetzt, sieben Jahre nach der Kapitulation, rollt er sich noch manchmal wie ein Hund auf dem Boden zusammen und wird eins mit seinen Dämonen. Nach und nach hat er ihr erzählt, von den Gräben voller Schlamm, dem Hunger und den Leichen. Von den Körpern, die im Stacheldraht hingen, von den Ratten, die an ihnen fraßen, von dem ohrenbetäubenden Lärm der Geschütze, den Explosionen der Granaten, von den Schreien. Und wenn er ihr das alles nicht hätte erzählen können, wenn sie nicht so lange gewartet hätte, bis er es konnte, dann hätten ihn seine Gespenster erstickt und er hätte sich totgesoffen.

Jetzt ist es kurz vor neun und Bohlke lässt sich im Präsidium den Mrozek ins Verhörzimmer holen. Der schläft fast noch, tranige graue Augen im verquollenen Mondgesicht. Er will Kaffee, kriegt er aber nicht. Nicht von Bohlke.

»Jetzt erzähl mal, Mrozek, wie du den Bankier erschlagen hast. Grund genug war ja. Wenn einer mit meiner Frau … und das jede Woche viermal. Versteh ick. Aber warum gerade vorgestern und nicht letzte Woche oder im vorigen Jahr?«

»Nee, das war nich so. Die Hilde hatte ihn ja schon, wie ich sie kennengelernt habe. Er war ja nich oft da. Ihr war einsam, sie war alleene. Und ich hatte zu essen und warm und manchmal musste ich halt raus. Andre müssen mehr machen, glooben Se mir.«

»Isser dir blöd gekommen auf der Treppe?«

»Nee, hab ich doch schon gesagt. Ich hab ihn nich gesehn.« Mrozek verschränkt die Arme vor der Brust und lehnt sich zurück.

»Machst du hier einen auf dumm?«, will Bohlke gefährlich leise wissen. »Dafür hab ich nämlich keine Zeit.« Mrozek grinst amüsiert und fühlt sich wichtig, weil der Kommissar ja nichts weiß, was er ihm nicht sagt. Er übersieht die blitzschnelle Rechte von Bohlke, die ihn vom Stuhl haut und sein linkes Auge auf der Stelle anschwellen lässt.

»Also, jetzt mal etwas zügiger. Was war los in der Wrangel vorgestern Abend?«

Mrozek beschließt, nicht auch sein anderes Auge hinzuhalten. »Ich hab den Fromm nich jesehn, nich lebendig jedenfalls.«

»Aber tot?«

»Ja, meinetwegen tot.«

»Aber Bescheid gesagt haste nicht, auch nicht der Hilde?«

»Nee, ich bin raus, war durcheinander. Was jetzt wird und so.«

»Und da biste erst mal in die *Linde*?«

»Ja, auf ein Beruhigungsbier.«

»Wie spät war es denn, als du ihn auf der Treppe gefunden hast?«

»Vielleicht so um zwölfe rum. Musste ja wegbleiben bis um zehn. War aber länger unterwegs.«

»Und dann lag er da und du hast geguckt, was er in der Tasche hat.«

»Nu ja, aber totgeschlagen hab ich ihn nich und wo er jetzt ist, braucht er den Zaster auch nich mehr.«

»Es ist nur so, Mrozek. Du warst da und du hast ein Motiv, ein starkes. Du hast seine Brieftasche genommen. Deine Fingerabdrücke werden wir finden.«

Mrozek schwitzt. »Aber um zehn war ich bei Hugo.«

»Kann er das bezeugen?«

»Sicher. Er ist nur etwas scheu, was die Polente angeht, und die Hilde braucht das auch nicht zu wissen unbedingt.«

»Was denn?«

»Also der Hugo, wie soll ich das jetzt sagen, er befreundet sich gerne mit jungen Mädchen. Sehr jungen Mädchen. Die kommen von allein mit in seine Wohnung.« Bohlke runzelt die Stirn, sagt aber nichts. »Der war schon mal im Knast dafür, aber er kann's nich lassen. Und so eene war da, fünfzehn, aus Werder. ›Meine Kirschblüte‹, hat der Hugo gesagt. Wenn Se mich fragen, war das nich ihre erste Blüte, aber mich fracht ja keener.«

»Und das ging so lange?«

»Na ja, man muss sich ja kennenlernen, bisschen Likör und dann will man sich ja auch nicht hetzen.«

Bohlke lässt seine Handknöchel knacken. »Mrozek, du bist ein erheblich größeres Schwein, als ich dachte.«

Sie fahren. Der Junge ist zurück ins Polster gesunken, so tief, dass nur der weite Himmel voller Wolkenschlieren im Zugfenster zu sehen ist und Kieferkronen in ihrem Tanz von links nach rechts. Die graue Königin weint. Das Schwarz um ihre Augen zerfließt. Er sieht weiter hinaus. Jüterbog, Wittenberg, Bitterfeld, Halle, Saalfeld.

Vor dem Bahnhof wartet ein braungebrannter Mann in weitem Hemd, die Ärmel hochgekrempelt. Er gibt ihnen die

Hand. Er lächelt. Er sagt, dass er sein Lehrer sei. Die Königin setzt ihr hochmütigstes Gesicht auf, als sie ihn von oben bis unten mustert. Er hat einen Wagen und davor ein Pferd, das nach Land und Gras riecht. Eine Wolke aus Fliegen schwirrt um seinen Kopf. Es gibt Berge. Auf und ab. Die Luft ist kühl und grün. Er atmet vorsichtig mit offenem Mund. Zwischen runden Bergrücken liegt die Schule, liegt Wickersdorf. Um einen Rasenplatz stehen u-förmig ein altes Herrenhaus, Scheunen und Nebengebäude. Explosionen von gelben Hyazinthen und Blaukissen unter den Fenstern. Von einem achteckigen Türmchen auf dem Haupthaus klingt eine Glocke. Bim, Bim, Bim, Bim. Kinder kommen aus allen Türen. Sie kommen zwischen den Häusern und hinter den Bäumen hervor. Sie kommen den Weg hinauf und von den Hängen herab. Sie tragen weiße Mützen. Ihre Gesichter, ihre Beine sind braun wie Karamell. Sie sind laut. Sie zeigen mit dem Finger auf den weißen Jungen, der noch immer mit leicht geöffneten Lippen das Grün atmet und sie aus schmalen Augen mustert wie ein somnambules Gespenst. Sie tuscheln hinter vorgehaltener Hand. Lachen. Der Lehrer heißt Paul. Er zeigt ihm ein Bett in einem Saal mit vielen Betten. Er zeigt ihm einen schmalen Schrank, der zu klein ist für alle Hemden, Hosen und Jacken, die ihm die Königin in den großen Koffer gepackt hat. »Hat der Junge eine Sporthose?«, fragt er. »Er treibt keinen Sport«, sagt die Königin. »Hier wird er es tun und dazu braucht er eine Sporthose. Ah, das könnte gehen.« Der Lehrer Paul hält eine kurze dunkelblaue Hose aus Samt in die Höhe. Zwei Jungen haben sich hinter ihnen in den Schlafsaal geschlichen und prusten los. Der Junge sieht sie an. Zum ersten Mal wagt er einen direkten Blick auf sie. Sie haben rote Wangen. Einer ist so blond wie ausgeblichen, der andere rot wie Kupferdraht. Sie gehören hierher wie das Pferd und die Fliegen. Er weiß, dass sie ihn angreifen werden, aber nicht wann und wie schlimm es wird. Ob er Zeit hat sich vorzubereiten? »Den Rest können Sie bitte wieder mitnehmen. Ich werde Ihnen schreiben, was der Junge hier benötigt. Diese Sachen sind alle sehr unpraktisch. Es wäre schön, wenn er eine Lederhose hätte. Da ist er im Wald geschützt.« »Im Wald?«, fragt die Königin. »Was soll er im Wald?« »Die Erfahrung der ursprünglichen Natur, das Verstehen und Begreifen der Schöpfung, ist uns hier ein großes Anliegen. Auch das Dasein in Gemeinschaft, zusammen Entscheidungen treffen, arbeiten und leben. Das versuchen wir hier den Kindern mitzugeben. Jedes Kind soll Teil der Schulgemeinde werden, aber sich gleichzeitig seinen Neigungen entsprechend entwickeln.« Der Rothaarige hat hinten im Dunkel des großen Schlafsaals die Augen nach oben unter die Lieder gerollt und lässt das Weiß seiner Augäpfel durch das Dämmerlicht leuchten. Der andere zuckt auf seinem Bett in lautlosem Gelächter.

Die Königin geht. Sie geht tatsächlich. Er ist allein. Zum ersten Mal ist er ohne sie, ohne den Geruch ihrer Haut, ihrer Kleider, ohne die leisen, eleganten Geräusche, die sie macht. Ohne ihre Hände, die ihn immerzu anfassen müssen, als wäre er aus Sand, der ohne ihr Streicheln immer weiter auseinandertreibt. Er legt sich auf das schmale Bett. Links und rechts stehen ebensolche Betten. Daneben weitere. Und mehr. Alle haben dieselben grauen Wolldecken über dem Leinenlaken. Er schiebt sich dazwischen und schläft ein. Nachts weckt ihn das Atmen der anderen Jungen. Manche stöhnen im Schlaf oder murmeln Unverständliches. Andere sind starr und leise wie Tote. Wenn das Laken verrutscht, kratzt die Wolldecke, als würde man versuchen sich mit einer Bürste zuzudecken. Er schläft wieder ein. Im ersten Dämmerlicht klingt die Glocke. Um ihn herum wird es lebendig. Sie laufen in den Waschraum. Hähne mit kaltem Wasser, das sie sich ins Gesicht spritzen über langen Becken aus gelbem Steinzeug. Er friert. Ihre Stimmen sind hell. Sie reden alle durcheinander. Sie ziehen sich aus und gleiten in ihre Turnhosen. Sie springen auf und ab gegen die Kälte. Ein anderer Lehrer kommt. Er ist der Leiter. Er mustert kopfschüttelnd die Samthose und sagt, dass er morgen eine andere tragen soll. Sie laufen hinter ihm die Treppe hinab, über den Hof und auf einem ungepflasterten Weg in den Wald. Noch nie ist er so schnell gelaufen. Seine Lunge füllt sich mit der schweren, grünen Waldluft, aber es reicht nicht. Er spürt seinen Puls trommeln, saugt den Atem ein wie ein Ertrinkender. Sie sind schneller. Sein Körper ist eine große Hitze, sein Inneres feuerrot. Seine Füße stoßen an Baumwurzeln und Steine auf dem Weg. Sie sind schwer. Er kann sie nicht hoch genug heben, nur nach vorne schieben, ein kleines Stück und ganz flach über dem Boden. Die Gruppe der Jungen, weit voraus, verschwindet einen Hügel hinab. Er stolpert, fällt und bleibt liegen. Er dreht sich auf den Rücken und sieht die dunklen Baumwipfel vor einem immer noch dunklen Himmel. Er saugt Luft in seine schmerzenden Lungen. Er ist allein im Wald. Da kommt einer zurück und reicht ihm eine Hand. »Keine Puste mehr? Nicht im Training? Das wird. Es geht jeden Tag besser.« »Es tut weh.« »Sei keine Memme.

Die anderen sind schon auf der Lichtung. Gymnastik.« Sie traben los. Der, der zurückgekommen ist, heißt Günther. Er ist auch aus Berlin. Aber nicht aus Charlottenburg, sondern aus Kreuzberg. Seine Schultern sind breiter als die der anderen, auf seiner Brust wachsen Haare in Gold. Er schafft die meisten Liegestütze. Muskeln wölben und strecken sich unter der glänzenden Haut seines Rückens wie eingefangene Tiere, die es hinausdrängt. Er springt auf, wischt die Haare mit dem Handrücken aus der Stirn und spuckt Friedrich, dem Augenroller von gestern Abend, einen Klumpen Speichel wie ein Geschoss vor die Füße. Mein Feind ist auch sein Feind. Das spürt der Junge. Darum ist Günther zurückgekommen und hat ihn geholt. Der Leiter hat anerkennend genickt. Gut, wenn sich die Jungen umeinander kümmern, wenn sie achtsam sind.

In der Klasse sitzt er vorn, neben Günther und seinem Geruch nach Tier. Sie schießen Papierkugeln aus Blasrohren in seinen Nacken. Vor ihm an der Tafel ein Zahlengewirr, das ihm nichts sagt. Der Leiter ruft ihn nach vorn. Da steht er wie auf einer Bühne und hat keinen Text. Blicke bohren sich in seinen Rücken wie kleine Speere. Er wird nach der Umwandlung von Brüchen gefragt, aber er weiß nichts von diesen Zahlen, die untereinander von Querstrichen getrennt stehen. Es sind Teile von Zahlen, das versteht er und sagt es auch. Da brechen sie in ohrenbetäubendes Gelächter aus und Friedrich fällt krachend um mit seinem Stuhl und wird hinausgeschickt. Günther schenkt ihm einen anerkennenden Blick: »Du weißt tatsächlich noch weniger als ich. Alle Achtung.« Der Leiter ist nachdenklich. Er soll nach dem Unterricht zu ihm kommen.

Nach Schulschluss geht er nicht zum Leiter und den sorgen-

den Falten in seinem Gesicht, sondern mit dem Lehrer Paul in den Glockenturm. Von oben hängt ein langes Seil herab. Der Lehrer Paul zeigt ihm, wie man daran hochspringt und es mit dem Gewicht seines Körpers nach unten zieht. Oben im Turm, am anderen Ende des Seils, beginnt die Glocke zu schwingen. Der Lehrer Paul zeigt ihm, wann man das Seil fahren lassen muss, um ihre Bewegung nicht auszubremsen. Bim, Bim, Bim, Bim, Bim. Die Luft sirrt von dem hellen Ton. Sonnenlicht fällt steil in das Schwingen hinein und lässt den Staub in der Luft leuchten. Er springt, er fährt am Seil in die Höhe und wieder zurück und er springt wieder und noch mal. Der Lehrer Paul lacht und nimmt ihm den Strick aus der Hand. »Jetzt ist aber genug.« Er schiebt den Jungen vorsichtig hinaus. Er pflückt ihm einen Zettel vom Rücken darauf steht »Esel«. Der Junge kann es lesen, bevor er ihn zerknüllt.

Beim Essen sitzen sie auf Bänken an langen Tischen. Der Junge balanciert einen Teller Kartoffelsuppe durch die Reihen. Wo ein freier Platz ist, rücken sie auf, sobald er darauf zusteuert. Die Suppe ist heiß und immer heißer wird auch der Blechteller in seinen Händen. Am Fenster ist neben Günther ein Platz frei. Als er fast da ist, stellt ihm Friedrich ein Bein und er fliegt nach vorn und seine Suppe in Günthers Rücken. Günther springt auf und zieht Friedrich am Hemd hoch vom Tisch. Der Lehrer Paul ist plötzlich da und sagt, dass Schläge, dass jegliche Gewalt nicht Teil dieser Schule ist, dass sie eine Gemeinschaft sein sollen in gegenseitiger Achtung und das Prügeleien nicht geduldet werden können, dass Günther es vielleicht anders gewohnt ist von da, wo er herkommt, aber dass er sich jetzt hier befindet und seinen Platz in der Gemein-

schaft finden und sich nun schnell umziehen muss. Günther zischt Friedrich im Gehen an: »*Polier ich dir halt nachher die Fresse.*«

Vor der Gerichtsmedizin steht Spiro vor der Witwe Charlotte Fromm, ihrem Sohn Ambros und der Reiterin, die ihm am Abend zuvor so nachhaltig den Kopf verdreht hat. Es ist Nike, ihre Tochter. Mit »Shalom« hat sie ihn begrüßt, wie ein Jude den anderen. Er ist zu perplex, um sie zu berichtigen. Gleich wird mit klappernden Rädern ihr Familienoberhaupt auf einer Bahre herangefahren werden, fahl und kalt. Ob sie ihn für einen Juden halten oder nicht, scheint ihm in diesem Moment nicht wichtig. Vor seiner Reiterin schlägt er die Augen nieder. Er wagt nicht sie anzusehen, senkt stattdessen sittsam, aber vergeblich den Blick, der sofort an wohlgeformten, zarten Fesseln in dunklen Seidenstrümpfen haften bleibt. Automatisch stößt er ein paar Floskeln hervor. »Herzliches Beileid …«, »Wir werden alles in unserer Macht Stehende …« In seinem Inneren tobt ein Sturm.

Er geht den schwarzen Silhouetten der Fromms voraus zum Schauraum. In einem Bogengang sind anonyme Leichen hinter Glas ausgestellt. Die Polizei hofft dadurch etwas über sie zu erfahren. Allerdings missbrauchen viele Hauptstädter diese Leichenschau als kostenloses Gruselkabinett und machen vor den Nachmittagsrevuen in der Friedrichstraße einen Abstecher hierher.

Sie haben Glück, heute ist der Gang auf der Seite der Lebenden leer. Nur eine Frau eilt ängstlich von Leichnam zu Leichnam und ist froh, dass sie keinen erkennt.

Schauraum I. Sie treten an die Bahre und Spiro beobachtet seiner Routine folgend ihre Gesichter. Charlotte Fromm ist gefasst. Ganz kurz nur weiten sich ihre Augen. Sie tritt vor und berührt die Hand des Mannes, mit dem sie die letzten 25 Jahre gelebt und mit dem sie zwei Kinder hat, des Mannes, der für sie unerklärlich in einem Hinterhaus der Wrangelstraße zu Tode gekommen ist. Ambros, ihr eleganter Sohn, bringt ihr einen Stuhl.

»Shylock, was machst du denn für Sachen?«, flüstert er, woraufhin Nike haltlos zu weinen beginnt. Charlotte Fromm fasst langsam den Ausschnitt ihres schwarzen Kleides und reißt ihn an der Schulter ein. Nike macht es ebenso.

Ambros schüttelt den Kopf. »Meine Damen, meinen Sie nicht, Sie übertreiben ein wenig die religiöse Folklore im Angesicht eines offenkundig abwesenden Gottes?«

Nike muss unter Tränen lächeln. »Ambros, nicht mal jetzt kannst du dein altes Lästermaul halten. Lass uns, es ist ein schöner Brauch. Wir nehmen Abschied von Shylocks Körper. Nur der ist gestorben. Seine Seele lebt nämlich weiter und sieht uns sogar zu, sagt der Rabbi. Solltest du in der nächsten Zeit also zum Beispiel vom Blitz getroffen werden, wird mich das nicht wundern.« Ihre grünen Augen funkeln den Bruder angriffslustig an.

»Kinder«, sagt Charlotte Fromm. »Gibt's denn gar nichts, was euch heilig ist?«

Ambros legt theatralisch eine Hand an die Stirn. »Darüber werde ich länger nachdenken müssen.« Nikes Ellbogen fliegt ihm in die Seite, sodass er aufschreit. Aber sie muss auch lachen, während ihr Tränen in Rinnsalen die Wangen hinabglänzen. »Du Scheusal.«

Nur Spiro sieht, dass auch Ambros feuchte Augen hat, die er verstohlen wischt. »Meine Damen, das hier ist nichts für mich. Ich warte draußen.«

Spiro folgt ihm. Ambros holt ein silbernes Zigarettenetui aus der Innentasche seines Mantels und bietet auch Spiro eine an. Der akzeptiert und bedankt sich.

»Wie haben Sie vorhin Ihren Vater genannt? Shylock? Wie der Geldverleiher im *Kaufmann von Venedig*? Ein Pfund Fleisch aus dem Körper des Schuldners, wenn er es nicht schafft, die Schulden pünktlich zurückzuzahlen?«

»Oha, wir haben es mit einem gebildeten Kommissar zu tun, einem Juden noch dazu, wie angenehm. Ihr Anzug ist mir bereits positiv aufgefallen.« Spiro schweigt und raucht. Erst jetzt denkt er, dass es gar nicht schaden kann, wenn die Familie des Opfers dem Ermittler in besonderer Weise vertraut.

»Ja, wir haben ihm diesen unvorteilhaften Spitznamen gegeben. Er trug ihn übrigens wie einen Ehrentitel. Mein Vater war tatsächlich in allererster Linie an der Vermehrung seines Geldes interessiert. Unser Bestreben hingegen war, es möglichst sinnlos wieder zurück unter die Leute zu werfen. Er war jahrelang im Krieg. Und als er zurückkam, war er entsetzt darüber, was in der Zwischenzeit aus seinen Kindern geworden war. Schockiert verabschiedete er sich ins Büro. Von Zeit zu Zeit sind wir uns zu Hause über den Weg gelaufen und haben sein Missfallen in Empfang genommen. Abschließend ist zu Protokoll zu geben, dass unser Verhältnis als zerrüttet bezeichnet werden kann.«

Charlotte und Nike kommen die Stufen herab. Ihre Augen sind rotgeweint.

Unter ihrem schwarzen Hut ist Nikes Gesicht ein blasses Herz, auf dem die Sonnenbräune wie schlecht gewählter Puder liegt. »Der arme Shylock. Das hat er nicht verdient. Gerade jetzt, wo wir uns wieder näher waren. Da liegt er und ist ganz kalt.« Sie weint. Sie ballt die Fäuste. Sie schüttelt den Kopf. Spiro ist fasziniert. Trauer, Wut, Verzweiflung sind in schnellem Wechsel in ihren Zügen. Es ist, als wäre sie lebendiger als wir anderen, denkt er. So viele Gesichter in so kurzer Zeit.

»Herr Kommissar«, Charlotte Fromm wendet sich ihm zu, »was hat mein Mann in der Wrangelstraße gemacht? Können Sie mir das sagen?«

»Ist er verschleppt worden? Hat man ihn gequält?«, will Nike wissen.

Spiro denkt, dass eigentlich er die Fragen stellen sollte und er aufpassen muss, dass ihm diese Familie, die ihn so sehr beeindruckt, nicht die Ermittlung aus der Hand nimmt. Er beschließt, sie hier auf dem Vorplatz der Gerichtsmedizin, vor den gelben Klinkern und den zerzausten Rosen, neben den hufklappernden Droschken, den Aasgeruch der Toten noch in der Nase, gehörig vor den Kopf zu stoßen.

»Ihr Mann, Frau Fromm, unterhielt seit etwa fünf Jahren eine Wohnung in der Wrangelstraße. Dort lebt seine Geliebte, die er genau viermal wöchentlich zu festgesetzten Zeiten besuchte. Er hat diese Wohnung in ein kleinbürgerliches Idyll verwandelt, sehr deutsch und teilweise auch sehr teuer. Seine Geliebte hatte dort stets Schweinswürste für ihn bereitzuhalten. Frau Fromm, wussten Sie davon?«

Charlotte Fromm hat mit ihren langgliedrigen Klavierspielerhänden ihren Mund bedeckt und sieht ihn an wie ein Gespenst. Von Ambros erntet er nicht etwa Wut, sondern einen respektvollen Blick. Spiro ist sich nicht sicher, ob das der Sensation dieser rätselhaften Enthüllung oder seinem scharf kriminalistischen Tonfall geschuldet ist. Sei's drum. Er ist der Kommissar. Er leitet die Ermittlungen. Er stellt die Fragen. Der Boden kehrt unter seine Füße zurück.

Da sieht ihn Nike aus grünen Augen an. »Ich muss dahin. Das muss ich sehen, sonst kann ich das nicht glauben. Sie müssen mich dorthin bringen.«

Noch im Dunkeln laufen sie los ins Zwielicht zwischen den Stämmen im Wald, immer bergan. Es geht schon besser. Günther an seiner Seite und er läuft und läuft und ab und zu wirft ihm Günther einen Blick zu und lässt seine Zähne aufleuchten und er läuft weiter, er läuft. Etwas Helles ist in ihm, das macht ihn leicht. Sie kommen auf dem Hügel an und der Lehrer Martin, den sie bei seinem Vornamen

nennen sollen, spricht den Eid der alten Germanen und die hellen Stimmen sprechen ihn nach, in die kühle, schöne Luft hinein.

»*Wer also entschlossen ist, mit uns zu gehen*«, *sagt Martin,* »*der trete nackt vor die Berge dort drüben und werfe seinen Stein hinab.*« »*Ganz ausziehen?*«, *fragt Günther.*

»*Natürlich, wir wollen uns doch kennen*«, *lächelt Martin. Er ist jetzt auch nackt, nur Muskeln, die glänzen, und die Jungen schieben ihre Hosen hinunter und schmeißen ihre Steine ins Tal.* »*Nur wer seinen Stein wiederfindet, wird aufgenommen in den Bund*«, *sagt Martin. Die nackten Jungen fliegen durch das hohe Gras den Hügel hinunter, ihren Steinen hinterher. Der Junge saugt seine Augen am Boden fest. Hier muss es gewesen sein, hier bei dem Findling, hier ist sein Stein aufgeprallt und weggesprungen. Er findet ihn nicht. Er sucht zwischen nah an den Boden geduckten Büschen, tastet über die harten Halme eines blauen Grases, fährt mit bebenden Händen in Senken und Ritzen. Überall kann der Stein sein und ist doch nirgends. Er sucht und sucht, bis er vor Tränen nichts mehr sieht. Günther kommt, zwei Kiesel in der Hand. Der Junge will abwehren, das ist nicht sein Stein, aber dann nimmt er ihn doch, rast nach oben und legt ihn vorsichtig in Martins feierliche Hand. Alle haben bestanden. Acht Jungen liegen mit bebenden Flanken im Gras und leuchten in der Sonne. Acht meiden die Augen ihres Nächsten.* »*Aufgenommen durch Gottesgericht*«, *sagt Martin, und acht junge Herzen klopfen ängstlich bis hoch in den Hals.*

Spiro sitzt also neben Nike Fromm in der Nord-Süd-Bahn. Was hat er sich dabei gedacht? Er hat gedacht, dass er sich ein genaueres Bild von diesem jüdischen Bankier mit seiner großen Zuneigung zu deutscher Kultur und deutschem Brauchtum machen muss. Zu eigenartig sind die Konstellationen, die hier offenbar werden, als dass er in ihnen nicht das Mordmotiv erwartet. Er glaubt nicht wirklich, dass Gustav Mrozek der Täter ist und zwar aus dem einzigen Grund, dass er sich so sehr als Täter anbietet. Irgendwo zwischen Magdeburger Platz und Wrangelstraße wird er seinen Mörder finden, da ist er sich sicher.

Nike soll ihm helfen. Deswegen sitzt er hier. Neben ihr. Sie soll von ihrem Vater erzählen und gleichzeitig unbewusst zu erkennen geben, ob die Familie nicht doch etwas wusste von der Walküre im Biedermeier. Dass er dafür etwas Zeit mit einem Mädchen verbringen muss, das ihn seit seinem ersten Auftauchen quasi elektrisiert hat, macht diese Fahrt auf eine fast unwirkliche Art und Weise wunderbar und hochkompliziert zugleich. In seinem Kopf halten sich Verstand und romantische Aufregung in eiserner Umklammerung. Keine Frage fällt ihm ein, gar nichts. Er hat sich überschätzt.

Sie schweigen also bis zum Halleschen Tor, wo er sie umsichtig durchs Gewühl dirigiert, nach oben in die Hochbahn. Diesen schwarzen Vogel, den er zart und vorsichtig beim Ellbogen nimmt. Sie weint nicht mehr. Sie ist noch weißer geworden, so weiß, dass ihre hellen Augen plötzlich dunkel wirken. »Ambros meint das nicht so. In Wahrheit würd er auch gern heulen, kann das aber nicht vereinbaren mit seinem nonchalanten Zynismus, der ihm Religion geworden ist.«

»Ich weiß«, sagt Spiro. Als sie an der *Linde* vorbeilaufen, bleibt sie abrupt stehen.

»Das klingt jetzt vielleicht komisch, Herr Kommissar, aber ich glaube, ich brauche einen Schnaps.«

Der Wirt lässt bei ihrem Eintritt anerkennend die Augenbrauen noch oben fliegen und eilt selbst an den Tisch, während er versucht sein dreckiges Geschirrtuch hinten in der Hose verschwinden zu lassen. »Likörchen, die Dame? Sekt ist leider aus.«

»Heute nur einen Korn für mich. Nee, doppelt bitte.« Sie stürzt ihn wie ein Bahnarbeiter. »Auf geht's, Herr Kommissar, wundern Sie sich nicht. Manchmal helf ich abends bei den *Dianas* aus. Das ist eine Damenkapelle und Trinkfestigkeit zweite Voraussetzung nach Beherrschung der Noten.«

»Es gibt viele Arten seine Eltern zu bestrafen. Mit der Damenkapelle haben Sie sicher beide an empfindlicher Stelle erwischt.«

»Mit dieser präzisen Schlussfolgerung könnten Sie sich eventuell in der Nähe der Wahrheit herumtreiben.« Beinahe lächeln sie.

Spiro zahlt und sie laufen die Wrangelstraße entlang. Sie hakt sich bei ihm ein und dieser untergeschobene Arm sendet Wellen durch seinen Körper wie ein vorwurfsvolles Echolot auf der Suche nach den Untiefen seines Herzens.

Schon wieder hat er den kriminalistischen Boden unter den Füßen verloren.

Nike biegt nicht in den Hausflur der Nummer 185 ein. Sie zuckt nicht mal oder verlangsamt den Schritt.

Im Hof lässt er sie warten, geht vor, läuft hoch bis zum Dachboden und wieder hinunter. Die Streben des Geländers sind gedrechselt, aber nicht in Schwarz-Weiß-Rot, sondern dunkelbraun gebeizt. Keine fehlt. Von hier stammt die Tatwaffe also nicht. Er bittet die verdatterte Müllerin, kurz zu einer Nachbarin zu gehen. Dann ist Nike auch schon da und schleicht mit Kinderaugen durch die Räume.

»So sehr hast du versucht ein echter Deutscher zu sein, Shylock«, flüstert sie. »Ich könnt's nicht glauben, würd ich's nicht sehn. Dein Traum vom Deutschsein, das ist das hier, das alles. Deutscher, nicht Jude, nicht staatenlos herumgejagt durch die Jahrhunderte, sondern Ordnung, Anstand, Frieden, Ruhe, Heimat, Herkunft, Scholle, das haste dich was kosten lassen.« Sie sinkt auf einen Sessel. »Ich wusste nicht, dass er den Mut hatte für solche Träume. Und ich wusste nicht, dass wir ihm so gar nicht ausreichten, dass er sich wegstehlen musste in sein Privattheater.« Sie weint jetzt haltlos, als könne sie nie wieder aufhören. »Es ist, als hätte ich ihn gar nicht gekannt. Plötzlich ist mein Vater ein Fremder und wird es bleiben, denn er ist ja tot und kann nichts mehr erklären.«

Spiro fühlt sich schuldig. Er hat sie hierhergebracht und das war ein Fehler. Es ist zu viel für sie. Am liebsten würde er ihr einen fürsorglichen Arm um die Schultern legen und sie wiegen, bis ihr Tränenstrom versiegt. Gleichzeitig wittert der Kriminalist in ihm zum ersten Mal ein ernsthaftes Motiv in diesem sonderbaren Fall. Was wäre, wenn der Bankier vorhatte, endgültig die Seiten zu wechseln und seine Familie zu verlassen? Was wäre, wenn er es leid war, im eigenen Haus von seinen Kindern mit Spottnamen belegt und gedemütigt zu werden? Was wäre, wenn er nicht mehr zahlen wollte dafür, dass sich sein Sohn durch die Nächte treiben ließ? Wenn er begriffen hätte, dass ihm die Ehefrau schon längst in die Musik entglitten war und das vielleicht auch niemals anders gewesen ist? Was wäre, wenn ihm die paar idyllischen Stunden mit Hilde nicht mehr ausgereicht hätten? War Ambros fähig seinen Vater zu erschlagen? Hatte Charlotte Fromm einen Mörder bezahlt? Und welche Auswirkungen hätte das auf Nike, die schöne, lebendige Nike?

Er bleibt also auf Abstand, reicht nur sein Taschentuch und weist auf die Figur des Affen aus feinstem Porzellan. »Fräulein Fromm, die Geliebte ihres Vaters hat angedeutet, dass es sich hierbei um einen der berühmten Mendelssohn Affen handeln könnte.«

»Von Moses Mendelssohn? Dem Nathan?« Ihr Gesicht ein einziges Fragezeichen.

»Diese Affen sind ein spezieller Fall sehr eigenwilliger Geschichtsinterpretation. Sie haben mich schon immer interessiert. Im achtzehnten Jahrhundert zwang Friedrich der Große die Juden bei ihrer Eheschließung einen Haufen Porzellan der Königlich Preußischen Porzellanmanufaktur zu kaufen. Auch Mendelssohn musste angeblich gleich zwanzig Porzellanaffen erstehen, bevor er Fromet Guggenheim heiraten durfte. Die Sache ist aber die, dass das Dekret zum Judenporzellan erst sieben Jahre nach der Eheschließung der beiden in Kraft trat, Mendelssohn also höchstwahrscheinlich nicht davon betroffen war. Trotzdem taucht von Zeit zu Zeit einer dieser weißen Affen auf, umwölkt von der Geschichte der Grausamkeit des großen Preußenkönigs gegen einen seiner wichtigsten Denker«, erklärt Spiro. Er erinnert sich an die Stimmen seiner Eltern, die sich gedämpft genau darüber in der Wittenbergischen Küche unterhalten haben, aber das sagt er ihr nicht.

Sie sieht ihn hellwach an. »Machen sich die Juden also freiwillig zu Opfern oder gab es eine geheime Verschwörung Friedrichs gegen Moses Mendelssohn? Und warum gerade Affen?« Sie ist aufgestanden und beide blicken in die leeren weißen Augen der Figur. Sie fährt fort. »Wissen Sie, was Charles Darwin über die Affen geschrieben hat? Die Bewohner der Insel Java haben ihm erzählt, dass insgeheim alle Affen sprechen können. Sie würden es nur nicht tun, damit man sie nicht zwingt zu arbeiten.« Ein Lächeln huscht über ihre Züge, Augen groß und grün und Spiro fällt hinein, als sie ihm immer näherkommen und sie ihn schließlich küsst. Ein Kuss, der nach Korn und Salz und Pfirsich schmeckt.

3

Sie heben im Hof zwischen den Schuldgebäuden einen Teich aus. Stoßen mit dünnen Beinen die Spaten ins Erdreich. Sie schaufeln mit schmächtigen Armen Lehmbrocken und Sand. Günther reißt mit der Spitzhacke die Erde auf wie den Leib eines Feindes. Er schaut nicht hoch, nicht nach links oder rechts, stetig, wie eine Maschine wühlt er sich hinein und die Grassoden fliegen. Er holt weit aus und lässt die Hacke niederdonnern. Weiß reflektiert Sonne auf seinem glattschweißigen Rücken.

An seiner Seite der Junge, der immer langsamer wird neben dieser Menschmaschine. Er lässt den Spaten los, biegt den Rücken gerade, die Hände voller Blasen zwischen Daumen und Zeigefingern, die Lippen aufgerissen. Er ist müde, der Körper Schmerz. Wasser, denkt er und das Blut pocht in seinem Kopf.

»Habter gesehn, Locke macht schlapp.« Der Rothaarige zeigt mit dem Finger auf ihn, während er sich rücklings in einen Lehmhaufen fallen lässt. »Schlappschwanz!«, höhnt Friedrich. »Drückeberger!«, »Memme!«, »Muttersöhnchen!«, kommt es von allen Seiten. Er blickt flehend zu Günther, aber der ist blind und taub. Der drischt auf die Erde ein, der hat einen wütenden Rhythmus, einen Takt, der ihn treibt.

Der Junge macht weiter. Das Holz des Spatens zieht ihm die Blasen von den Fingern und er denkt an die Krieger der Südsee und Spuren blutiger Griffe laufen den Stiel auf und ab.

Abends hat ihm die Krankenschwester die Hände zu weißen Pfötchen verbunden. Der Lehrer Martin lobt Günther. »Voller

Einsatz … die Gemeinschaft ein großes Stück weiter dem Ziel entgegen, dem Teich, in dem wir schwimmen wollen.«

»Wundert das einen, dass der Prolet malochen kann? Das soll er jeden Tag so machen, er zahlt ja schließlich kein Schulgeld. Er hat ein Stipendium für Proleten, die ein ganz klein bisschen schlauer sind als der Rest von dem Pack«, höhnt der Rote später im Schlafsaal.

Günther stürzt sich auf ihn und begräbt ihn unter seinen braunen Muskeln. Der Rote kratzt ihm den Rücken auf wie ein Mädchen. Günther schnellt hoch und der Rote schlägt ihn ins Gesicht. Günther schlägt zurück. Der Kopf des Roten fliegt auf die Dielen des Schlafsaals, aus seiner Nase läuft Blut. »Dreckiger Prolet«, zischt er. Günther sitzt auf seiner Brust und ohrfeigt ihn. »Vater Säufer, Mutter Hure«, schreit der Rote. Günther ohrfeigt weiter, wie eine Maschine, wie am Nachmittag.

Der Junge hebt die verbundenen Hände, aber er ist wie gelähmt. »Aufhören«, brüllt der Lehrer Martin. Am Ohr zieht er Günther von dem Roten und raus aus dem Schlafsaal.

Im Gesicht des Roten brennt Feuer, angeschwollen ist es, sodass er aussieht wie ein böser pausbäckiger Engel.

»Beeilung, Spiro. Außerordentliche Lage. Wir müssen zum Rapport.« Bohlke lehnt in Spiros Bürotür und arbeitet vergeblich an einem akkuraten Krawattenknoten. »Außerordentliche was?« Spiro steht seit dem gestrigen Kuss neben sich, wie ein Fremder. Kaum Schlaf, wilde Träume.

»L. A. G. E.«, buchstabiert ihm Bohlke ins verständnislose Gesicht. »Lagebesprechung. Alle kommen zusammen und erzählen sich, was sie herausgefunden haben.« Bohlkes Ton ist leise, akzentuiert und sanft, als spräche er zu einem geistig zurückgebliebenen Kleinkind. »Das hatten Sie auch in Wittenberge. Das haben alle bei der Polizei.« Dann ist sein Quäntchen Geduld aufgebraucht und er röhrt wie ein Boxtrainer. »Auf, Mann. Dalli.« Spiro nickt zerstreut, greift nach seinem Jackett und folgt ihm.

Zigarrenrauch steht in Wolken in der Luft des Sitzungssaals. Sie sind die Letzten, alle anderen schon da.

Die Zeitungen haben Wind von dem Mord bekommen. Extrablätter werden durch die Stadt geschrien. »Die zwei Leben des Bankiers«, »Prominentes Mordopfer auf Abwegen«.

Schwenkow zupft sich betrübt den Schnurrbart »Ich hatte gehofft, die Schmierfinken hätten uns noch etwas mehr Zeit gegeben. Aber sie haben ihre Nasen in der Witterung. Meine Herren, jetzt tickt die Uhr. Wir brauchen Ergebnisse. Spiro, Sie sind dran.«

Spiro erhebt sich. Der kurze Spurt den Flur entlang hat ihm gutgetan. Er ist aufgewacht. In knappen Worten schildert er den aufgeräumten Tatort ohne Spuren. Er schildert die Wohnung, die stattliche Geliebte Hildegard Müller, er schildert die deutsche Zweitexistenz des jüdischen Bankiers, seine Leidenschaft für Schweinswürste, sein Kulissenidyll. Unter den Kommissaren und Kommissaranwärtern klingt Gelächter auf.

»Aus einem Itzig wird nie ein echter Deutscher, da kann

er sich auf den Kopf stellen.« »Das hat er jetzt davon, hat ihm nichts genützt, das ganze Theater.«

Oberkommissar Schwenkow hebt die Hand und Ruhe kehrt ein. »Und was schließen Sie aus diesen unbestreitbar interessanten Tatsachen, Herr Kommissar Spiro? Ergibt sich daraus eventuell ein Hinweis auf einen Täter, oder dienen diese Erkenntnisse in erster Linie unserer Erheiterung?«

Spiro spürt, wie ihm das Blut in den Kopf schießt. »Ich bin mir noch nicht sicher. Zuerst haben wir vermutet, dass der Verlobte des Fräulein Müller und sein Freund Pattberg einen Mädchenhändlerring organisiert haben und der Mord irgendwie damit in Verbindung steht. Aber in den Verhören meines Kollegen Bohlke hat sich das leider zerschlagen. Aus der Pathologie gibt es einen Hinweis auf die Tatwaffe. Ein vermutlich gedrechseltes Holz, frisch gestrichen in Schwarz-Weiß-Rot. Das könnte bei einem jüdischen Opfer ein Hinweis auf einen politischen Mord sein. Bislang war aber noch keine Zeit, dem genauer nachzugehen.«

»Ein Holz also, in den Farben des Kaiserreichs gestrichen? Das nenne ich allerdings eine brandheiße Spur. Die Presse wird sich den Bauch halten vor Lachen, wenn ich ihr damit komme. Noch was? Was ist mit der Familie?«

»Ehefrau, zwei erwachsene Kinder. Die Frau ist Pianistin, außergewöhnlich gut, würde ich sagen. Sie scheint in einer eigenen Welt zu leben, in der nach ihrer Musik erst mal lange nichts kommt. Sie ist sehr gefühlsbetont, die Tochter auch …« Er gerät ins Stocken. »Also ihnen traue ich keinen Mord zu. Das ist so gut wie ausgeschlossen. Sie sind beide sehr zart ... und überhaupt.«

Schwenkow runzelt die Stirn. »Und was ist mit dem Sohn?«

»Der treibt sich nachts herum und bringt Vaters Geld unter die Leute. Ziemlich glatt, ein Zyniker.«

»Und was wäre, wenn Papa ihm den Geldhahn zugedreht hätte? Da haben wir doch ein Motiv. Leute, die auf großem Fuß leben, stecken oft mit dem andern im Sumpf. Da fassen Sie noch mal nach, Spiro, und Bohlke nehmen Sie mit, damit Ihnen die Frauen Fromm mit ihrem Klavierspiel nicht den Geist vernebeln. Außerdem kümmern Sie sich dringend um das Bankhaus, vielleicht ergibt sich da eine weitere Spur. Halten Sie sich ran, meine Herren, morgen sehen wir uns wieder mit hoffentlich etwas mehr in der Hand als ein paar absonderlichen Geschichten.«

Spiro und Bohlke gehen erst mal auf einen Kaffee und ein paar Bouletten zu Aschinger. Spiro hat was auf dem Herzen. Bohlke auch.

»Juden also, da passen Se ja hin, Spiro.«

»Ich bin keiner, mein Vorname ist aus einem englischen Theaterstück, das meiner Mutter gefällt. Ich bin so deutsch wie Sie und Schwenkow.«

»Aber aus Wittenberge«, lacht Bohlke erleichtert und nimmt einen Schluck von dem Bier, das er sich zum Essen gönnt.

»Ja, das stimmt und vielleicht herrschen da andere Sitten aber ich glaube, eigentlich nicht. Nicht, was die Einvernahme von Zeugen angeht.« Spiro ist ernst geworden. »Bohlke, ich war heute früh zuerst im Keller und habe Mrozek und Pattberg noch mal unter die Lupe nehmen wollen. Pattberg liegt auf der Krankenstation und kriegt kaum Luft, Mrozek sieht aus wie unter die Walze gekommen.«

»Ham Pech gehabt die beiden, sind unglücklich gestürzt bei der Festnahme.«

»Bohlke, solche Zeugen kann man vor Gericht nicht brauchen. Selbst wenn Sie bei den Kollegen damit durchkommen, das Gericht wird ihre Aussagen nicht anerkennen, weil es glaubt, sie seien erpresst worden. Ich hab Jura studiert, glauben Sie mir.«

Bohlke ist einer der wenigen Kommissare bei der Preußischen Polizei, der sich aus den Kasernen der Schutzpolizei zum Kommissar hochgearbeitet hat. Seine Kollegen im Morddezernat kommen aus besseren Kreisen, haben Abitur oder sogar studiert. Sie haben die niedrigen Ränge übersprungen, durch die sich Bohlke Jahr um Jahr nach oben geschoben hat, und sind gleich als Kommissaranwärter eingestellt worden. Der Alte mit dem entstellten Gesicht ist für sie ein Fossil längst vergangener Epochen. Sie witzeln über die orthografischen Fehler seiner Berichte. Ergreift er in der Lage, was selten genug vorkommt, das Wort, springen sie auf und stehen spottend stramm. Mittags isst er meist allein. Der Dünkel mit dem ihm die Kollegen begegnen, von denen etliche dem niederen preußischen Landadel entstammen, macht ihn empfindlich.

»Gerade Sie, Spiro, sollten bei dem Thema mal schön den Mund halten. Gegen das, was Ihrem Mädchenmörder passiert ist, ist das mit Mrozek und Pattberg sowas wie 'ne Kur.« Er gräbt seine Zähne in die letzte Boulette, Senf klebt in seinem Schnurrbart fest.

Gerüchte fliegen schneller als der Schall, denkt Spiro. Hier wissen sie also auch Bescheid, oder glauben zumindest Bescheid zu wissen.

»Er hat sich erschossen. An seiner Hand waren Schmauchspuren. Es gab eine Untersuchung. Und wenn die Zeugen, die Sie einvernehmen, weiterhin aussehen wie durch den Wolf gedreht, wird auch das untersucht werden müssen«, sagt er dann leise. Das, was an Sympathie zwischen den Beiden aufgekeimt war, ist schlagartig erloschen. Sie beenden die Mahlzeit schweigend.

Der Junge wacht auf und Günthers Bett neben ihm ist leer. Er fährt in seine Sachen, helle Aufregung, wo ist er. Dass in seinen Hosenbeinen handlange Risse klaffen, bemerkt er gar nicht. Hinaus auf den Korridor, über den aufgerissenen Hof, hinein ins Lehrerhaus. Dort findet er Lehrer Martin. Der schüttelt bedauernd den Kopf, ganz früh hat er Günther in den Zug gesetzt. So einen Ausbruch von Gewalt kann die Schule nicht dulden. Es war ja nicht das erste Mal. Es war noch die Erprobungszeit. Der Junge erstarrt und um ihn kreiselt seine Welt und sinkt. Nein, denkt er, nein. Ein Loch tut sich auf. Es frisst den kühlen Morgen, das Glockenläuten und schließlich auch das Licht. Dem Lehrer Martin fällt er wie ein Stein in die Arme.

Im Weiß des Krankenzimmers glüht sein Kopf im Fieber. Die graue Königin ist da und schlägt ihm kalte Tücher um die Waden, ihr Mund ein gerader, roter Strich, den Lehrer Martin durchbohrt ihr Blick. Sie wirft ihm die zerschnittenen Kleider vor die Füße, alles in Fetzen, der Samt und die Seide, die Rüschen und Biesen und Litzen. Ihre Stimme gellt. Der Lehrer Martin schaut zu Boden. Das Pferd zieht sie inmitten seiner Fliegen nach Saalfeld. Dann sind sie in der Bahn. Der Junge schläft und erwacht erst wieder im Dämmerlicht seines Verschlags. Er hört einen Mann keuchen, die Königin stöhnt. Wo ist das Licht? Ist es Morgen, Mittag, Abend? Er weiß es nicht. Er schmiegt seinen Körper an die bröckelnde Kühle der Wand.

Spiro und Bohlke betreten noch immer grimmig schweigend die Frommsche Wohnung am Magdeburger Platz. Kein Klavierspiel ist zu hören, in den Räumen hängt bedrückte Stille, aus der Küche dringen jiddische Wortfetzen. »Un got hot gerufn dos likht tog, un di fintsternish hot er gerufn nakht. Un es iz geven ovnt, un es iz geven frimorgn, eyn tog.« Eine winzige Alte in langem Rock aus Leinen, Kopf und Schultern bedeckt von einem Dreieckstuch, kommt ihnen entgegen, in der Hand ein Tablett mit Schalen voller Oliven und runder Brötchen. Es riecht nach hartgekochten Eiern. Über dem großen Spiegel in der Diele hängt ein Laken. Bohlke hebt eine Ecke an und lugt darunter, prallt zurück, als er sich seinem zerschnittenen Gesicht gegenübersieht.

Die Alte sieht ihn tadelnd an. »Des lassmer ma scheen blejbn«, fistelt sie. Sie folgen ihrem Schlurfen in die Bibliothek. Bis unter die Decke reichen die Holzregale. Auf dem Rand der Ledersessel kauern zwei weitere alte Frauen, auch sie in langen Röcken, darüber Schürzen und Tücher, festes Schuhwerk wie für einen langen Marsch. Nur Charlotte Fromm lehnt in einem Sessel und hat ihre bloßen Füße unter den Körper gezogen. Der Rauch hunderter Zigarren ist hier festgehalten in den Vorhängen, den Teppichen, den Büchern selbst, die sich hier als Konvolut des Wissens stapeln. Spiros Augen gleiten über die Buchrücken. Mendelssohn, Friedländer, Jacobson, die Vertreter der Haskala, der jüdischen Aufklärung. Auch sein Vater hat *Phädon oder über die Unsterblichkeit der Seele* im Regal und er muss sich zwingen, den Band nicht hervorzuziehen.

»Shalom, Herr Kommissar«, begrüßt sie ihn und Spiro merkt, wie Bohlke sich hinter ihm versteift.

»Frau Fromm, das ist mein Kollege Kommissar Bohlke. Leider müssen wir nochmals stören. Bitte helfen Sie uns. Um den Mörder Ihres Mannes zu finden, müssen wir mehr über Sie selbst, ihn und Ihre Familie erfahren.«

Charlotte Fromm weist auf die Schalen mit den Brötchen, Oliven und hartgekochten Eiern. »Seudat Hawraa, unsere Speise für die Überlebenden. Greifen Sie zu, Herr Bohlke, lauter runde Sachen, die uns mit ihrem Kreisumfang an das ewige Leben erinnern sollen.« Sie zündet eine Zigarette an und lässt den Rauch zwischen den Lippen hervorfließen. »Ich muss allerdings zugeben, dass das ewige Leben bei mir nicht so richtig anschlägt. Im Gegenteil, die Endgültigkeit des Todes tut sich vor mir auf wie ein Abgrund.« Bohlke hebt abwehrend die Hand. Die Alten flüstern und ziehen sich zurück. »Meine Verwandten. Ob Sie's glauben oder nicht, ich komme aus einem gallizischen Schtetl. Meine Eltern sind Chassiden. Im Wind meiner Kindheit flogen ›Gajstar‹ und am Shabbat haben wir in der Synagoge so lange gesungen, bis wir Gott so nah waren wie der Hyperventilation. Ich bin ein Kind der Kabbalah, Teil des Weltenbaums, der uns mit dem Göttlichen verbindet.« Sie sieht Spiro an. »Sind Sie orthodox oder reformiert?«

Spiro weicht aus. »Ich bin mir der Existenz Gottes nicht wirklich sicher. Das bringt vielleicht der Beruf mit sich.«

»Alle Aageblick e anderes Gesere«, antwortet sie in weichem Jiddisch.

»Und wenn das Schlamassel kommt, darf mer'm 'nen Stuhl stellen«, gibt er zurück.

Auf Bohlkes Stirn graben sich Falten ein. Wieso spricht der junge Kollege Jiddisch, wenn er doch kein Jude ist?

Charlotte Fromm fährt fort. »In der Schule bin ich aufgefallen und durfte nach Lemberg ans Konservatorium. Da bin ich dann dem Klavier begegnet. Eduard hat mich spielen sehen auf einer Reise. Jemand hat ihn mitgeschleppt ins Konzert. Er war älter, er war gut betucht, schließlich nahm er mich mit nach Berlin. Er unterstützte mein Klavierspiel, zahlte meinen Unterricht bei berühmten Lehrern. Ich hätte sogar auftreten dürfen. Er legte mir seine Stadt zu Füßen, gab mir zu lesen, zeigte mir die Welt. Er hat mich gemacht, wie einen Golem.« Sie bricht ab, sie weint. »Wir hatten oft Gäste. Eduard hat Musiker eingeladen, Maler, Bildhauer,

Schriftsteller. Sie haben meinen Kopf befreit und ich bin geflogen. Eduard war sehr großzügig. Er hatte Verständnis. Es war eine gute Zeit. Wir haben zwei Kinder, das wissen Sie ja. Es gab eine Amme, es gab Kinderfrauen, ich habe gespielt. Und wenn ich nicht gespielt habe, waren mir die Kinder eine Freude. Sie waren so niedlich und klein. Lebhaft wie Kobolde. Eduard hat sich sehr um sie gekümmert. Ich habe gespielt. Er hat sie geliebt und mich. Dann kam der Krieg und er hat sich freiwillig gemeldet. Zur Verteidigung des Vaterlandes. Zum Schutz des Kaiserreiches, das ihm allem Antisemitismus zum Trotz Heimat geworden ist. Es war, als säße man einer Maschine gegenüber, die patriotische Phrasen produzierte.« Sie drückt die Zigarette in einem silbernen Aschenbecher aus. »Als er ging, waren Nike und Ambros Kinder, zwölf und dreizehn, glaube ich. Als er zurückkam war vor allem Ambros fast schon erwachsen. Er hat Eduard sehr vermisst. Ich glaube, er hat seine Sehnsucht nach dem Vater weggedrückt, wie man ein Erinnerungsstück in einen Koffer legt und wegsperrt, damit es einen nicht täglich quält. Aber er hat den Schlüssel verloren. Und nicht nur den. Er hat sich selbst verloren. Aus dem lauten, freundlichen Kind ist ein leiser Zyniker geworden, der neben der Welt steht und sich über sie lustig macht. Er war immer weg, vor allem in den Nächten. Tags hat er geschlafen. Ich konnte ihn nicht anbinden. Ich war zu schwach. Ich habe gespielt und mir lange eingeredet, dass das vorbeigehen würde. Als Eduard zurückkam, war er auch ein anderer geworden. Er war verschlossen, hart und streng und plötzlich ganz Deutscher.« Sie sieht Bohlke direkt ins Gesicht, der zusammenfährt unter ihren schwarzen Augen. »All das Schlachten und Morden musste nachträglich einen Sinn ergeben. Die Nation, das Deutsche Reich muss fortbestehen.« Das »Deutsche Reich« spuckt sie ihnen vor die Füße und lacht ein Lachen, das keines ist. »Er war uns fremd geworden. Die Kinder gingen ihm aus dem Weg. Kamen sie zusammen, gab es Streit. Er zog sich in die Bank zurück und machte Kies, wie es meine Mutter nannte.«

»Und Ihre Tochter? Wie war das Verhältnis Ihres Mannes zu ihr?« Spiro beugt sich vor.

»Nike?« Sie sieht ihn an und lächelt. »Nike verdreht den Männern die Köpfe, so nachhaltig, dass die Jakobiner in der französischen Revolution ihre helle Freude an ihr gehabt hätten. Sie revoltiert auch, aber nicht wie Ambros. Sie ist geschickter, feiner.« Spiro bemüht sich seine Neugier hinter einem amtlichen Gesichtsausdruck verschwinden zu lassen. »Sie ist zum Beispiel eine hervorragende Musikerin, Pianistin und Klarinettistin, aber sie spielt in einer Damenkapelle. *Ich hab das Fräulein Helen baden sehn.*«

Bohlke fährt begeistert fort. »... *da kann man Waden sehn, rund und schön, im Wasser stehn, und wenn sie ungeschickt, tief sich bückt, dann sieht man ganz genau, bei der Frau.*« Er bricht ab und kratzt sich am Kopf.

Charlotte Fromm sieht seine Verzweiflung und muss lachen. »So was spielt sie da und raucht und trinkt wie ein Kerl. Aber sie hat sich etwas gefangen. Sie studiert jetzt Medizin, manchmal zumindest, und arbeitet nebenher in diesem Sexualinstitut im Tiergarten. Das tut ihr gut, hat

Eduard auch gefunden. Aber fragen Sie sie selbst. Sie muss jeden Augenblick hier sein.«

Nein, bloß das nicht, denkt er und springt auf. »Frau Fromm, wir haben einen dringenden Termin, schön, dass Sie sich Zeit genommen haben ...« Raus ist er und der verdutzte Bohlke hinterher. Nicht schnell genug, denn auf der Eingangstreppe jagt ihnen Nike entgegen. Auf dem Kopf eine enge Cloche, die ihr herzförmiges Gesicht bis über die Brauen bedeckt. Jumper bis zur Hüfte und ein kurzer Faltenrock, der nur mit Mühe ihre Knie berührt. Bohlke weiß gar nicht, wo er hinschauen soll. Sie streckt ihm eine Hand entgegen, so hoch, dass er überlegt, ob er sie küssen soll.

»Das ist also Ihr Kollege, Herr Spiro. Angenehm, Nike Fromm. Kommen Sie doch rein oder wolln Sie schon gehen? Keine Fragen für mich übrig?« Grün blitzt es Spiro an, dem die Sprache abhandengekommen ist.

Bohlke springt ein. »Wichtiger Termin, haben's eilig, werden sicher in den nächsten Tagen noch mal vorstellig werden«, brummelt er die Treppe hinunter. Spiro ist noch auf dem Absatz festgewachsen.

Er sammelt sich. »Einen schönen Tag, Fräulein Fromm.« Er zieht den Hut. Ihn ansehend dreht sie sich wortlos weg, gräbt kurz ihre kleinen weißen Zähne in die Unterlippe, fängt die zufallende Haustür und ist verschwunden.

»Donnerwetter, was fürn Mädchen. Und sie scheint was für Sie übrig zu haben, Spiro. Menschenskind, sein Sie bloß vorsichtig. Sonst kommen Sie in Teufels Küche.« Spiro schweigt. Also macht Bohlke weiter. »Und was haben wir bis jetzt? Nichts. Die Frau ist fremdgegangen, darauf können Sie wetten. ›Sie haben meinen Kopf befreit und ich bin geflogen. Eduard hatte Verständnis‹«, äfft er Charlotte Fromm nach. »So poetisch hat mir noch keine die Hörner des Ehegatten erklärt. Aber Ihnen gegenüber, dem jüdischen Kommissar, ist sie zutraulich wie ein Kätzchen.«

Spiro blafft zurück. »Ich versteh auch ein bisschen was von Musik. Diese Frau ist eine Künstlerin. Sie sollte auf die Bühne. Es wäre eine Sensation. Und ich dachte es schadet nichts, wenn die Familie mich für einen Juden hält. Endlich kann der vermaledeite Name zu was nütze sein.«

Bohlke ist skeptisch. »Ich halte Frau Fromm auch nicht für die Mörderin ihres Mannes. Die ist viel zu beschäftigt mit ihrem Klavier. Aber was ist mit dem Sohn? Den sollten wir uns ansehen und die Bank.«

Die Luft ist dicker in der Stadt, das Rattern und Knattern und Klappern so laut und es sind so viele Menschen in den Straßen, dass ihm schwindlig wird. Die graue Königin bahnt sich zornig einen Weg durch den Menschenknoten vor dem Bahnhof Zoologischer Garten. Wütend knallen ihre hohen Absätze auf das Trottoir. Er kommt kaum mit. Er ist noch schwach und die Beine wie Gummi. Sie rauscht ihm voran, sie teilt und drängelt. Dreht sich jemand um und will sich beschweren, lässt er es lieber, denn Wut lodert in ihrem Blick mit dem feuerroten Haar um die Wette. Ängstlich schließen sich die schon zum Protest aufgesperrten Münder. Einer in

Tangohosen nach der neusten Mode verneigt sich spöttisch und nimmt seine Begleitung achtsam zur Seite. Das Mädchen im Smoking äugt durch ein Monokel und hebt geziert eine kleine weiße Hand an den Mund. Sie lachen über uns, denkt der Junge. In Wickersdorf haben sie mich verlacht, aber hier ist es genau dasselbe. Augen nach unten auf die Katzenköpfe, vor dem Hippodrom nach rechts und in den Tiergarten, vorbei an den Menagerien in denen Vögel schreien und es streng nach Raubtier, Kot und Blut riecht.

Ihr Zorn ist gewaltig und weht hinter ihr wie ein Gewand durch den Park mit seinem Frühlingsgrün, das ihn schmerzt wie die Schläge, die sie ihm in der Nacht mit dem Stock verabreicht hat. Die Haut an seinem Rücken ist unter dem jaulenden Rohr aufgeplatzt. »Den treib ich dir aus«, hat sie geschrien und er, ganz baff, wusste nicht warum. Er hat ihr von Günther erzählt, dem Freund, dem Blonden, dem Starken und wie das Licht auf seiner glatten Haut geleuchtet hat und dass er Sehnsucht hat nach ihm und die Stadt so groß ist und er nicht weiß, wie er ihn finden soll. Da sind ihre Augen klein geworden, der Mund schmal und gezischt hat sie, dass es das wäre, was sie ihm in der verdammten Schule beigebracht hätten, die warmen Lehrer, das notzüchtige Gesocks. Sie ist auf und ab getigert und jedes Mal, wenn sie seinen zusammengekauerten Körper passierte, hat sie den Rohrstock durch die Luft sausen lassen. Sie ist gelaufen, bis sie müde war und sein Rücken eine Ansammlung roter, brennender Kreuze.

Schon sind sie am großen Stern, queren die Charlottenburger Allee, nehmen die Rüst Allee zum Kurfürstenplatz und an dessen Ende die stille Straße In den Zelten. Vor der Nummer 10 machen sie halt, Ecke Beethovenstraße. Vögel trällern ihre Liebsten herbei und füllen die Luft mit dem Lied ihres Verlangens. Eine Villa ist das, ein Palais, das sich vor ihnen erhebt. Die graue Königin ist beeindruckt. Der Junge sieht es daran, wie sie den Rücken geradezieht, den Kopf hochwirft und die Steinstufen hochmajestätet, als wäre sie hier zuhause. Im Dämmerlicht der Halle empfängt sie ein freundliches Lächeln. Eine schlanke Dame mit silbernem Haarknoten, braver Bluse und Wollrock führt sie über einen endlos langen Korridor, begleitet nur vom Knarren und Ächzen des Parketts. An den Wänden Fotos von Männern in Frauenkleidern, Männern mit Perücken, mit Federboas, mit Schmuck.

Der Junge bleibt vor dem Bild eines älteren Mannes mit breiten Schultern und derben Arbeiterhänden stehen. Er trägt ein Damenkostüm mit engem Rock und ein Hütchen seitlich auf dem eckigen Schädel. Seine Lippen sind dunkel geschminkt, auf den Wangen Bartstoppeln, die Augen tiefdunkel, wie Brunnen aus denen Traurigkeit fließt.

Der Junge fürchtet sich und will hinauslaufen in das Frühlingsgrün, in Sonne und Licht, aber die Königinstimme holt ihn wie ein Lasso, das durch den Dämmer peitscht, zurück.

Die Dame klopft an eine Tür und es passiert zunächst einmal nichts. Sie klopft noch mal. Hinter der Tür quietschende Schritte. »Sie haben geklopft? Ah, da sind Sie ja. Nur herein bitte, gnädige Frau, und du natürlich auch.« Der Mann ist rund und nicht sehr groß. Er klebt sich die widerspenstigen Haare an den Kopf und putzt die Brille, während er den Jungen aus zwinkernden Maulwurfsaugen betrachtet. Es klopft wieder und ein schönes Mädchen mit kurzem Haar, das nicht blond ist und nicht rot, sondern irgendwo dazwischen, huscht herein und schreibt die schmallippige Erzählung der Königin mit. Wenn sie nicht schreibt, lächelt sie den Jungen an, die Augen zwei grüne Seen hoch in den Bergen, von denen er gelesen hat. »Gott ist der hübsch«, flüstert sie, als die Königin ihre Schimpftirade auf die Schule beendet hat, und fährt ihm durch die Locken. Die Königin zuckt, als wollte sie die Hand wegschlagen, die sich an ihrem Eigentum vergreift. Der Mann spricht jetzt zu ihm. »Erzähl uns doch, wie es dir in der Schule gefallen hat.« Der Junge sieht sich in den spiegelnden Gläsern der Brille und das Regal hinter ihm, in dem Holzstatuen aus der Südsee stehen, mit bemalten Gesichtern und großen, aufgerichteten Penissen. Er beugt sich nah zu den Brillengläsern, um sie besser sehen zu können. »Erzähl, wie sie dich gequält haben«, fordert die Königin. »Ich kann nicht rechnen. Sie haben mich ausgelacht. Aber ich spreche die Sprache der Südseeindianer. Sie mochten auch meine Kleider nicht. Aber Günther hat mich geschützt. Er ist stark. Er ist ein Krieger.« »Ist er dein Freund?«, will das Mädchen wissen. Der Junge sieht sie überrascht an. »Er ist weg. Sie haben ihn weggeschickt aus der Schule, aber ich weiß nicht wohin.«

»Er ist besessen von diesem Günther. Jeden Tag geht es so. Günther hat dies gemacht und jenes, Günther hier, Günther da. Sie müssen ihn von diesem Günther abbringen.«

»Warum?«, fragt der Mann. »Weil es widernatürlich ist, diese Verliebtheit in einen Jungen, in einen Proleten«, faucht sie ihn an. Das Mädchen lacht. »Wo die Liebe hinfällt, wächst

kein Gras mehr.« Der Mann sieht die Königin bekümmert an. »Ich fürchte, ich kann Ihnen in diesem Punkt nicht behilflich sein. Ihr Sohn hat sich einen Freund gesucht. Der ist ein bisschen älter, ein bisschen weiter in seiner Entwicklung. Er gehört einer anderen Gesellschaftsschicht an, die ihm exotisch erscheint. Er schwärmt für ihn, bewundert ihn.

Das alles scheint mir eher der Norm zu entsprechen. Auffällig ist jedoch die Zurückgezogenheit Ihres Sohnes in sich selbst. Er scheint einsam zu sein und in vielerlei Hinsicht hinter dem Stand seiner Altersgenossen zurückzuliegen. Günther scheint derjenige zu sein, der diese Isolation Ihres Kindes durchbrochen hat. Das macht ihn zu einer sehr wichtigen Person in seinem Leben. Ob die Zuneigung Ihres Sohnes zu Günther homoerotischer Natur ist oder nicht, ist nicht so leicht festzustellen, weil er diese sehr besondere Bedeutung für ihn hat. Ich kann Ihnen nur raten, Ihr Kind zurück nach Wickersdorf zu bringen. Eine Reformschule scheint mir die geeignete Institution zu sein, die ihm helfen könnte, seine Rückstände aufzuholen, sollte es dafür nicht bereits zu spät sein. Er ist immerhin schon vierzehn Jahre alt. Das wird nicht leicht für ihn werden.

Falls sich die von Ihnen befürchtete homoerotische Neigung weiter ausbilden sollte, habe ich leider eine weitere schlechte Nachricht für Sie. Homosexualität ist keine Krankheit, die man kurieren könnte. Sie ist eine sexuelle Orientierung, ein Teil der Persönlichkeit, den es anzunehmen gilt und dessen Ausleben gestattet sein sollte. Jeder Versuch, diese Neigung zu unterdrücken, würde Ihr Kind in Neurosen, Depressionen oder gar in den Suizid treiben. Meine Praxis gestattet mir Einsicht in unglaublich traurige Schicksale und ich kämpfe für eine freie Entfaltung der Sexualität jedes Einzelnen und sei sie auch noch so abweichend von der gesellschaftlichen Norm.« Die Königin ist aufgesprungen. »Sie Perverser!«, kreischt sie ihm ins Gesicht. »Wie können gerade Sie es wagen, meinen Sohn zu beurteilen? Sie sind ja hochgradig krank. Wegsperren muss man Sie und Ihre Schreibernutte hier auch. Sie sind ein Schandfleck für diese Stadt und sollten ausgemerzt werden, je früher desto besser. Ein wissenschaftliches Institut soll das hier sein? Dass ich nicht lache. Ein Haufen Perverser in einem Palast, das trifft es schon eher, mit Ihren Pimmelstatuetten und den Bildern aller Verwirrter dieser Erde. Dass so etwas überhaupt geduldet wird. Ausräuchern sollte man Sie und Ihren ganzen Haufen, aufräumen und Platz machen für das gesunde Volksempfinden.« Speichel sprüht auf die Gläser des Mannes, die er wieder abnehmen muss. Mit blinden Maulwurfsaugen lässt er resigniert den Kopf sinken und sieht nicht, wie die Königin den Jungen hinter sich her aus dem Zimmer schleift. »Der Ärmste«, hört er das Mädchen sagen, die grünen Bergseen dunkel vor Trauer und Wut.

Spiro und Bohlke stehen vor der Frommschen Bank am Kurfürstendamm. Ein hohes Portal, durch das auch eine Giraffe erhobenen Hauptes hindurchspazieren könnte, weist ihnen ehrfurchtgebietend den Weg in den dahinterliegenden Tempel der Geldgeschäfte. Optimistisch ranken Blumen und Wein an Säulen hinauf, während Art Déco Lüster im Raum schweben wie wundersam vervielfachte Vollmonde. An der Decke tollen Göttinnen und Götter, der halbe Olymp ist vertreten. Diskrete Stille liegt über den Schaltern, unterbrochen nur vom leisen Kratzen der Schreibfedern auf Papier und dem Knistern frischen Geldes. In all dieser erhabenen Pracht hockt der stellvertretende Direktor hinter einem zentnerschweren Schreibtisch mit aufgestützten, mageren Armen wie ein Weberknecht und atmet Missgunst aus. Engstehende Augen mustern die Kommissare, als seien sie vom Aussatz befallen. Moses Silberstein ist Mitte 30, aber fast schon kahl. Die verbliebenen schwarzen Haare hat er sorgfältig mit Pomade an den Kopf geklebt.

Ein Mann ohne Sonne, denkt Spiro, ein ewiger Zweiter, der jetzt endlich Erster ist. Er sieht, wie Bohlke den Mann mit offenkundiger Abscheu mustert und beschließt, sich von dem wenig einnehmenden Äußeren des Bankiers nicht beirren zu lassen. Aber der macht es ihm nicht leicht. Schriftlich will er die Anordnung, die den Kommissaren Einsicht in die Bankgeschäfte erlaubt. Am besten sollen sie die Bank gar nicht betreten. Der Skandal sei immens, der Name täglich in der Zeitung, pures Gift für sein Haus, erste Auflösungen von Konten, so salbadert er leise zischend mit Gramfalten neben dem dünnen Mund, bis Bohlke die Geduld verliert und ihn anblafft. »Ihr Chef liegt mit eingeschlagenem Schädel in der Charité. Wir haben einen Mord aufzuklären. Das kommt zuerst und dahinter lange gar nichts. Entweder wir können uns jetzt Ihre Bücher ansehen oder wir machen den Laden zu und tragen alles mit zehn Schupos in Uniform aus dem Haus aufs Präsidium.«

Silbersteins dürres Gesicht legt sich in angeekelte Falten. »Vor diese Alternativen gestellt, ziehe ich es im Interesse unseres Hauses selbstredend vor, Ihnen hier Einsicht in unsere Geschäftsbücher zu gestatten.« Er nestelt ein Taschentuch hervor und trocknet sich Stirn und Hände, auf denen Schweißperlen hervorgetreten sind.

Bohlke ist beeindruckt, mit welcher Sicherheit sein Kollege sich zunächst die Liste der größten Kreditnehmer zeigen lässt, dann einzelne herauspickt, deren Kontobewegungen er durch die Jahre zurückverfolgt bis vor den Krieg. Spiro fühlt sich fast wie zu Hause im Kontor. Der staubige Geruch von Papier, die Nachgiebigkeit der lederbezogenen Schreibplatte, Mappen voller Hefte, voller Spalten, voller Summen, Daten und Namen. Damit kennt er sich aus und taucht ein in eine Welt, die er längst hinter sich geglaubt hat. Er verfolgt anerkennend das Geschick der Bankiers, die ihr Geldinstitut mit Umsicht durch Krieg und Inflation geführt haben. Die Verluste waren überschaubar. Meist hatten sie mit Ihren Krediten auf die richtigen Pferde gesetzt, hatten zuerst die Rüstungsindustrie finanziert, dann die Errichtung der großen Hotels, einen Bauunternehmer, der im Westhafen groß mitmischte, und auch Wertheim hatte sich hier zum Bau seiner Warenhäuser Geld geliehen. Es ist eine Privatbank mit einem gar nicht so kleinen, aber erlesenen Kundenstamm. Drei Stunden folgt er den gewundenen Pfaden des Geldes. Nichts ist auffällig, alles gut kalkuliert. Sie hatten Kriegsanleihen gekauft, aber nur so viele, um ihr Ansehen zu wahren und nicht als Vaterlandsverräter dazustehen. Sie hatten allerdings etliches Geld mit kurzen Rückzahlungsfristen bei enormen Zinssätzen in die Schwerindustrie des Ruhrgebiets gesteckt, die Waffenschmiede des Reiches.

Er streckt Arme und Rücken und sieht zu Bohlke, der sich den Terminkalender Eduard Fromms vorgenommen hat. Er sieht auch Silberstein, der in seinem Sessel immer nervöser wird.

Bohlke hebt sein festgenähtes Grinsen. »Herr stellvertretender Direktor, *16. Mai, sieben Uhr, Restaurant Rheinterrassen. Ag (muss endlich begreifen).* Was soll denn das bedeuten? Wer ist Ag und was muss er begreifen?«

Silberstein sieht aus, als hätte er was am Magen. »Wie Sie ja sehen, handelt es sich offensichtlich um Termine außerhalb unserer Geschäftszeiten. Über die privaten Verabredungen meines Chefs bin ich nicht informiert. Vielleicht handelt es sich um Kreditanfragen aus dem persönlichen Umfeld. Das kommt vor und ist meistens problematisch. Mir persönlich sind Geschäftskunden lieber.«

Spiro bedenkt ihn mit einem wachen Blick, er riecht Lunte, sein Jagdinstinkt schlägt an, aber er will sich in Ruhe überlegen, wie er den fischigen Silberstein am besten zu fassen kriegt und außerdem will er bei der Familie nachfragen, wer sich hinter dem Kürzel Ag verbergen könnte. Bei der Familie. Sein Herz klopft eine Spur schneller, als er Silberstein um ein ungestörtes Telefonat bittet. Die Nummer weiß er auswendig, sie hat sich sofort tief in sein Gedächtnis gegraben. Sechsmal läutet es und sein Herz schlägt ihm bis zum Hals, als endlich abgenommen wird. Nike meldet sich und fast legt er auf. Er braucht einen Moment, um seine Fassung wiederzugewinnen, dann erläutert er den Grund seines Anrufs.

Sie überlegt ein paar quälende Sekunden lang, dann imitiert ihre Stimme süffisant seinen amtlichen Tonfall.

»Ag könnte natürlich Agathe sein oder August oder irgendeine Firma, ein Konsortium, da gibt es im Moment ja ungeahnte Möglichkeiten. Wenn wir uns heut Abend auf ein Glas Schaumwein treffen könnten, würde mir bis dahin sicher was eingefallen sein, Herr Kommissar.«

»Das geht nicht«, entfährt es ihm. »Bitte, Fräulein Fromm, untergraben Sie nicht meine Neutralität als Ermittler. Wenn es mir gelungen ist, den Mörder Ihres Vaters zu fassen, trinke ich danach mit Ihnen so viel Schaumwein, wie Sie wollen, aber vorher wäre es ein Fehler. Ich darf den Zeugen nicht zu nahestehen, sonst gelte ich als befangen. Bitte helfen Sie mir und überlegen, wer sich hinter dem Kürzel verbergen könnte.«

»Unter diesen Umständen ist meine Konzentration aufs Empfindlichste gestört. Leider. Gute Nacht, Herr Kommissar.«

Spiro betrachtet den summenden Hörer in seiner Hand. Sie hat aufgelegt. Bohlke ist unbemerkt hereingekommen und hat seine letzten Sätze mitgehört. Er nickt anerkennend mit dem Kopf. »Sie scheinen ja langsam zur Vernunft zu kommen, gut so. Und? Hat se was gewusst?«

»Eingeschnappt ist sie und weiß aus Prinzip nichts.«

»Deswegen ja der Abstand zu den Zeugen, macht unsere Arbeit leichter.«

Spiro stöhnt.

Sie beschließen, dass für heute Feierabend ist und morgen auch noch ein Tag. Ein Omnibus trägt sie den Kurfürstendamm entlang Richtung Osten. Auf dem Oberdeck ergattern sie zwei Plätze.

»Schön«, sagt Spiro mit Blick auf das Gewimmel unter ihnen.

»Früher war's schöner«, brummelt Bohlke. »Da wurden die Sechser-Busse von Pferden gezogen. Eine Fahrt pauschal fünf Pfennige. Deswegen Sechser-Bus.«

»Wieso nicht Fünfer-Bus?«

»Weil früher der halbe Silbergroschen nun mal sechs Pfennige waren. Man kann sich ja nicht ständig umgewöhnen. Deshalb heißt das Fünfpfennigstück immer noch Sechser. Aber die Pferde werden immer seltener, die Automobile mehr. Mir persönlich sind die Äppel auf der Straße lieber als die Auspuffgase. Wenn die Sonne schien, kriegten die Pferde Strohhüte auf. Hat der Tierschutz extra aus Paris kommen lassen und zum Selbstkostenpreis an die Kutscher abgegeben.« Spiro lacht.

Am Bülowbogen verabschiedet er sich, steigt aus und läuft die Potsdamer Straße hoch. An der Lützowstraße großes inneres Ringen. Geht er nach links zum Magdeburger Platz oder geradeaus und rechts in die Pension? Er bleibt stehen. Ausgehen wollte sie mit ihm, dieses herrlichste aller herrlichen Mädchen, mit ihm, dem Provinzler aus Wittenberge. Ist er ein Hornochse so eine Verabredung auszuschlagen? Sie verfolgt ihn ja sowieso. Ständig sind ihm ihre grünen Augen zwischen den Zahlenkolonnen in der Bank erschienen, alles hat nach Pfirsich gerochen und jedes Hufgeklapper auf der Straße hat ihn hochgescheucht. Er hat die Arbeit ihres Vaters verfolgt und sich gefreut, dass dieser so umsichtig agierte, aufrichtig gefreut, als sei er schon Teil der Familie.

Ein bisschen Nähe kann nicht schaden, beschließt er. Diese jüdischen Familien sind oft sehr verschlossen, da ist es nur gut einen Fuß in der Tür zu haben. Entschlossen wendet er sich nach links. Aber nicht Nike öffnet seinem ungeduldigen Klingeln, kein entzückendes Schmollen, keine weißen Zähne, die sich in volle, helle Lippen graben, kein Wortwitz, der ihm um die Ohren fliegt.

Stattdessen lehnt Charlotte Fromm mit rotgeweinten Augen im Türrahmen wie ein übernächtigtes Gespenst. Doch sie kann ihm helfen. »Ag ist Silberstein, Ag wie Argentum, der lateinische Name für Silber. So hat er ihn für sich genannt. ›Ja, der Aaagee der macht Silber, aber immer noch kein Gold.‹ Das hat er gesagt und gelacht dazu.« Tränen steigen auf, ihre Mundwinkel zucken.

Unmöglich kann er sie nach Nike fragen. Er bedankt sich rasch und wünscht gute Nacht. Aber in der Potsdamer Straße geht er in eine Kneipe, zückt seinen Dienstausweis und ordert das Telefon.

Eine alte Stimme kratzt am anderen Ende der Leitung. »Hier die Wohnung Fromm, wer da?« Für heute gibt er sich geschlagen und hängt ein.

4

Sie bringt ihm wieder das weiße Glas. Sie bringt ihm Milch. Er liegt und schwitzt. Er trinkt. Der Mund füllt sich mit Schleim. Er trinkt. Am anderen Ende der Welt, gleich über Australien, liegt Neuguinea. Hier fließt der Fluss, den sie zu Beginn des Jahrhunderts entdeckten und mündet nach unzähligen Schleifen in die Bismarcksee. Er schwebt über ihm, über dem Kaiserin-Augusta-Fluss. Unter sich das Wasser, hoch am Ufer Schilf, dahinter die grüne Wand des Urwalds. Er folgt dem Flusslauf. Trommeln. Tam, tatatam, tam tatatam. Krokodile gleiten von den Sandbänken ins Wasser und verschwinden mit eleganten Schwanzschlägen im schlammigen Braun, träge tauchen Rücken meterlanger Fische auf und wieder ab. In den Baumkronen Vögel, weiß wie Milch vor dem Dunkel der Wipfel. Auf Pfählen stehen Häuser am Wasser, ihre Dächer aus Schilf und darunter schwarze Schatten. Er gleitet in einem Einbaum stromaufwärts in die Gegend der großen Sümpfe. Wani ist der Baum, aus dem sie das Boot geschnitten haben, wanimeri ist der zornige Geist des Krokodils, sein Kopf, in den Bug geschnitzt, fährt ihnen mit gefletschten Zähnen voran. Vor ihm, hinter ihm die gleichmäßigen Paddelschläge der Krieger. Sie tragen Penishüllen aus den Häuten von Fledermäusen, um die Oberarme geflochtene Bänder, in denen Federn und Zweige stecken, in ihren Nasen Ringe aus Eberzahn. Sie paddeln im Stehen, tief tauchen die doppelt gespitzten Blätter ins Wasser. Sie fahren zu den Dörfern der Töpfer. Sie tauschen weiße Muschelschalen, sie tauschen Fisch und Schildkröten gegen Sagoschalen. Auf jeder

Schale bewachen drei Augenpaare den Hungrigen, während er isst. Schwarz sind diese Augen, umgeben von roten Höfen im weißen Gesicht. Sie strecken sich, werden länger, werden Masken. Büschel von Menschenhaar hängen in gezwirbelten Lianen auf sie herab, tam tatatam, tam … Die Tänzer sind verborgen unter langen Blätterschurzen, sie tanzen den Liebeszauber der jungen Männer mit den frischen Narben, sie tanzen den Eber, den Schwertfisch, den Kasuar, den scheuen Riesenvogel des Waldes mit dem kobaltblauen Kopf, der sich auf mächtigen Beinen, bestückt mit einer fingerlangen Angriffskralle, seinen Weg durch das Unterholz bahnt. Kletterpalmen, die sich an Urwaldriesen hinauf ins Licht schieben. Sie jagen mit Pfeil und Bogen, sie jagen mit Bambusspeeren. Aus den Federn des Kasuars wird Schmuck. Sie baumeln an Nasenringen und von Lendenschurzen herab. Sie werden zu Federbildern, zu Totembändern, sie schmücken das obere Ende der langen Männerpaddel. Aus seinen Knochen werden Speerspitzen und Dolche. Der Kasuar war einst ein Mädchen. Ihr Bruder verwandelte sich in einen Paradiesvogel, der bis in die Spitzen der höchsten Urwaldbäume fliegen und nach Früchten und Nüssen suchen konnte. Das Mädchen wurde ein Kasuar, der mit trauriger Stimme nach dem Bruder ruft und um Essen bittet. Am Fluss verwandeln sich Menschen in Tiere, Tote in Lebende, Hölzer in Götter und Götter in Winde. Den Paddlern im Einbaum wachsen Krokodilköpfe, hellgrüne Augen mit geschlitzten Pupillen blinzeln ihm träge über die Schulter zu. Die blasse Haut seines Arms wird hundertfach von Federn durchstoßen, die sich langsam entrollen wie Blütenblätter. Sein Paddel treibt mit der Strömung flussabwärts, wo die reichsdeutsche Flagge weht und Herz-Jesu-Missionare Lendenschurze gegen Drillichhosen tauschen.

Er aber spreizt das neue Gefieder und fliegt stromaufwärts zu den großen Sümpfen. Da ist das Männerhaus, Sitz der Ahnen, Hort der Geheimnisse. In ihm gibt es Statuen, die niemals gezeigt werden, so stark ist ihr Zauber. Er würde alles und jeden hinwegfegen. Nur von außen darf er es ansehen, dieses Haus von dem sie glauben, dass es ein Frauenkörper ist. Indem sie ihn betreten, dringen die initiierten Männer in den Leib des Hauses ein. Er nicht, seine Haut ist noch glatt. Aber sie bauen schon den Zaun aus Zweigen, der das Männerhaus abschirmt von den neugierigen Blicken der Frauen und Kinder. Hierher werden die Jungen geschleppt, die zu Männern werden sollen. Die Krokodilflöte wird gebracht. Er muss sich verstecken. Keinesfalls darf er sie sehen. Er rennt aus dem Dorf in ein Sagofeld und vergräbt den Kopf zwischen seinen Knien. Später klettert er flink wie ein Äffchen den hohen Stamm einer Borassuspalme hinauf. In ihrem Wipfel verwandelt er sich in gawi, den Adler, und stößt seinen langgezogenen Schrei aus. Er lässt sich fallen und fliegt, bis er in den ineinander verflochtenen Armen der Krieger landet. Aus dem Netz geäderter Arme taucht das Gesicht der Königin auf. Sie lächelt weiß. Er schwitzt. Sie streicht ihm die nassen Haare aus dem Gesicht. Sie hebt seinen Kopf und gießt Milch hinein.

Als Spiro den Schlüssel zur Pension Koch dreht, wirft sich ihm in der Halle ein kläffendes Bündel entgegen.

»Aus, Erbse, hierher. Aus, verdammich, du Drecksköter. Hierher, subito.« Unbeeindruckt springt der Foxterrier Spiros Beine hinauf, heftiges Wedeln, als hätte er einen lang vermissten Freund plötzlich wiedergefunden.

Aus dem Zimmer neben seinem kommt ein drahtiger Mann in den frühen Dreißigern, Anzughose, weißes Hemd, frischrasiert, Pomade. Nur die gestärkten Manschetten kriegt er nicht geschlossen.

Er greift sich den Hund und streicht ihm zärtlich übers Maul, was das Tier mit euphorischem Abschlecken der Hände goutiert. »Darf ich vorstellen, das ist Erbse, meine bessere Hälfte sozusagen, leider notorisch taub, was Kommandos angeht. Jake Heuer, Ihr Nachbar, hab schon gehört, dass wir jetzt einen Staatsdiener im Haus haben.«

Spiro lacht. »Keine Angst, den Staat kann ich auch am Alex lassen und ob das mit dem Dienen so klappt, weiß ich auch noch nicht wirklich. Bin auf Probe hier.« Erbse windet sich wie ein Aal, ein Manschettenknopf fällt und wird von den wirbelnden Pfoten weggeschleudert. Spiro und Jake Heuer gehen auf die Knie. Auf allen vieren streichen sie mit den Händen über den Boden wie Anhänger einer neuen, erdverbundenen Glaubensgemeinschaft bei ihrem Abendritual. Jake steckt mit seinem Arm unter einer Kommode. »Hab ihn. Und jetzt aber dringend ein Frühstücksbier. Gretchen hat was kühl im Schrank unterm Küchenfenster.«

»Frühstück? Ich hab Feierabend.«

»Ich fang grad erst an. Bin Nachtarbeiter hinterm Tresen in der *Kokotte*.«

»Aha«, sagt Spiro und versucht vergeblich so auszusehen, als würde ihm diese Information etwas sagen.

»Das ist der Laden, wo sich *tout le monde* momentan zu treffen hat. Dann gibt's wieder was Neues. Es ist ein Kreuz. Ständig ändern sich die Wege, die man im Morgengrauen zu durchwanken hat. Diese Stadt ist wie ein Kind, das zu viel Spielzeug hat. Gestern Eldorado in der Lutherstraße, morgen *Resi*, übermorgen *Eldorado* in der Motz. Der Renner heute ist die *Kokotte*.«

Eine stille Straße im Bayerischen Viertel, ein unscheinbarer Eingang, aber mit Pförtner in fantastischer Livree. Goldtressen und Posamenten den Mann entlang, hinauf und hinab, in der Hand eine Hellebarde, die Augen mit Kohle umrandet.

»Jake, heute zu dritt?«, fragt der Zirkusdirektor mit Fistelstimme, als ihm Erbse von hinten in die Kniekehlen springt. Jake klopft ihm auf die Schulter und grinst. Erbse wird im Lager zwischen Bierkisten abgestellt. Sie kennt das und kringelt sich prompt zum Schlaf. Es ist schon voll und es ist laut. Ein kleines Orchester spielt um sein Leben, davor wird gezappelt und mitgesungen: Shimmy, Charleston, Jazz. Troddeln- und fransenbesetzte Säume fliegen im Takt, entblößen Frauenbeine bis zur Hüfte. Spiro schluckt. Pailletten spiegeln das Restlicht, das seinen Weg durch die Rauchschwaden findet. Straußenfedern, leicht wie Neuschnee, flattern über schimmernden Schultern. Einige Männer tragen moderne Anzüge mit langer Taille und tiefem Westenausschnitt. Weite Hosen fallen auf moderne Shimmy-Schuhe. Andere sind formvollendet in Frack oder

Smoking unterwegs, einige Frauen allerdings auch. Und dann sind da noch die Männer in Kleid und Cloche. Und die, die ihnen nachgaffen, was erste wiederum freut. »Es gibt Akteure und es gibt Publikum. Beide werden in einem guten Lokal gebraucht«, doziert Jake hinter seinem Tresen und schiebt Spiro einen Cocktail herüber. »Was keiner braucht, sind Touristen und Amateure.«

Eine hochgewachsene Frau mit wilden Locken versucht die Bühne zu entern, die Tänzer johlen und klatschen. Ihr dicker Mann, »ein berühmter Schauspieler«, so Jake, schiebt sie lachend am Hintern hinauf. Der Pianist haut in die Tasten, die Frau steht breitbeinig und singt mit tiefer Stimme:

Zieh Dich aus, Petronella, zieh Dich aus!
Denn Du darfst nicht ennuyant sein und nur so wirst Du bekannt sein; und es jubelt voller Lust das ganze Haus:
Zieh Dich aus, Petronella, zieh Dich aus!

Nicht bei Lulu nur oder Wedekind ist der Platz für Deine Reize, denn je nackter Deine Schultern sind, je mehr sagt man: »Det kleid se!«

Als Iphigenie trägst Du nur 'ne Armbanduhr, 'ne Armbanduhr, ich seh den weißen Nacken, wie schön sind Deine Backen! Zieh Dich aus, Petronella, zieh Dich aus!
Und begleitet Dich nach Dein Souper Dein Amant in Deine Wohnung, hüllt er Dich ein bei Eis und Schnee in Nerz mit zarter Schonung.

Stehst Du vor ihm so bloß und blass mit ohne was, mit ohne was, spricht er zu Dir, Cokettchen, vor Deinem weissen Bettchen: Zieh Dich aus, Petronella, zieh Dich aus!

Laut und falsch wird mitgesungen. Tablettweise schwebt perlender Wein hoch über den Köpfen durch die Menge. Jubel, Applaus.

»Weißt du was Kurt Tucholsky, der Verfasser des Liedes, über sie gesagt hat? Die Holl ist hinter Goethe der zweite große Mann, den Frankfurt hervorgebracht hat.« Jake stellt Spiro schon wieder einen Cocktail hin. Es ist heiß, Durst. Was bleibt ihm übrig? Etwas süß für seinen Geschmack, aber stark kann das nicht sein. Irrtum, merkt er, als er wenig später zu den Toiletten schwankt.

Eine kleine Dunkle mit grünen Augen hängt sich ein. Sie zieht ihn auf die Tanzfläche und schiebt ihr Bein zwischen seine Schenkel. Durch Hemd und Kleid spürt er Apfelbrüste, die sich ihm entgegen drängen. Luft zum Schneiden. Sie schiebt seine Hände auf ihren Hintern, zwei stramme kleine Backen, die im schnellen Takt unter seinen Fingern entlanggleiten. Weit entfernt lacht Jake über seinem Shaker. Sie hat Durst, sie will Sekt und kriegt ihn. Ein Bekannter drängt sich kurz dazwischen, klopft Spiro auf die Schulter und raunt ihr ins Ohr. Sie schiebt sich irgendwas in den Mund und küsst ihn leidenschaftlich. Ihre Zunge streicht an seinen Zähnen entlang, als wolle sie deren Vollständigkeit prüfen. An seinem Gaumen wird es kalt und da ist ein Geschmack, fast wie Petroleum. Sie tanzen wieder. Spiro ist jetzt wach, sein Körper folgt der

Musik. An den Rhythmus gekettet, wird er vom Orchester voran gepeitscht. Kraftvoll, schnell und doch elegant ist sein Tanz, sein Körper ein Fest der Bewegung. Ewig könnte er so weitermachen. Nie war es so verschmolzen mit der Musik. Glück.

Schwarz umrandete Frauenaugen folgen ihm, feine Hände, gerade stark genug, um Zigarettenspitzen zu halten, streifen seinen Rücken. Münder schmollen ihm dunkelrote Schlachtreihen des Begehrens entgegen. Mehr Sekt. Er nimmt dem Kellner die Flasche vom Tablett, schäumend schießt er in die Gläser. In der Nische, in der sie gelandet sind, schwitzt schon ein Dicker über zwei Mädchen, denen jeweils ein Träger bis ganz unten verrutscht ist. Wenn die man schon achtzehn sind, denkt Spiro, bevor die Dunkle ihm den Kopf wegdreht und noch einen ihrer Petroleumküsse gibt. Eine Frau im Smoking, mit streng zurückgegeltem Haar, bläst ihm den Rauch ihrer Zigarre ins Gesicht, kalte Augen. Er stürzt sein Glas hinunter. Durst.

»Jetzt geht's aufwärts«, lacht ihm der Dicke zu, eine nasse Hand jetzt direkt auf der Brust eines Mädchens. Er packt zu und die Kleine verzieht das Gesicht vor Schmerz. »Achthundert Millionen Kredit aus Amerika. Jetzt geht's hier los, jetzt geht's hier rund. Mister Dawes, ick könnt dir knutschen.« Die kleine Dunkle lacht gehorsam und hebt die Rechte mit dem Glas. Ihre Linke liegt glühender Kohle gleich in seinem Schritt. Auf der Toilette ein engelsgleicher Junge, der ihm zuraunt, dass er noch nichts vorhat, heute Nacht. Seine Lippen an Spiros Ohr, zart wie Schmetterlingsflügel. Der Toilettenmann hat nichts gehört und nichts gesehen. Mit professioneller Versonnenheit widmet er sich der Betrachtung des Tapetenmusters, während ihm der Engel ein paar Münzen in die Hand gleiten lässt. Das Orchester gibt noch immer alles, Shimmy, Charleston, jetzt ein Tango. Eine gefärbte Blondine in einem sündhaft teuren und ebenso durchscheinenden Seidenkleid zieht ihn aufs Parkett.

Mit dem Kinn weist sie auf einen stillen Mann im Frack. »Das ist mein Gatte. Er sieht es gern, wenn ich mit Männern tanze. Wir wohnen gleich um die Ecke.«

Von der Seite einer mit Frettchengesicht. »Ich kenn einen Privatclub, da ziehn sich Sechzehnjährige aus. Interesse? Erst kürzlich ist da einer unverhofft der eignen Tochter begegnet.« Sein hingehustetes Lachen entblößt braune Zähne. »Nichts für ungut. Mit Jungs kann ich übrigens auch dienen.« Zwei elegante Frauen wälzen sich, die Münder ineinander verbissen, die Wand entlang. Eine Perlenkette reißt und ihr Reichtum springt in weißen Funken davon.

Die kleine Dunkle mit den grünen Augen hat sich in Luft aufgelöst. Zeit zu gehen.

»Jake, ich muss zurück in die braune Hölle.« Jake schaut ihn einen Moment an wie einen Entsprungenen.

Bis er kapiert und lacht. »Braune Hölle. Das ist gut. Das Bett kenn ich in- und auswendig. Fürchterliche Angelegenheit, das. Vor dir hab ich da gewohnt. Jetzt bin ich aufgestiegen in den rosa Himmel, den mir das Fräulein Ilse hinterlassen hat, als sie in den langersehnten Ehehafen einsegelte.«

Spiro will zahlen, aber Jake winkt ab. »Geht aufs Haus. Aber du kannst mir einen großen Gefallen tun. Kannst du Erbse mit nach Hause nehmen? Ich komm hier heute so schnell nicht raus.« Also steht Spiro mit einem kleinen Hund an der Leine im grauen Morgen und wundert sich, wo die Nacht geblieben ist. Er nimmt eine Droschke und als er am Karlsbad zahlen will, merkt er, dass seine Börse verschwunden ist, darin sein Dienstausweis.

5

Draußen. Im plötzlichen Licht schlagen seine Zähne das Morsealphabet des Fröstelns. Die Königin sagt nichts, funkelt ihn nur an, den Mund voller Nadeln. Nach Tagen und Nächten hinter den Latten seines Verschlages hat sie ihn rausgelassen, gerade als er vergessen hatte, dass es überhaupt ein Draußen gibt. Keine Milch mehr. Sie fährt mit einem Waschlappen seinen Körper entlang. Seife mit dem Geruch von Sandelholz. Er ist dünner geworden. Sein Hemd schlottert. Und völlig kraftlos ist er, aus purer Watte, aber draußen. Mühsam folgt er ihr auf den ewig langen Kurfürstendamm hinaus, Richtung Wittenbergplatz und endlos weiter. Am Nollendorfplatz dann rechterhand endlich das Theater, das sie erwartet. Er schleppt sich die flachen Stufen des Foyers hinauf und weiter zum Rang. Er hat Glück. Auf halber Strecke geben weiße Kastenfenster den Weg auf einen Balkon frei. Er lehnt sich an die sonnenbeschienene Wand. Seine Knie geben nach und er fließt den Putz hinab auf den Boden. Zwischen den Brüstungspfeilern hindurch schaut er über den Platz. Links lärmt der Glockenturm der American Church, vor ihm die Hochbahn, deren Wagen kreischend unter der Kuppel des Bahnhofs zum Stehen kommen. Menschen, so viele Menschen, Pferde, Droschken, Automobile, das ganze große Theater der Stadt vor ihm ausgebreitet. Vor dem Aufstieg zur Bahn die dreckige Phalanx der Kriegsversehrten hinter ihren Hüten. Einarmig, einbeinig, blind, zerhackt. Die Damen haben es eilig und drehen die Köpfe weg. Ein Mädchen zupft einen Herrn am Jackett und streicht sich das fadenscheinige Kleid an den dünnen Körper. Zwei dicke Männer mit Zylindern entsteigen einer Droschke, die sich gefährlich auf die Seite legt. Die Zimmermädchen des Hotels nebenan kommen zur Mittagspause auf den Platz in die Sonne. Sie tragen weiße Häubchen und Schürzen und schwarze Kleider darunter. Sie rauchen. Bachstelzen, denkt der Junge. Jetzt geht einer zwischen ihnen her. Sie rufen ihn an, lachen, wackeln mit den Hüften, schürzen die Lippen und recken die kleinen Arme nach seinem blonden Haar. Da fährt ein Blitz in den Jungen, denn er kennt diese Haare, er kennt diese Schultern, diesen Rücken. Es reißt ihn hoch, klirrend schlägt die Glastür an die Wand. Er fliegt die Treppen hinab, wirft sich gegen das schwere Portal, stolpert auf den Steinstufen. Rot schießt Blut aus seinem Knie und er kann ihn nicht mehr sehen durch seine Tränen. Weit weg auf der Treppe zur Hochbahn leuchtet es blond. Auf und weiter, ihm hinterher. »Günther!« Seine Stimme reicht nicht bis über den Platz. Der Blonde steigt weiter, unbeirrt. Von links schiebt sich die Bahn aus dem Tunnel hinauf. Bevor sie alles mit ihrem Brausen, Rattern und Kreischen übertönt, stemmt er die Beine fest in den Asphalt, formt mit den Händen ein Sprachrohr und brüllt mit voller Kraft. »Güünthaaaa«. Der Blonde dreht sich um und er ist es tatsächlich und lacht über das ganze Gesicht.

»Mensch, Kleener, wo warste denn jewesen?« Der Junge schüttelt lachend den Kopf. Noch kann er nicht antworten und japst stattdessen nach Luft. Dann laufen sie durch die Straßen und erzählen, sie legen sich die Hände auf die Schultern, sie laufen in großen Kreisen um den Nollendorfplatz. Der Junge erzählt von den Inseln der Südsee, dem Fluss, über den er

fliegen kann, dem Kaiserin-Augusta-Fluss, den Stämmen, der Jagd, den Liedern und Trommeln, dem Krokodilgott, der großen Schlange und dem Laufvogel Kasuar. Er erzählt, dass sie Krieger sind und ihre Feinde jagen. Er erzählt von der letzten, der hintersten Kammer des Männerhauses, wo die Schädel der Feinde gehütet werden, wie ein Schatz. Günther erzählt, dass er selbst auf einer Insel war, einer Insel mit weißem Sand. Er hat Fische gefangen und über dem Feuer gebraten. Nachts hat er unter einem Baum im warmen Sand geschlafen. Vollkommen allein war er da. Der Junge will wissen, wo das ist. Und er sagt bei den Borsigwerken, Nord-Süd-Bahn, gar nicht weit. An den Werken entlang bis zum See, dann liegt sie linker Hand im Wasser. Günther hat sich auf der Insel versteckt. Als er zurück musste aus Wickersdorf, hat ihn sein Stiefvater in die Mangel genommen. Er kam gerade noch raus aus der Wohnung und dann nichts wie weg. Eine Woche hat es gedauert, bis es nicht mehr wehtat. Die Insel hat ihn gerettet.

Reden und laufen, laufen und reden. Jetzt dämmert es und die Häuser sind aus violettem Licht gebaut. Der Junge schwankt, seine Arme, seine Beine fangen an zu jucken. Seine Pupillen drehen sich nach oben und es schüttelt ihn. Günther zieht ihn in einen dunklen Tordurchgang und hält seinen zuckenden Kopf im Schoß bis die Krämpfe nachlassen. Ein Hauswart kommt schlüsselklappernd aus seiner Wohnung, Hinterhof, Parterre. »Jetzt schließ ich ab hier und ihr seht zu, dass ihr wegkommt. Das ist kein Spital nicht.« Aber er wartet kulant, bis die beiden sich aufgerappelt haben. Hinter ihnen fällt das Holztor schwer auf seinen Flügel, dreht sich ein Schlüssel leicht im gut geölten Schloss. Die Straße hat sie wieder. Aber ihre Beine sind aus Blei und wollen nicht mehr laufen. Vor einem ›Aschinger‹ bleiben sie stehen und lesen sich auf der Karte im Aushang vor, was sie bestellen würden, wenn sie Geld hätten. Zwei Männer im Smoking hören ihnen zu, lachen und laden sie ein. Drinnen ist das Licht gelb und Holz an der Wand. Tresen, Tische, Stühle, Bänke, Servierbretter, alles aus Holz. Der Junge fürchtet, auch die Bouletten, Würste und Haxen könnten aus Holz sein. Günther bestellt ihm eine Rindsbouillon. »Was andres kriegt der sowieso nicht runter.« Er ist zornig. »Deine Königin ist eine Hexe. Ich fress 'nen Besen, wenn sie dir nicht Morphium in die Milch gemixt hat. Das Kratzen kenn ick und die Krämpfe. War bei meinem Ollen genauso. Der kam fast ohne Lunge aus Frankreich zurück. Giftgas. Der kam nur nach Hause, um bei uns langsam und elendig zu krepieren. Wenn Geld da war, gab es für ihn Morphium und wenn nicht, war's bei ihm so wie bei dir jetzt. Aber du bist ja gar nicht krank. Du sollst nur keine Fisimatenten machen. Die eigene Mutter, so 'ne Schweinerei.« Er haut auf den Tisch, dass Teller und Gläser springen. Der Junge lacht. »Noch mal.« Einer der Smokings greift nach seinem Handgelenk. »Halblang, Junge. Wollt ihr noch 'ne Molle?« Günther nickt. Dem Jungen schmeckt das Bier nicht, aber sein Mund ist trocken und er stürzt es in großen Zügen hinunter. Die Männer wohnen nur ein paar Schritte entfernt in der Nollendorfstraße.

   Räume groß wie Säle, Götter aus Gips neben samtenen Récamieren. Im Schlafzimmer lässt sich der Junge seufzend in die weiße Wolke eines frischen Plumeaus fallen. Er schläft fast auf der Stelle ein. Als er wieder zu sich kommt, macht sich einer der Smokings an seinem Hosenstall zu schaffen. »Nicht, bitte«, fleht er, aber der Mann im Smoking hört nicht auf. Sein Kopf ist jetzt über der Hüfte des Jungen, eine Hand in der eigenen Hose. Scham verbrennt den Jungen, aber seine Gliedmaßen sind wie gelähmt. Er macht die Augen zu, dreht den Kopf zur Seite und wartet, dass es vorbeigeht. Die Tür geht auf und Günther schwankt hinein, in seiner Hand eine Sektflasche.

»Kleener, hier jibtet wat Jutes.« Der Junge wagt nicht ihn anzusehen. Günther aber guckt und sieht die salzverkrusteten Tränenbahnen auf seinen Wangenknochen. Er braucht etwas bis er begreift, dann rast er los. In Sekunden ist er über dem Smoking und reißt seinen Kopf zurück. Der Smoking liegt mit offener Hose auf dem Rücken, Günther tritt ihm einen Fuß ins Gemächt. Wie von einer Feder gezogen, klappt er zusammen. Günthers Faust kracht in seinen Kiefer, etwas splittert, er spuckt Blut und Zähne. Günther kniet auf ihm und lässt einen Trommelwirbel aus Faustschlägen auf sein Gesicht herabprasseln, das sich in einen formlosen, blutigen Klumpen verwandelt. »Los, zieh dich an.« Aber der Junge kann sich noch immer nicht rühren. Blut fließt aus dem Mund des Mannes auf den persischen Teppich und bildet einen See. Jetzt kommt der andere Smoking und springt ihn ungelenk von hinten an. Günther gleitet zur Seite, windet sich aus seinem Griff, rammt ihm ein Knie in die Leber und, als er strauchelt, den Fuß ins Gesicht. Der Kopf des Smokings fliegt weit zurück, dann liegt er still. Günther taumelt auf die Beine und zieht den Jungen vom Bett. Am Türpfosten zerschlägt er die Sektflasche. Den Hals hat er in der Hand wie ein Messer. »Und

wehe ihr kommt uns nach oder ruft die Polente. Ich weiß, wo ihr wohnt.« Er zerrt den Jungen die Treppen hinunter, raus aus dem Haus und in einen Hof. Er lehnt ihn gegen die Wand und macht ihm die Hose zu. Seine Hände sind blutig. Der Junge greift nach ihnen, kriegt sie zu fassen und zerreibt das klebrige Rot zwischen seinen Fingern. Es riecht. Er dreht sich um und taumelt hinaus auf die Straße. Im Osthimmel ein Streifen kränkliches Grau.

Außerordentliche Lage: Spiro schwitzt vor den versammelten Kollegen und kämpft auch jetzt am Nachmittag noch immer mit Wellen von Übelkeit, die sich in ihm zusammenbrauen wie Gewitterwolken. Er verliert den Faden, verhaspelt sich, stottert, setzt neu an, Gelächter, vielsagende Blicke, in denen Spott und Mitleid wechseln. Noch immer nichts, leider, vielleicht Silberstein, vielleicht der Sohn, Kürzel im Kalender, Ag ist Silberstein, der hat das Treffen geleugnet, Verdacht. Muss ihn befragen. Endlich ist er fertig.

Oberkommissar Schwenkow kaut auf einem Schnurrbartende. »Dieser Bankmensch, was ist das für ein Mann?« Spiro holt Luft, wieder wird ihm übel, Bohlke hat Mitleid und übernimmt. Er ergreift nicht oft das Wort in der Lage. Amüsiert mustern ihn die anderen Kommissare, die »vons« und »zus« mit ihren Zigarren, ihrer Überheblichkeit, die in jeder Bügelfalte auf ihren lässig übereinandergeschlagenen Beinen sitzt. Sieh an, der alte Haudegen spricht. Sie warten auf das Stocken, auf die Versprecher und darauf, dass er sich geschlagen in seinen Militärjargon zurückzieht. Den Gefallen tut er ihnen heute nicht.

»Der Herr Bankier Silberstein ist ein echter Itzig: verschlagen, undurchsichtig und auf jeden Fall schlau. Ich persönlich traue dieser Sorte alles zu.« Beifälliges Murmeln unter den Kommissaren, das Bohlke aufsaugt wie ein Schwamm. Man hört ihm zu, man pflichtet ihm bei, sogar Handknöchel pochen auf die Tischplatten.

»Sie trauen ihm also zu, dass er seinen Chef in einem Hinterhoftreppenhaus mit einem bunten Holzknüppel erschlägt?«, hakt Schwenkow nach, dem die Richtung nicht gefällt, in die das Gespräch driftet.

»Das nun nicht unbedingt, aber dass er einen bezahlt, der es macht, das schon eher.« Wohlwollendes Nicken der Kollegen. Bohlke sonnt sich in der allgemeinen Anerkennung.

Spiro schaltet sich mit leiser Stimme ein. »Es ist uns bisher allerdings nicht gelungen ein Motiv für Silberstein zu entdecken.« Argwöhnische Stirnen legen sich in Falten, begleitet von missmutigem Schweigen.

»Den nehmen Sie sich vor«, bellt Schwenkow und mit einem Blick auf den blassen Kommissar, »am besten sofort und diesen Sohn auch. Wie heißt er noch? Amos? Auch so ein fremdartiger Name. Und jetzt zurück an die Arbeit, meine Herren.«

»Ambros, griechisch, der Unsterbliche«, murmelt Spiro, dann etwas lauter: »Herr Oberkommissar, kann ich Sie bitte einen Moment sprechen?« Das Schwerste liegt noch vor ihm. Er muss den Verlust seines Dienstausweises anzeigen. Er hat sich eine Geschichte zurechtgelegt. Schwenkow weist auf sein Büro und sie setzen sich in Bewegung.

Fräulein Gehrke schnellt hoch, als sie ihren Lieblingskommissar erblickt. »Der Herr Spiro, wie schön, möchten die Herren einen Kaffee?«

»Nicht noch einen, Fräulein Gehrke, ich krieg sonst Herzrasen«, wehrt Schwenkow ab. »Ein Glas Wasser würd ich nehmen«, bittet Spiro.

»Sie sind ja so blass heute. Sind Sie krank? In diesem frühlingshaften Wetter verkühlt man sich schnell. Noch ist der Sommer nicht da, aber die gesamte Stadt sitzt schon draußen und promeniert nächtelang Unter den Linden und im Tiergarten. Am nächsten Tag läuft dann die Nase und es kratzt im Hals.« Fräulein Gehrke schüttelt den Kopf über den frivolen Leichtsinn der Welt und geht hinaus.

Schwenkow bietet die Couch an und lässt sich selbst in einen grünen Sessel fallen. »Wo drückt der Schuh, *Wittenberge*? Sie haben doch mit diesem Silberstein eine interessante Spur und den Sohn müssen Sie auch abklopfen. Sie haben sich ein Bild gemacht. Mehr erwarte ich nach vier Tagen nicht. Manche Ihrer Kollegen kommen nie so weit, sie sind zu sehr mit sich selbst beschäftigt.«

»Das ist es nicht. Es ist etwas anderes.«

Schwenkows Schweinsaugen mustern den jungen Kommissar, der sich vor ihm windet. »Ich bin ganz Ohr.«

»Es ist so …« Er stockt. Soll er wirklich versuchen dem alten Oberkommissar die Lügengeschichte aufzubinden, die er sich zurechtgelegt hat? Aber hat er eine Wahl? Er will gerade ansetzen, da kommt die Gehrke zurück und meldet, dass ein Fräulein Fromm am Apparat sei und den Herrn Kriminalkommissar zu sprechen wünscht. In ihrer Stimme schwingt ein wenig Missfallen mit, registriert Schwenkow erstaunt.

Da ist Nikes Stimme, etwas rau, und geht ihm durch Mark und Bein. »Ich muss mich entschuldigen, Herr Kommissar.« Der »Kommissar« klingt noch etwas spöttisch. »Natürlich will ich helfen, den Mörder meines Vaters zu finden. Ich habe da eine Idee, über die ich mit Ihnen in Ruhe sprechen möchte. Wäre es Ihnen möglich, mich in einer Stunde im Institut abzuholen? Dann ist meine Arbeit vorbei. In den Zelten 10, Ecke Beethovenstraße.« Es knackt in der Leitung. Sie hat eingehängt.

»Sie will mich sprechen, auf der Stelle. Sie hat eine Idee.« Spiro steht vor seinem Chef und ist ein anderer. Wach und geschmeidig.

Schwenkow wundert sich schon wieder. »Na denn man los, aber lassen Sie sich von den Ideen des Fräuleins nicht den Kopf verdrehen und nehmen Sie Bohlke mit.«

Spiro ist schon draußen, der Dienstausweis vergessen und Bohlke hat er gar nicht erst gefragt.

»Meine Damen und Herren, ich bin in der glücklichen Lage Ihnen einige sehr besondere, rare indische Miniaturmalereien zu zeigen. Ich bin mir sicher, dass sie Ihre Fantasie beflügeln werden. Bitte bedienen Sie sich der bereitgelegten Vergrößerungsgläser.«

Spiro kann gerade noch die Lupe auffangen, die die junge

Frau vor ihm fallenlässt wie ein heißes Eisen. Ihr deutlich älterer Begleiter lacht. »Na Kleene, auf eenmal doch schenant?« Röte überzieht das verwirrte Gesicht der drallen Brünetten von höchstens 18. Auf Postkartengröße schläft ein orientalischer Prinz mit seelenvollen Mandelaugen mit einer Ziege, die er zärtlich vor sich auf den Rücken gelegt hat. Hinter dem ungewöhnlichen Liebespaar wellt sich eine Hügellandschaft, wachsen exotische Bäume und Pflanzen. Die Ausführung ist meisterhaft, Millionen haarfeiner Schraffuren geben jedes Blatt, jeden Grashalm, jeden Wirbel im Ziegenfell akribisch wieder. Genauso kunstvoll ist eine Antilope mit gedrehten Hörnern realisiert, deren Bauch eine Medaille ist, auf der ein junger Inder seine Geliebte sanft von hinten nimmt.

Spiro weiß nicht, ob er diese detaillierten Zeichnungen bewundern oder ob ihrer Obszönität verabscheuen soll.

Angeleitet werden sie von einem unscheinbaren Mann in einem vorgestrigen Anzug, der genauso gut als Buchhalter durchgehen könnte und Herr Karl genannt wird. Er macht seine unspektakuläre Erscheinung durch umso größeren Enthusiasmus für die Sache und ein erstaunliches Talent zum Conférencier wett.

»Da kann man nur staunen, nicht wahr? Im fernen Indien war die Sexualität im Allgemeinen und der Beischlaf im Besonderen eine hohe Kunst, ein Weg, sich dem Göttlichen in uns zu nähern.« Herr Karl klopft einem beleibten Herrn neben Spiro auf den prallen Bauch. »Auch hier wohnt ein Gott, meine Damen, und klein ist der hier nicht.« Die allgemeine Anspannung entlädt sich in Gelächter. Etwas zu laut, etwas zu schrill, registriert Spiro, aber auch er ist aufgeregt. Seine Hände sind feucht und er fühlt das Blut in seiner Halsschlagader pochen.

»Hier das Samprayogika, das Zweite Buch des Kamasutra, der Verse des Verlangens. Hier finden Sie Abhandlungen über jegliche Art der Liebe: die Untersuchung der Umarmungen, die Mannigfaltigkeit der Küsse, die Arten der Nägelwunden, die Regeln für das Beißen mit den Zähnen, aua, aua, aufgepasst … alles aus dem zweiten Jahrhundert nach Christus, entstanden in einer Gesellschaft, die Sexualität nicht als Sünde betrachtete, wie es uns die ehrwürdige Mutter Kirche bis heute weiszumachen versucht.« Bis zu diesem Moment hat Spiro geglaubt, sich in Sachen körperlicher Liebe halbwegs auszukennen. In seinem eigenen Leben gab es die große Eva mit dem blonden Haar bis zur Hüfte, der er als Junge über Wochen durchs Unterholz nachstieg, während sie ihren Pudel im Wald spazieren führte und im Unterkleid in einen Teich voller Seerosen sprang. Abends war er zerkratzt und verschorft nach Hause zurückgekrochen. Sie war weggezogen, bevor er gewagt hatte, das Wort an sie zu richten. Es gab die Tochter eines Elbfischers, die ihm in einem Bootsschuppen eine kühle Zunge in den Mund steckte und seine Hand unter ihren Rock schob, während die Wellen gegen die Holzpfähle klatschten und Feuchtigkeit seine Hosenbeine hochzog. Es gab Rahel, Tochter eines jüdischen Kaufmanns, die ihn spöttisch betrachtete, während er ihre riesigen Brüste küsste und knetete. Es gab Evelin, Frau eines Staatsanwalts, die sich vor ihm über den Esstisch beugte und ihm einen schwarz bestrapsten, eckigen Hintern entgegenstreckte, während er den misstrauischen Blick eines goldgerahmten Auerhahns in Öl erwiderte. Die Mädchen hatten ihn gemocht, die Frauen mögen ihn noch immer. Aber keine hat ihn jemals um den Schlaf gebracht. Er mag ihre Lippen, ihre Körper, aber er spielt auch gern Tennis, schwimmt oder liest ein gutes Buch. Er hält sich für erfahren. Er weiß, wie die Dinge laufen, wie man's macht. Gebrannt hat er bislang nur für die Arbeit, für die Jagd, die Hatz.

»Folgen Sie mir in den nächsten Raum und sehen Sie, was uns die griechische Antike zu bieten hat. Hier zum Beispiel Leda mit dem Schwan. Wo hat die Nymphe nur ihre Hände. Tss, tss, tss und hier, Eros als blinder Knabe und hier als zweifellos potenter Mann. Ein Torbogen des alten Rom.«

Elegante Herren im Smoking stoßen sich in die Seiten und tauschen amüsierte Blicke. Auf der Fotografie vor ihnen reiten in Stein gehauene Mädchen auf waagerechten Phalli, deren Hoden sich in die Hinterteile von galoppierenden Pferden oder Windhunden verwandeln. Auf Amuletten aus schwarz gewordener Bronze ragen erigierte Glieder in alle Himmelsrichtungen.

»Wir befinden uns in Papua-Neuguinea, wiederum in geradezu paradiesischen Verhältnissen ...« Schwarzweißfotos zeigen barbusige Frauen beim Tarostampfen. In ihren dunklen Händen riesige Stößel in Phallusform, die Warzen ihrer spitzen Brüste sind erigiert, ihre Haut feuchtglänzend und schimmernd.

»Wie das wohl wäre, mal mit so einer Wilden?« Neben Spiro leckt sich ein Wanst im Smoking die Lippen, das Monokel vor Aufregung beschlagen.

»Nee, also Erwin, weeste. Wo du mich so hinbringst. Letzte Woche Unterweltkaschemmen, heut die pure Perversion.« Seine Begleitung, rotwangig, blond, in einen Fummel aus hellblauer Seide gezwängt, rollt empört mit den Augen.

»Is doch von Intresse. Groß ist die Welt und voller Wunder.« Er zwinkert Spiro zu, nestelt einen silbernen Flachmann aus dem Jackett und bietet ihn an.

Spiro nimmt einen großen Schluck ohne nachzudenken. »Cognac? Ich bedanke mich.« Wohlig brennend breitet sich der gebrannte Wein in seinem Inneren aus und besänftigt den Sturm an Fragen, der in ihm tobt.

Er ist hin zu der Adresse, In den Zelten, doch von Nike keine Spur. Stattdessen das Foyer des Stadtpalais gefüllt mit mindestens 40 Nachtgestalten unterschiedlichster Provenienz: Direktoren und Tagediebe, Provinzler zu Besuch in der Hauptstadt, wildentschlossen nichts, aber gar nichts, zu verpassen, Jünglinge auf dem Pfad der Weisheit und des Wissens, wenn auch sichtlich überfordert, Schweiß auf den glatten Stirnen. Sie umringen den suchend kreiselnden Spiro, der verloren geht im Schein nackter Schultern unter hochmütigen, blassen Lächeln, alle Frauenaugen schwarz umrandet, Bergarbeiterinnen der Nacht, passend schwarz dazu die Anzüge ihrer Begleiter, blendendweiße Hemdbrüste leuchten im Dämmer der Halle, alle sind sie da, erregt und abgestoßen. Fasziniert und schockiert umringen sie den Kommissar, schieben ihn vorwärts, treiben ihn von Raum zu Raum, vorbei an Peitschen, Klemmen, neunschwänzigen Katzen, alle für den Hausgebrauch im Schlafgemach, vorbei an einem Masturbationsapparat mit Pedalbetrieb, der ein großes hölzernes Glied auf und ab tanzen lässt. Erläutert, demonstriert und beschrieben von Herrn Karl, wobei er unvorhersehbar von wissenschaftlicher Akkuratesse zur Frivolität eines Anreißers auf dem Jahrmarkt wechselt und zurück.

»Das, was uns magnetisch anzieht am anderen, ist von Mensch zu Mensch verschieden. Einer liebt Männer, der Andere Frauen, ein Dritter nur Teile von ihnen, in diesem Fall Haarteile.« An einer Wand feinsäuberlich aufgehängt Haarsträhnen in allen Farben, geflochten, gesteckt, von Schleifen, Klammern und Spangen gehalten, Affenschaukeln, spillerige Mädchenzöpfe, silbernes Gesteck. »Der schockierende Fund der Polizei bei der Festnahme eines Zopffetischisten. Jahrelang hat er mit einer Schere bewaffnet in der Dämmerung gelauert wie ein Indianer auf dem Kriegspfad.« Betroffenes Schweigen bei den Damen. »Jetzt haben Polizei und Bubikopf dem Grauen ein Ende bereitet. Aber nicht nur das Haar, auch Füße und ihre Verpackungen können manchem Connaisseur einziger Quell der Erfüllung sein. Hier haben wir die Sammlung eines Herrn mit ausgefallenem Geschmack und eingefallenem Portemonnaie nach Erwerb dieser Pretiosen.«

Die Begleitung des Dicken schnappt nach Luft, entzücktes Stöhnen entringt sich diverser weiblicher Kehlen. In Regalen, auf Sockeln, manchmal sogar unter Glas wie die Exponate des naturkundlichen Museums, reihen sich die kostbarsten Schuhe, die Spiro jemals gesehen hat. Absätze erheben sich in schwindelnde Höhen, sie sind aus Ebenholz, Glas, oder mit edelsten Ledern bezogen, Schuhe aus Maulwurfsbälgen, aus Pythonhaut, aus geschorenem Fell, bestickt mit Perlen, Pailletten und prächtigsten Blüten aus Seidengarn, geflochten aus feinsten Lederbändern, geschlungen zu Netzen, in denen sich Fantasie verfängt, jeder Schuh ein Kunstwerk, eine Skulptur.

Spiro stutzt vor einem Pantöffelchen aus schillernder chinesischer Seide, nicht größer als eine Kinderfaust.

»Dem südchinesischen Mann ist bis heute der Fuß seiner Frau wichtiger als ihr Gesicht. Je kleiner desto besser. Schon als Kind werden ihr die Zehen unter den Fuß gebunden. Durch das Wachstum vorangetrieben, brechen sie unter jahrelangen Schmerzen und verkrüppeln. Es kommt zu Entzündungen, die manche Frauen mit dem Leben bezahlen. Wirklich laufen können sie danach nicht mehr.«

Nike ist an seiner Seite aufgetaucht, sein Herz springt, auch wenn ihre Miene über das schlimme Schicksal der südchinesischen Frau einer Gewitterwolke gleicht. An der Hand zieht sie ihn heraus aus der Menge, die weitertreibt von Wunder zu Wunder. So froh ist er, als er sie endlich sieht, dass er vergisst, ihr seinen unfreiwilligen Ausflug durch die Institutssammlung vorzuwerfen.

Sie trägt ein braunes Kostüm mit heller Bluse und flachen Schuhen. Seriosität umweht sie, die hellen, wachen Augen voll scharfen Verstandes.

Sie hat seinen Blick bemerkt und lacht. »Das ist Arbeitskleidung. Immerhin führe ich auch Beratungen durch. Da sollte man mir die Medizinerin abnehmen, wenn ich schon keinen weißen Kittel trage. Aber ich möchte mich schnell umziehen. Ich bringe Sie derweil in die Küche zu Dora.« Also zurück in die Halle, ein paar Stufen hinab ins Souterrain. Nike weist in einen Korridor.

»Immer geradeaus, am Ende ist die Küche. Dorchen weiß Bescheid und hat einen Mosel offen.« Sie zwinkert ihm zu und verschwindet hinter einer Tür. Spiro geht also weiter den Gang entlang, von dessen Ende ihm rau Schuberts *Lindenbaum* entgegen tönt.

»*Ich träumt in seinem Schatten gar manchen süüßen Traum, ich schnitt in seine Riinde ...*«

Vorsichtig drückt er die Tür zu einer geräumigen Küche auf. Um den Tisch versammelt sitzen fünf ältliche Hausmädchen in Schürze und Häubchen mit Näh- und Strickarbeiten auf dem Schoß und singen alte deutsche Lieder.

Mit Blicken weisen sie ihm einen Platz zu, schenken ihm Wein ein, ohne ihr Lied zu unterbrechen. »*Nun bin ich manche Stunde, entfernt von diiesem Ort. Und immer hör ich's ra-uschen: Du fäändest Ruhe dort.*«

Endlich ist auch Ruhe in der Küche. Eines der Dienstmädchen erhebt sich und reicht ihm eine breite, kräftige Hand. »Dorchen, angenehm. Nike wird bald kommen.« Ihre Stimme ist erstaunlich tief. Und langsam dämmert es Spiro, dass er sich in einer Runde von Mannfrauen befindet, ohne Federboa und Schminke, aber in Röcken, mit langen, zu Knoten aufgesteckten Haaren, manche sogar mit Brustansatz und runden, vollen Hüften, anderen quillt üppige Armbehaarung unter den Manschetten hervor. Spiro nimmt einen großen Schluck Wein.

Dieses Rabenaas von Nike, denkt er. Mich hier einfach so hereinlaufen zu lassen. Aber den Gefallen, mich zu echauffieren, werde ich ihr nicht tun.

Also prostet er Dorchen und den anderen zu, singt mit, trinkt mit und lässt sich erzählen, dass sie schon immer als Frau gefühlt haben, in den Dörfern und Kleinstädten aus denen sie kamen, verlacht von den Nachbarn, von der eigenen Familie in Schweineställen versteckt, zum Schützenfest über die Dorfstraße gehetzt, getreten und geschlagen. Er lässt sich Narben zeigen, hört von Kastrationen und Dorchens Traum mithilfe einer Operation ihren Penis in eine Vagina zu verwandeln. Eine weitere Flasche Wein wird entkorkt und dann noch eine und Spiro wird eingeweiht in die Probleme, die die Großstadt mit sich bringt. Denn hat es die Transsexuelle erst mal aus dem Schweinestall in die Metropole geschafft, kann sie sich zwar kleiden, wie sie will, aber eine Anstellung für diese Frauen in Männerkörpern, ein Salär, oder gar ein Partner ist noch immer nicht in Sicht, stattdessen Bettelei, wieder Verstellung, manchmal der Strich.

Das *Institut für Sexualwissenschaft* bemüht sich, dass so viele von ihnen wie möglich ein Leben ihren Empfindungen gemäß führen können, ein Frauenleben in Kleidern, als Köchin, Hausmädchen, Küchenhilfe. Es bietet Beratung für alle, die sich einer »sexuellen Zwischenstufe«

zugehörig fühlen, verloren irgendwo auf der Strecke zwischen Mann und Frau, gewährt zeitweilig Unterschlupf für gleichgeschlechtlich liebende Künstler und Dichter. Es berät die ausgemergelten Proletarierinnen, wie sie den Kindersegen eindämmen können, den ihnen der Rausch des freitäglichen Zahltags zwischen die Schenkel spült und Bürgerkinder bei der Partnerwahl. Es wird nicht müde vor der Syphilis zu warnen, der Geißel dieser Zeit.

Es kämpft für die Abschaffung der Paragrafen 175 und 218, die Homosexualität und Abtreibung unter Strafe stellen und es fertigt gerichtliche Gutachten an, wenn die sexuelle Orientierung Hintergrund oder Ursache einer Straftat geworden ist.

Nike ist in einem Kleid aus grüner Seide hereingeschwebt und hat die Aufklärung Spiros ergänzend abgeschlossen. Er kann den Eindruck nicht abschütteln, dass er seit geraumer Zeit eine Art Examen durchläuft.

Jetzt spaziert er an ihrer Seite durch den frühsommerabendlichen Tiergarten, Wein im Schädel und ein plötzlich aufgerissenes Weltbild, das erst mal verarbeitet werden will. So sagt und fragt er dann auch nichts, sondern ist ganz in Gedanken bis fast zur Luiseninsel. Nike biegt vom Hauptweg ab und geht ihm voran ins violette Dunkel der blühenden Rhododendronsträucher, Nachtfalter umflattern die letzte Laterne, bevor nur noch Dämmerung ist und der schwere Duft der Blüten.

»Der Affe in der Wohnung, die mein Vater für diese Frau unterhielt, geht mir nicht aus dem Kopf«, setzt sie plötzlich an. Ihre Stimme ist leise und rau. »Letzte Nacht habe ich geträumt, ich sei in einem Käfig im zoologischen Garten, zusammen mit einer Horde weißer Porzellanaffen. Sie sprangen am Gitter empor und holten sich gegenseitig weiße Läuse aus dem Fell. Ein Mädchen, das meine Lieblingsstrickjacke trug, hielt mir durch das Gitter einen Apfel hin.«

»Und? Haben Sie ihn genommen?«

Statt zu antworten, zündet sich Nike eine Zigarette an, gibt auch Spiro eine und sie setzen sich aufs Gras, das auf einer kleinen Lichtung mitten im Rhododendron wächst, vor ihnen, schwarz, ein Kanal.

»Im Studium bin ich auf die Beobachtungen von Alexander Sokolowsky über die Psyche von Menschenaffen gestoßen. Sie scheinen unter ihrer Gefangenschaft zu leiden. Der Verlust der Freiheit führt dazu, dass sie in vielen zoologischen Gärten nach wenigen Tagen ohne erkennbare äußere Ursache versterben.« Sie lässt die Grashalme durch ihre Finger gleiten. »Wenn wir uns also das Tier aus der Wildnis holen, weil uns seine Wildheit gefällt, verurteilen wir es damit zum Tod. Was für ein grausames Paradox.«

Spiro ist aus seinen Gedanken gerissen und hat Mühe den Schleifen des komplizierten Geistes dieser faszinierenden Frau zu folgen.

Aber jetzt ist er da. »Im siebzehnten Jahrhundert hat man am Hof in Versailles einige dressierte Affen gehalten. Sie wurden in Kostüme nach der neuesten Mode gekleidet und nahmen an den Gesellschaften teil. Raten Sie, was man ihnen zuallererst beibrachte!«

»Vielleicht mit einem Löffel zu essen oder in einem Bett zu schlafen, ordentlich zugedeckt, Hände auf der Decke?«

»Völlig falsch, man brachte ihnen Taschendiebstahl bei. Sie klauten den Männern die Geldsäckel und Uhren aus den Taschen und den Frauen die Juwelen vom Hals.«

Nike wirft den Kopf in den Nacken, zeigt ihm ihren schönen hellen Hals und lacht. »Das ist es also, was wir den Tieren voraushaben. Habe ich schon immer geahnt.«

»Ich fürchte, Sie haben recht«, grinst Spiro.

Sie legt ihm einen ganz leichten Finger auf die Lippen. Er nimmt ihr Handgelenk, will eigentlich diese Hand wegschieben, die so plötzlich den Abstand zwischen ihnen ausgelöscht hat, aber öffnet stattdessen die Lippen und schiebt die süßesten Finger hinein, die diese Welt ihm zu bieten hat, lässt seine Zunge an ihnen entlanggleiten und zieht sie wieder vor, küsst ihre Kuppen, saugt sie ein und dann ist sie rittlings auf ihm und drückt ihn sanft ins Gras. Er nimmt ihr Gesicht in seine Hände wie ein kostbares Exponat, zieht es hinunter zu seinem, küsst ihre Ohren, ihre hohen Wangenknochen, ihre Lider und schließlich diesen Mund, der ihn seit Tagen schon verfolgt und ihm das Hirn vernebelt. Seine Hände fahren über ihren Rücken hinab zu ihrem köstlichen Po, über ihren Bauch und hoch zu den festen Brüsten, die ihnen entgegen drängen. Hinter seinen Augenlidern explodiert ein Licht. Ihr Atem füllt sein Ohr, ihre Zähne in seinen Lippen, ihre Zähne in seinem Hals. So schnell hat sie ihn aus der Hose, so schnell sich selbst aus der Seide. Die glänzenden Brüste der Tarostampferinnen, die phallireitenden

Römerinnen, all die Göttinnen, Nymphen und Megären, all die Werkzeuge, Abbildungen, Stellungen rasen als Blitze durch sein Hirn. Während er ihren Körper erforscht, knetet und streichelt und alles liebt, was seine Hände und Lippen ihm finden, hört er das Lied ihres Stöhnens, spürt, wie ihr glänzender Schweiß aus den Poren bricht. Er richtet sich auf, eine Hand drückt ihre Hüften auf seine, die andere ist in ihrem Haar vergraben. Er zieht sie hoch, drückt sie hinab, bis er sich auflöst in ihrem Körper, in ihrer Nacht.

Lange liegen sie schweigend ineinander verwoben.
»Ariel? Bist du noch da?«
»Bin niemals mehr da gewesen.«
»Ist das ein Kompliment?«
»Ja.«
»Gut. Denn so gehört sich das.« Sie küsst ihn, dann schlägt sie ihm mit der flachen Hand schallend auf die Schulter.

Er reibt sich überrascht seine brennende Haut. »Wie lautet die Anklage?«

»Es gibt keine Anklage. Es gibt nur ein Urteil und das lautet Tod. Tod der Mücke wegen Störung nächtlicher Romantik!«

»Tod, wo ist dein Stachel?«, röchelt er.

»Der Stachel wächst im Stachelwald, die Stachelbeeren werden kalt.« Sie streift sich das Kleid über.

Er streift es wieder ab und liebkost ihre Brüste. »Sie erkälten sich sonst.«

»Das darf auf gar keinen Fall passieren«, flüstert sie zurücksinkend ins Gras.

»Auf gar keinen«, nuschelt er in ihren Bauchnabel.

Sie schmiegt sich an ihn, stößt ihn zurück. Er atmet ihr Haar, ihre Haut, fährt mit seinem Zeigefinger die zarten Knochen ihrer Wirbelsäule entlang. Ihr schneller werdender Atem läuft um die Wette mit seinem. Ihre Nägel in seinem Rücken.

Jetzt, denkt er, jetzt die Welt anhalten und »morgen« aus dem Wörterbuch streichen.

Dann liegen sie wieder nebeneinander. Sie hat den Kopf auf sein Herz gelegt und lauscht. »Soweit ich das als Medizinerin beurteilen kann, läuft die Maschine prächtig.«

»Aber sie läuft nur für dich.« Sie lacht und küsst ihn und dann gleich noch mal.

Sie macht sich los aus seinen Armen. »Ich sollte zurück. Meine Mutter wird sich Sorgen machen. Bringt mich die Polizei noch nach Hause?«

»Wohin du willst. Und du hattest auch noch eine Idee, wegen der du mich sprechen wolltest. Erinnerst du dich? Oder war das nur ein Vorwand, um in meiner Nähe sein zu dürfen?«

»Dem Mann ist was zu Kopf gestiegen.« Mit geübtem Griff zieht sie das Lid seines Auges hoch und späht mit medizinischem Eifer hinein. »Aber ich kann nicht erkennen, was es ist. Seltsam.« Dann wird sie ernst. »Es ist keine wirkliche Idee, mehr ein Gefühl. Und das bedeutet wahrscheinlich auch gar nichts. Ich bin mir sicher, dass es überhaupt nichts mit Shylocks Tod zu tun hat. Andererseits solltest du davon wissen. Auch wenn ich es mir gar nicht vorstellen kann und will. Wie dem auch sei, du kannst das sicher viel besser beurteilen als ich.«

»Wenn du mir irgendwann verrätst, um was es geht ...«

»Also, ich glaube, dass sich das Verhältnis von Shylock zu seinem Vize, zu Silberstein, in den letzten Wochen verändert hat. Er hat immer große Stücke auf ihn gehalten, seinen Scharfsinn gelobt. Er hat mal gesagt, der Ag hat die Gabe, Weltgeschehen und Philosophie in Zahlen übersetzen zu können. Aber irgendetwas ist zwischen den beiden passiert. Er war nicht mehr so stolz auf ihn. Angesichts eines Gewinns hat er Sachen gesagt wie ›Das sollte doch eigentlich reichen, auch dem Ag.‹ Und einmal habe ich in der Bank gehört, wie es zwischen ihnen hin- und herging. ›Ein Abkommen ist ein Abkommen und ist keines mehr, wenn man sich nicht daran hält‹, hat Shylock ihm zu gezischt. Er war sehr verärgert, wollte aber nicht mit der Sprache heraus.«

Sie ist fertig. Jetzt weiß er Bescheid. »Es ist gut, dass du mir davon erzählt hast.«

»Mir geht es nicht so gut damit. Ich mache den Ag zu einem Verdächtigen und glaube selbst nicht, dass er einer ist.«

»Ich werde mit ihm sprechen. Das hatte ich sowieso vor. Nicht jeder Verdacht erhärtet sich. Aber er ergibt ein runderes Bild.«

Hand in Hand laufen sie an den ehrwürdigen Botschaftsresidenzen vorbei, nehmen einen Umweg am Ufer des Landwehrkanals entlang. Im schwarzen Wasser verzerren sich die Spiegelbilder der prächtigen Wohnhäuser.

Sie legt sie ihm mit der großen Geste eines Fremdenführers zu Füßen. »Als Shylock klein war, wurde noch gejagt im Tiergarten. Später hat, wer es sich leisten konnte, hier im Grünen gebaut. Und den Kurfürstendamm entlang, den Bohlenweg nach Potsdam. Ist noch gar nicht lange her. Jetzt ist das neue große Geld schon wieder weitergezogen in die Villen im Grunewald. All die Pracht hier, die Erker, Gesimse, Loggien, Balkone, die Sphinxen, die sie schmücken, die Auroren, all die Blüten und Ranken in Stuck sind schon wieder unmodern geworden, ganz und gar von gestern.« Sie deutet mit spitzem Finger auf das Gras vor ihren Füßen. »Hier, genau an dieser Stelle, hat noch der Kaiser auf ein Reh geschossen. Weil er zu viel Schnaps gesoffen hat, hat er es nicht richtig erwischt. Es ist langsam und elend verblutet. Deshalb ist es zu einem Geisterreh geworden, das ihn nächtens heimsuchte. Wenn wir es sehen, müssen wir ihm sagen, dass der Kaiser tot ist und es beruhigt in den Rehhimmel gehen kann.« Spiro sieht sie fragend an. »Die Geschichte hat uns Shylock erzählt. Deswegen konnten wir nicht wegziehen, wie die Familien unserer Freunde. Wir mussten auf das Reh warten. Wir sind die Einzigen, die noch da sind. Shylock mochte es gern hier.« Sie hat Tränen in den Augen. Er küsst sie weg. Dann erreichen sie den Magdeburger Platz. Sie fährt ihm mit dem Handrücken über die Wange, hüpft die Steinstufen hinauf und ist verschwunden.

Spiro schwebt zum Karlsbad. Margarete ist schlafen gegangen, aber Jake ist ausnahmsweise schon zu Hause. Er mustert seinen somnambulen Mitbewohner skeptisch, während Erbse mit ihrem aufwärts gekrümmten kleinen Schwanz wedelt, als wolle sie eine Weltmeisterschaft gewinnen.

Spiro hebt sie hoch und küsst ihre feuchte Nase.

Jake schüttelt angewidert den Kopf. »Ich küss ja gerne. Aber Erbse? Fällt das nicht auch unter irgendeinen Paragrafen? Und erzähl mir nicht, du kommst aus dem Büro.« Er zupft Spiro einen Grashalm vom Jackett und hält ihn inquisitorisch in die Höhe. Der grinst nur weggetreten, vollführt mit dem Hund auf dem Arm ein paar Tanzschritte und verschwindet Richtung braune Hölle. Er gießt Wasser in die Schüssel, wäscht sich und dann ab ins Bett. Keine zehn Sekunden später ist er eingeschlafen. Erbse wittert die Gunst der Stunde und ringelt sich zu seinen Füßen ein.

Während sich an diesem Abend im *Institut für Sexualwissenschaft* mancher Schleier lüftet, hält man sich ein paar Kilometer weiter westlich auffällig bedeckt.

Vornehm liegt Stille in der Seitenstraße der Königsallee, unterbrochen nur vom Geräusch seiner Schritte, das ihm ohrenbetäubend laut erscheint. Gleich nach dem Maariv, dem Abendgebet in der Synagoge, hat er einen Bus hinaus in den neuen Westen genommen. Er passiert protzige Villen, die schamlos den Reichtum ihrer Bauherren hinausposaunen, er passiert abweisende Trutzburgen, in denen man sich verschanzt statt zu wohnen. Nur selten schafft es ein Baumeister, seinen Steinen Eleganz, Lebenslust und Leichtigkeit abzuringen. Grün und schwer atmet der nahe Grunewald Feuchtigkeit und Abend herüber.

Vor einer grauen Residenz bleibt er stehen. Alle Fenster verdunkelt, nicht der kleinste Lichtstreif dringt hinaus. Er wundert sich. Ohne jegliches Geräusch schwingt das schmiedeeiserne Tor vor ihm auf, um sich hinter ihm ebenso lautlos wieder zu schließen. Heller Kies leuchtet der Freitreppe entgegen. Die obligaten Säulen links und rechts davon ragen dick wie Eichen bis zum zweiten Stock hinauf.

Auch hier kein Licht hinter den Fenstern und doch hat man ihn gesehen. Sobald er die flachen Stufen der Eingangstreppe erklommen hat, öffnet sich das Eichenportal einen Spalt weit ins Schwarz des Foyers. Er schlüpft hinein, dumpf fällt die Tür ins Schloss und ein Zündholz flammt auf.

Es beleuchtet das blatternarbige Gesicht eines Dieners in schwarzer Livree, der geschickt eine Öllampe entzündet und den Glassturz aufsetzt. »Hier entlang, bitte folgen.« Bevor er sich vorstellen kann, eilt ihm der Diener voraus durch die weitläufige Halle, von der zwei breite Treppen im Halbrund nach oben führen. Orientalische Teppiche dämpfen die Schritte. Sie gehen nach rechts durch ein saalartiges Speisezimmer, vorbei an einer endlosen Tafel, flankiert von zwei Reihen schwerer, hochlehniger Stühle. Das schwache Licht gleitet über goldgerahmte Portraits an der Wand. Weiße und blaue Uniformjacken leuchten ordensbehängt wie Christbäume, Säbel in kostbaren Scheiden, Schnurrbärte, Backenbärte, auch gepuderte Perücken, kalte blaue Augen folgen ihnen.

Noch eine Tür und der Blatternarbige gleitet zur Seite, um ihm den Vortritt zu lassen. In einem wandbreiten Kamin lodert ein Feuer. Davor breite Sessel, Teetische, die Fenster verhängt von dunkelgrünem Samt, der in meterlangen Kaskaden bis auf den Boden fällt.

Bei seinem Eintreten ist es still geworden. Gut zwei Dutzend Männer bevölkern das Zimmer. Sie sehen ihn an.

»Ah, da sind Sie ja. Kommen Sie hier herüber.« Der Gastgeber klopft ihm fürsorglich auf die Schulter, den misstrauischen Anwesenden seine gute Bekanntschaft mit dem Neuankömmling demonstrierend und führt ihn zu einer etwas abseits logierenden Gruppe. Ein weißbärtiger Uniformierter mit gezwirbeltem Schnurrbart gehört dazu, ein Mittfünfziger im Frack mit dunkelrotem Teint und ins Violette changierender Nase, sein junger Sekretär, ein schlanker Mann von vielleicht 30 Jahren, der ihn auf unangenehme Art und Weise fixiert.

»Ein Freund unserer Sache, nur so viel möchte ich Ihnen verraten.« So stellt ihn der Gastgeber der Runde vor und fährt an ihn gerichtet fort: »Und auch für Sie bleiben die Namen der Anwesenden zumindest jetzt noch ein Geheimnis.«

Der Rotgesichtige im Frack winkt ihn mit gekrümmtem Wurstfinger zu sich heran und kommt ohne Umschweife zur Sache. »Bin ich richtig informiert, dass Sie derjenige sind, der die geknebelte Schwerindustrie an der Ruhr mit einer kleinen Finanzspritze wieder zurück auf den Weg ihrer ursprünglichen Bestimmung helfen möchte?«

»Das ist eine schwierige Frage und das wissen Sie. Die Versailler Verträge fordern eine stark verkleinerte Reichswehr. Sie untersagen alles, was nach Aufrüstung aussieht. Wer garantiert mir, dass das Produkt meiner Investition nicht eingeschmolzen oder nach Frankreich deportiert wird?«

Der Sekretär mischt sich ein. Seine Stimme klingt gepresst. »Ebert weiß nicht, was er will. Er braucht die Reichswehr im Osten, er braucht sie im Inneren, aber Waffen und Munition will er ihr nicht geben. Dieses verdammte demokratische Durcheinander ....« Der Rotgesichtige legt ihm eine beruhigende Hand auf den Arm. »Wir werden von Kräften in der Verwaltung unterstützt, die nicht nur die Reichswehr, sondern auch die Einwohnerwehren und den Grenzschutz unterstützen. Außerdem gibt es die *schwarze Wehrmacht*. Da kommt einiges zusammen und bezahlt wird prompt und in bar.« »*Schwarze Wehrmacht?* Was muss ich mir darunter vorstellen?«

»Auch unter den Sozialdemokraten gibt es noch einige, die nicht mit dem Virus des Pazifismus, koste er, was er wolle, infiziert sind.«

Der Uniformierte mit dem gezwirbelten Bart räuspert sich. »Junger Mann, die Reichswehr wird diesen Unsinn, diese Republik, nie voll und ganz unterstützen. Gott sei Dank haben sie überall Richter, Staatsanwälte und hohe Verwaltungsbeamte auf ihren Posten belassen, die unserer Sache gewogen sind. Das sind Männer, die zu ihrem Wort stehen.«

»Sie sehen also, Ihre Kredite wären von höchsten Stellen abgesichert.«

Der Rotgesichtige hat sich vorgebeugt. »Je schneller wir die Arbeiter wieder in Lohn und Brot bringen, desto eher verschwindet dieser spartakistische Spuk wieder. Es hat ja nicht gereicht, dass sie Liebknecht und Luxemburg in den Landwehrkanal geschmissen haben.«

Der Bärtige lacht. »Auch daran sehen Sie, dass es selbst in der Republik noch Männer gibt, die die richtigen Befehle erteilen.«

Ein junger Uniformierter tritt in die Mitte des Raumes.

Er ist aufgeregt und seine Stimme droht sich zu überschlagen. »Es gibt eine Programmänderung. Unerwartet haben wir Besuch von einer Koryphäe aus Königsberg bekommen, von einem Gelehrten, der sein Leben lang den Ursprung unserer arischen Rasse erforscht. Begrüßen Sie Herrn Doktor Lockner, der den langen Weg durch den polnischen Korridor, dieser unverheilten Wunde in unserer Ostflanke, auf sich genommen hat, um hier vor uns zu sprechen.«

Ein dünnes Männchen mit zottigem weißen Spitzbart löst sich aus der johlenden, applaudierenden Gruppe der Jungen in feldgrauen Uniformen und beginnt mit überraschend wohltönender Stimme zu sprechen. »Ich glaube an die Vorbestimmung meines, unseres Volkes zur geistigen Führerschaft über die Völker der Erde. Der Weg dahin, der Weg ins Sonnenland, ins Godentum, ist der Weg des einfachen deutschen Menschen zum Gnostiker, der Weg zur Erlangung der Erkenntnis des Lichts, das Einswerden mit seiner Bestimmung, das Einswerden mit dem All.« Andächtige Stille hat sich über die Versammlung gelegt. »Godentum, Gode. Was bedeutet das? Der Gode ist der Taugliche, der Tüchtige und auch das Wort Gott ist in Gode enthalten. Der Gode ist Krist, wohlgemerkt mit *K* und nicht mit *Ch* geschrieben, denn das Wort entstammt der Edda, unserer nordischen Sage und nicht dem semitischen Testament.« Knöchel pochen zustimmend auf den Teetischen, dass die Biergläser tanzen. »Aber auch die heutige Bibel in ihrer verfälschenden Fassung der Geschichte kündet noch vom heiligen Krieg Jahwes und seiner Auserwählten gegen die Tiermenschen des Anthropozoons.

Die Götter und Gottsöhne des Alten wie des Neuen Testaments, sind die Vorfahren des Ariacus, des arischen Menschen, sie sind seine Wurzel. Bekannt sind sie uns noch immer als Engel. Mittlerweile wissen wir: Sie waren elektrobiotisch und radioelektrisch mit Sendern und Empfängern versehen.«

Der schmächtige Redner streckt einen dürren Zeigefinger in die Höhe und reißt bedeutungsvoll die Augen auf. »Der ›alte Bund‹ ist der heilige Urvertrag zwischen Ariacus und Gott zur Ausrottung der Tiermenschen und all der Bastarde, die aus der Durchmischung der Rassen entstanden sind. Der ›neue Bund‹ ist praktische Rassenpolitik zur Veredelung des arischen Geschlechts durch sakrale Reinzucht auf rein anthropologischer Grundlage. Nur dann kann der gekreuzigte Gottmensch auferstehen, wenn die Tiermenschen im Blutopfer des Abendmahls gefallen

und die minderwertigen Bastarde kastriert worden sind.«
Die Stimme des Männchens bebt. »Ich glaube an die Möglichkeit einer Hinaufzüchtung zur Vollkommenheit. Als Auserkorene haben wir die Pflichten unserer Bestimmung mit deutscher Treue und bis zum Äußersten zu erfüllen ...«

Donnernder Applaus, Hoch- und Vivat-Rufe. Der zwirbelbärtige Uniformierte wechselt einen amüsierten Blick mit dem Rotgesicht. Nichtsdestotrotz klatschen beide. Der jüdische Bankier Moses Silberstein verlässt unbemerkt den Raum.

6

Das Blut auf seinen Händen trocknet und zerspringt. Er läuft weg von Günther, unter gelbem Licht durch schwarze Straßen, rennt wieder nach Haus, rennt zurück in ihre Wut. Die graue Königin schreit, ihr Mund ein Loch, das auf- und zugeht. Ihr Stock, der pfeift. Er hört und spürt nichts mehr.

Er steht. TAM tata TAM tata TAMTAM tata TAM ... jeder Schlag ein Dröhnen in seinem Kopf, sein regloser Körper aber ein einziges Schweigen. Er steht. Zu Anfang hat er noch geschwitzt, als sich Morgenkühle in sengende Hitze auflöste, jetzt klammert sich sein glühender Körper an jeden Tropfen Flüssigkeit. Zwei Tage, zwei Nächte steht er auf dem Platz vor dem Männerhaus. Reglos, die Augen halb geschlossen, hat er die Zahl seiner Atemzüge auf ein Minimum gesenkt. Nicht mehr auf, sondern in ihm, ist die tödliche Macht der glühenden Sonne. Er ist gelb, er ist flüssiges Eisen, er ist die Sonne. Er steht.

Brandblasen bedecken seine Schultern, seine Stirn. Die Füße, zu Ballons geschwollen, spürt er nicht mehr, auch nicht die Stiche der Moskitos, die ungehindert sein Blut saugen. Er ist die Sonne. Er steht. Ein Krieger muss Geduld haben, ein Krieger muss seinen Körper vergessen können und Unaushaltbares ertragen. Er wird ein Krieger. Initiation. TAM Tata TAM tata TAM tata TAM ... In der Nacht schmerzt sein Rücken, in der Nacht riecht er den Urin, der sein Bein hinabrinnt und trocknet. Er spürt den nahen Fluss, den Kaiserin-Augusta-Fluss, benannt nach einer deutschen Kaiserin auf der anderen Seite der Welt.

Er riecht den Schlamm, den er mitbringt aus den Bergen, ans Ufer spült, zu einem Klumpen wirbelt und auf den Strand wirft. Vier Stümpfe beulen sich aus dem Schlamm, werden zu Armen, Beinen. Ein Kopf wölbt sich, der Mund ein rotes Herz. Die Kaiserin, die Königin kommt triefend näher. Sie wäscht ihn mit Tüchern aus Schlamm, ist Fäulnis, Verwesung. Sie riecht nach abgestorbenen Ästen, die im Wasser treiben, sie riecht nach den Därmen der Fische, die lachende Frauen zurück ins Wasser schleudern. Aus einem braunen Becher gibt sie ihm weiße Milch zu trinken und der Becher zerfließt zwischen ihren braunen Händen, bevor auch sie zerrinnen. Er steht. Um ihn herum baut sie einen Käfig aus Schlamm. Er hört den Fluss, wie er mächtig seine braunen Fluten dem Meer entgegenwälzt. Er hört, wie seine Wellen auf die Felsen an der Biegung schlagen. Er hört, wie das schlammige Fleisch der Königin gegen ein anderes klatscht. Er hört sie schreien, er hört sie stöhnen. Er steht. Am dritten Morgen landen Schmetterlinge auf seinen Wangenknochen und trinken den Nektar seiner Tränen. Am Abend des dritten Tages landet ein weißer Reiher auf seiner Schulter. Da holen sie ihn ins Männerhaus.

Die Polizeioberkommissare Schwenkow und von Lucknow tauschen bedächtige Blicke mit Spiro. Die Stirnen gekraust, versuchen sie ihre Besorgnis im Qualm ihrer Zigarren zu verbergen. Vor ihnen im grünen Sessel windet sich der Bankier Moses Silberstein, nestelt am hohen Kragen, zerrt an seiner Krawatte, zieht die Weste herunter, wirft ihnen giftige Blicke zu.

Gleich am Morgen hat Spiro ihn vorgeladen, subito und plötzlich. Er hat den Mörder gewollt, ohne Aufschub, hat nicht mehr warten wollen, hat frei sein wollen, wollte Nike, wollte mehr und noch mehr Nike, aber vor Nike steht der Mord und der Mörder, der noch immer kein Gesicht und keinen Namen hat. Im grauen Verhörraum hat er den indignierten Bankier unter die gleißend helle Lampe gesetzt und mit Fragen bombardiert. Wieder und wieder, warum das Treffen am Abend mit Fromm? Was soll er einsehen? Worin lag das Zerwürfnis? Warum hat er nicht zugegeben, dass er selbst sich hinter dem Kürzel Ag in Fromms Kalender verbirgt? Was hat er zu verbergen? Warum leugnet er das Treffen, wenn er nichts zu verbergen hat? Er hat sich nicht abspeisen lassen mit Ausreden, mit Bankgeheimnis, mit Diskretion. Hat ihn so stechend fixiert, die Fragen so messerscharf, genau und endlos wiederkehrend formuliert, mit einer Energie, die auch in der dritten, vierten Stunde noch genauso sirrend im Raum stand, dass es Bohlke nur vom Zuhören ganz schwindelig geworden ist. Der gesamte Kommissar Spiro eine einzige bis fast zum Zerreißen straff gespannte Sehne, die einfach nicht erschlaffen wollte, 1,89 Meter aufgetürmte Energie und davor hat Silberstein dann schließlich, nach einem halben Tag im grellen Licht des Verhörzimmers, kapituliert und seinen Ausflug in die verdunkelte Grunewaldvilla gebeichtet.

Bohlke war dabei und hat mitgeschrieben. Es hat ihn zunächst gehörig in den Fäusten gejuckt. Aber ein stellvertretender Bankdirektor ist kein Lumpenproletarier vom Schlesischen Tor. Auch Bohlke weiß, dass seine harte Linie nicht überall zu fahren ist. Der junge Kollege erwirbt sich hier im Verhörraum seinen Respekt: wie er immer wieder ansetzt, als klemme der Kopf des fischigen Bankiers in einem imaginären Schraubstock, dann freundliche Pause, dann eine Umdrehung weiter.

Gar nicht so übel, denkt er.

Aber herausgekommen ist nicht die Geschichte, die Spiro hören wollte, das bringt ihn gar nicht weiter in der Mordsache Fromm, sondern wirft ihn zurück an den Anfang, wirft ihn zurück auf den zweiten Verdächtigen, auf Ambros Fromm, Nikes Bruder. Sonst hat er keine Spur. Was Nike sagen wird, wenn er ihren Bruder zum Verhör vorlädt, wagt er sich nicht auszumalen. Er hat Schwenkow informiert, der hat den schmallippigen Polizeioberkommissar von Lucknow geholt, den Leiter der Politischen Polizei. Im grünen Samt von Schwenkows Bürogarnitur muss Silberstein empört und mürrisch alles noch einmal erzählen.

»Und worin bestand Ihr Zerwürfnis mit Eduard Fromm?«, will Spiro von ihm wissen.

Silberstein bedenkt ihn mit einem verächtlichen Blick. »Von Zerwürfnis kann gar keine Rede sein. Es gab lediglich eine kleine Unstimmigkeit. Wie Sie ja wissen, habe ich in Erwägung gezogen wieder an der Ruhr zu investieren. Schwerindustrie. Branche mit Zukunft. Bedauerlicherweise aber auch geheime Aufrüstung, wie ich dann erfahren musste. Spätestens nach dieser abstrusen Zusammenkunft kann ich es nicht mehr vertreten, diesen Leuten auch nur zu einer einzigen Waffe zu verhelfen. Eduard war sofort dagegen, strikt. Im Krieg haben wir mit Krediten an die Eisenhütten in Bochum und Essen zunächst noch sehr gutes Geld verdient. Dann hat er sich selbst in einer Art patriotischem Rausch nach Frankreich an die Front gemeldet. Seine Familie und auch ich waren entsetzt. Eduard ganz Euphorie. Er hat nicht lange gebraucht, um auf den Boden der Tatsachen zu kommen, aber da konnte er dann auch nicht mehr zurück. Er muss Entsetzliches erlebt haben. Danach war er ein Anderer. ›Jede Aufrüstung führt früher oder später zu einem neuen Krieg‹, hat er gesagt, ›und der wird das Ende dieser Republik besiegeln, unser aller Ende.‹« Der Bankier kratzt sich hinter dem rechten Ohr. »Es ist ein Dilemma. Ein Land ohne Heer ist schwach, ein Land mit Heer gefährlich.«

»Danke, Herr Silberstein, für Ihre Beobachtungen.« Von Lucknow ist aufgestanden. »Ich würde vorschlagen, dass Sie sowohl über den Abend im Grunewald als auch über unser Gespräch hier nichts verlautbaren lassen. In unser aller Interesse. Und jetzt entschuldigen Sie uns bitte.« Er schüttelt dem überraschten Silberstein die Hand und geleitet ihn zur Tür.

Ist das schon ein Rausschmiss oder noch kurz davor, fragt sich Spiro.

Schwenkow setzt ihn ins Bild. »Der Gastgeber dieser eigenartigen Zusammenkunft gehört einer der angesehensten Familien der Stadt an. Großvater Oberst im Generalstab, Vater General, zwei Brüder sind im Krieg geblieben, er selbst hat den Abschied eingereicht und kümmert sich seitdem um seine Wälder in Ostpreußen. Ohne hieb- und stichfeste Beweise brauchen wir da gar nicht erst an die Tür zu klopfen. Bevor wir bis drei zählen können, sind wir wieder draußen«, sagt er.

»Und streng genommen fehlt jegliche Straftat«, merkt von Lucknow an.

»Aber eine heimliche Wiederaufrüstung verstößt gegen die Versailler Verträge. Sie sind die Bedingung für den Frieden mit den Siegermächt…«

Von Lucknow fällt Spiro schneidend ins Wort. »Das Bekanntwerden solcher Pläne würde die Daweskredite aus Amerika zum Ankurbeln der deutschen Wirtschaft ernsthaft in Gefahr bringen. Wollen Sie einen Zusammenbruch dieses zarten Pflänzchens verantworten, Kommissar Spiro? Wollen Sie die Männer wieder ohne Arbeit nach Hause schicken, ohne Brot?«

Auch Schwenkow sieht ihn ernst an. »Da taumeln Sie ja gleich in Ihrer ersten Woche in ein grundsätzliches Dilemma unserer Arbeit hier in der Reichshauptstadt. Sehen Sie sich um: Kaum ein Tag vergeht ohne Aufmarsch der Sozialisten, Streiks überall und Schlägereien mit den Rechten. Die Reichswehr traut Ebert und der Demokratie nicht über den Weg.«

»Aber es gibt Gesetze«, beharrt Spiro.

Schwenkow beschwichtigt ihn. »Und für deren Durchsetzung sorgen wir, egal, wer gerade an der Spitze steht. Aber die Preußische Polizei ist nicht beliebt. Wir erhalten kaum Hinweise aus der Bevölkerung. Manchen Dieb, manchen Einbrecher hätten wir längst gefasst, wenn man mit uns sprechen würde. Es ist wichtig, dass wir die Fälle, die es bis in die Presse geschafft haben, schnell und sauber zu Ende bringen. Nur so können wir das Vertrauen der Berliner gewinnen. Diese Geschichte bringt uns in unserem Mordfall nicht voran. Im Gegenteil, sie verursacht einen Haufen Scherereien, den ich gern an den Kollegen von Lucknow weitergeben würde. Wenn überhaupt, ist das ein Fall für die Politische Polizei. Wir ermitteln bei Mord, nicht bei möglichen Wirtschaftsverbrechen und schon gar nicht bei hirnverbrannten Abstammungstheorien. Neuerdings darf hier ja jeder lauthals verbreiten, was ihm durch den Hirnkasten spukt. Auch das ist Gesetz.«

»Ich halte solche Rassetheorien für gefährlich, auch den zunehmenden Beifall, der sich dafür findet«, empört sich Spiro.

»Gefährlich sind die sozialistischen Aufwiegler, die dem Arbeiter das Paradies versprechen, wenn auch ohne elektrobiotische Engel. Die gehen dann nämlich nicht mehr arbeiten, sondern Fahnen schwenken auf dem Herrmannplatz. Die Bolschewisten, die Anarchisten und Rätekommunisten, die bereiten mir Kopfzerbrechen, nicht ein paar einzelne Spinner, die von einer arischen Überrasse träumen«, konstatiert von Lucknow.

Das anschließende Schweigen der beiden Oberkommissare erklärt das Gespräch für beendet. Knapp grüßend verlässt Spiro den Raum.

»Ist frisch aus Wittenberge gekommen, noch 'n bisschen

übereifrig, aber ein helles Köpfchen«, brummt Schwenkow in die Stille hinein.

»Vielleicht heller, als es gut für ihn ist«, entgegnet von Lucknow und schaut seinen Rauchkringeln nach.

Drei Kammern hat das Männerhaus. Nur die erste dürfen die Jungmänner betreten. Er liegt auf den Stämmen, die den Boden bilden. Er spürt die Vibrationen von Schritten, die hin- und hereilen. Sie bestreichen die Brandblasen auf seinen Schultern mit roten Pasten, sie schmücken seinen Körper mit Ornamenten, sie geben ihm das weiche Fleisch des Krokodils.

Zwei Männer tragen eine langgezogene Maske aus dem Inneren des Männerhauses herbei, ihre Körper zur Hälfte von ihr verdeckt, ein riesenhafter Kopf auf vier Beinen. Aus vorspringenden Augenwülsten starren ihn zwei schwarze Löcher an. Oben aus der riesigen Holzmaske ragen rote Zotteln aus Menschenhaar, das rote Herz des Mundes weit aufgerissen. Von ihrer Nase hängen zwei Eberzähne, von ihren Wangen baumeln die Schrumpfköpfe getöteter Feinde an Sisalschnüren hinab und stoßen mit trockenem Klacken aneinander. Es ist die Maske der roten Königin. Vor dem Männerhaus haben sie ein Grab ausgehoben und legen ihn hinein. Sie bedecken ihn mit der Maske und diese mit Erde. In seiner Grube bäumt er sich auf, stößt seinen in Todesangst erigierten Penis immer wieder gegen das Holz der riesigen Maske, die ihn unter sich begräbt. Über sich hört er die Männer lachen. Am Morgen reicht man ihm eine Schale mit Milch hinab. Er trinkt sie nicht, sondern wendet den Kopf zur Seite und lässt den weißen Saft aus dem Mundwinkel rinnen. Er wird keine Milch mehr trinken. Das hat er beschlossen, als sie ihn aus der Grube holen. Sie sind Jäger. Den toten Körper eines Feindes, sein Fleisch, erhält die Familie der Häuptlingsfrau, sein Kopf wird im Inneren des Männerhauses einbalsamiert, auf seinen geschnitzten Körperstab gesteckt und aufbewahrt, bis die nachwachsende Generation junger Krieger seines Zaubers bedarf.

Spiro steigt an der Station Stadtmitte aus der Untergrundbahn und geht auf der Friedrichstraße nach Süden. Er muss seinen Ärger auslaufen, er braucht Bewegung, braucht einen klaren Kopf. Jetzt sieht er das Schild des berühmten Restaurants *Kempinski* in die Leipziger Straße hineinragen. Er studiert den Aushang und wundert sich, dass man von einem Paar Würstchen für 20 Pfennige bis zu Schildkrötensuppe und Hummer für 6,80 Mark für jeden Geldbeutel etwas findet. Er betritt ein großzügiges Vestibül, von dem mehrere Säle abgehen und sechs Treppen nach oben in den ersten Stock führen. Es herrscht Betrieb. Die Ober tragen schwarze Anzüge, von der Decke gleißen Lüster. Er folgt seinem Ober durch eine Flucht kleiner Speisezimmer, alle voll belegt, und wird schließlich im Erkersaal an einem Tisch platziert. Zwei Männer in einfachen Straßenanzügen sitzen bei Bier und Schinkenbrötchen bereits dort. Sie unterbrechen ihr Gespräch, als er sich niederlässt, nicken ihm kurz zu und reden danach gedämpft weiter. Überrascht stellt er fest, dass die Speisekarte alle Posten auch als halbe Portionen anbietet. Er nimmt eine halbe Bouillon mit verlorenem Ei, ein halbes Schnitzel à la Holstein, ein kleines Gefrorenes. Zwischen Marmorsäulen und Palisandertäfelung speist er am damastgedeckten Tisch von echtem Tafelsilber halbe Portionen zum halben Preis. Ein Restaurant mit demokratischer Preisgestaltung, in einem Interieur, das sich offenkundig an der Kaiserzeit orientiert. Als er fertig ist, führt ihn sein Ober zurück ins Vestibül und zeigt ihm die Kabine mit dem Fernsprecher.

Sechsmal läutet es am Magdeburger Platz, dann wird abgenommen und sie meldet sich. »Fromm hier.«

»Ich bin es, Ariel. Ich wollte deine Stimme hören. Nein, das ist falsch. Ich musste deine Stimme hören, habe ich zumindest gedacht, und als ich dich dann gehört habe, wusste ich, dass ich recht hatte, weil mit einem Hörer am Ohr bei *Kempinski* rumzustehen und dich zu hören, ist eine ganz tolle Sache.« Dann weiß er nicht mehr weiter und eine Pause dehnt sich zwischen ihnen aus wie ein Meer. Er hört sie schluchzen.

»Aber das ist doch kein Grund zu weinen.«

»Ach Ariel, das ist süß, dass du anrufst. Aber mein Vater ist ja noch nicht mal begraben, meine Mutter isst nichts mehr und raucht nur noch. Und dann diese Weiber aus Galizien. Ambros ist der einzige halbwegs normale Mensch in diesem Haushalt, ohne ihn würde ich verrückt werden. Sie brauchen mich hier.« Sie stockt. »Und es war viel zu früh. Ich war komplett verrückt. Du hattest recht. Wir hätten auf Distanz bleiben und einfach etwas warten sollen. Ich hab noch nie warten können. Großer Fehler.«

Betäubt läuft er durch den Trubel des Potsdamer Platzes über dem wie eine Burg der Komplex des *Haus Vaterland* thront. Er lässt es rechts liegen und nimmt die stille Köthener Straße zum Landwehrkanal, auf diesem in dichter Folge Lastkähne. Auf einem raucht der Ofen, die Frau des Schiffers rührt in einem schwarzemaillierten Topf, eine struppige Promenadenmischung bellt ihn an. Er bleibt stehen, um sich eine Zigarette anzuzünden und sieht zu, wie sich die kläffende Töle vor lauter Aufregung fast über die Bordwand stürzt. Dann kommt der Schiffer und bugsiert sie mit einem Tritt zurück ins Innere des Kahns.

Er ist schon fast Am Karlsbad angekommen, da überlegt er es sich anders und läuft die Potsdamer hinunter. Er beschließt Jake in der *Kokotte* einen Besuch abzustatten.

Der ist beschäftigt, hantiert in schwindelerregender Geschicklichkeit mit einem Sortiment an Flaschen und produziert mit fast industrieller Präzision ein Mischgetränk nach dem anderen, füllt Früchte in Punschschalen, dekoriert mit Zitronen- und Orangenstücken oder setzt grellrote Kirschen als i-Tüpfelchen den Getränken auf.

Dazwischen unterzieht er Spiro einer kritischen Musterung. »Welche Laus ist dir denn über die Leber gelaufen? Gestern Nacht noch allet schick und heute dann schon wieder Essig?« Er schwenkt einladend eine Cognacflasche. Spiro schüttelt den Kopf. Er möchte lieber ein Bier.

Jake bedenkt ihn mit einem mitfühlenden Blick und

schiebt ihm eine Molle rüber. »Also mein Gutster, wo drückt der Schuh?«

»Wie kann es denn sein, dass sie mich gestern Abend mochte und heute nicht mehr sehen will? Was ist in der Zwischenzeit passiert? Ich versteh's nicht.«

»Hab ich gestern Abend also doch richtiggelegen. Hat da etwa einer sein Herz verschenkt und in der Mülltonne wiedergefunden? So was kommt vor, leider. Die weibliche Psyche ist ein in weiten Teilen unerforschter Kontinent. Ich für meinen Teil halte mich an den Teil der Damenwelt, der sich nicht allzu kapriziös gebärdet. Aber auch mein geschulter Blick und mein geradezu untrüglicher Instinkt haben mich diesbezüglich schon öfters im Stich gelassen. Man weiß einfach nicht, was in ihnen vorgeht. Man weiß es nicht und wird es niemals wissen. Punkt. Man kann nur versuchen sich abzusichern und beispielsweise mehr als ein Pferdchen im Rennen halten. Konkurrenz belebt das Geschäft und hält die Zicken im Zaum.«

Spiro schüttelt den Kopf. »Mir ist die Eine mehr als genug. Bei zweien von der Sorte wär ich in einer Woche auf den Hund gekommen.«

Er lässt seine Blicke durch den Raum schweifen, aber die kleine Dunkle mit den grünen Augen ist nirgends zu sehen. Er seufzt. Gerade als er ein paar Münzen zur Begleichung seiner Zeche auf den Tresen klimpert, bemerkt er ein männliches Paar auf der Tanzfläche. Die beiden sind jung, schlank und biegsam wie Weidengerten. Gekonnt vollführen sie die komplizierten Schritte eines Tangos. Man macht ihnen Platz. Sie kleben aneinander, gleiten als gemeinsamer Körper ein paar Schritte, dann Trennung, dann Sehnsucht, dann wieder vereint und so fort. Sie sind jetzt das einzige Paar auf der Tanzfläche, alle anderen sehen zu, wie sie den ewigen Wechsel von Anziehung und Abstoßung in Bewegung verwandeln. Es dauert, bis er unter der dicken Puderschicht und den rougegeröteten Wangen in einem der beiden Ambros Fromm erkennt. Sie beenden ihren Tanz, bekommen sogar Applaus, den sie mit unbewegten Gesichtern entgegennehmen, und streben Richtung Ausgang. Spiro beugt sich tief über sein leeres Glas, als sie ihn passieren. Mit etwas Abstand folgt er ihnen hinaus und sieht gerade noch, dass sie auf dem Rücksitz einer Motordroschke Platz nehmen und davonfahren. Er hat Glück, gerade steigt ein Paar aus einer weiteren Droschke, aber man ist sich uneins über den Tarif. Während die dünne, nervöse Frau mitten auf der Straße ihre Strümpfe richtet, diskutiert ihr zylindertragender Begleiter mit dem Lenker, der ihn mit unverhohlenem Missfallen mustert und froh ist, dass Spiro den Disput beendet und sich auf den Beifahrersitz zwängt. Von der ersten Limousine keine Spur.

»Zwei Mark extra, wenn Sie den Wagen einholen, der hier gerade losgefahren ist.« Erfreut drückt der Lenker das Gaspedal durch. In den stillen Straßen des Bayerischen Viertels ist es nicht schwer, den Wagen wiederzufinden, sie folgen ihm über den Nollendorfplatz, die Potsdamer Straße hoch, die Leipziger Straße in den alten Teil der Stadt. Spiro wundert sich. Das hat er nicht erwartet. Vor einem ehrwürdigen Stadtpalais in der Kommandantenstraße machen sie halt. Ambros und sein Tanzpartner steigen aus und verschwinden in dem Gebäude. »Zauberflöte« liest Spiro auf einem Schild umrankt von abblätternden Weinreben.

Ein kleiner Schaukasten vor der Tür informiert ihn, dass sich hier der BfM trifft, der *Bund für Männer*, der aber auch ein Bund für Menschenrechte sein will und sich tapfer gegen die Verfolgung und Entrechtung der gleichgeschlechtlich Liebenden stemmt. Spiro holt tief Luft, bevor er die schwere Eichentür öffnet. Dahinter befindet sich nicht wie erwartet ein Gastraum, sondern lediglich ein hohes Foyer. Ein würdevoller älterer Herr im schwarzen Frack nimmt ihm mit einer leichten Verbeugung den Mantel ab und geleitet ihn über eine geschwungene Steintreppe hinauf in den ersten Stock. Er öffnet ihm eine Tür zu einem Ballsaal. Rote Lampions gießen ihr spärliches Licht über glänzende Mohrenstatuetten und Palmen in großen Kübeln. An zierlichen Tischchen sitzen manchmal junge Männer und betreiben gepflegt Konversation, die meisten trinken lediglich Limonade, man ist rührend um Wohlanständigkeit bemüht. Spiro kann Ambros nirgends entdecken und lässt sich in ein hübsch geschwungenes Sesselchen an einem freien Tisch fallen. Bei einem sogleich herbeieilenden näselnden Ober ordert er ein Bier.

Ein blonder, junger Mann, sehr weitgeschnittene Hosen, sehr eng an den Kopf pomadisiertes Haar, schiebt sich mit strahlendem Lächeln in sein Blickfeld. »Neu hier? Das merk ich doch gleich. Es wär mir aufgefallen, wenn ein so gutaussehender Knabe wie du schon mal den Weg in diese heiligen Hallen der Homos gefunden hätte. Spendierst du mir ein Bier?«

Spiro wird rot wie die Lampions. »Ja, natürlich.« Er winkt dem Ober, der blasiert eine Augenbraue hochzieht, und hält zwei Finger in die Höhe.

»Nanana, hier ist doch keine Kaschemme. Schau, wie er sich ziert, der vornehme Rudolph. Mit den Fingern wird hier normalerweise nicht bestellt. Aber recht geschieht's ihm, der tut immer päpstlicher als der Papst und nach der Schicht lässt er sich von den Puppenjungen den Hintern versohlen.« Der Blonde lacht.

Spiro ist noch immer beschämt. »Entschuldigen Sie, ich wollte nicht durch schlechtes Benehmen auffallen. Aber das ist alles etwas neu für mich. Wo ich herkomme, ist es kein Problem mit Gesten dem Ober einen Weg abzunehmen.«

»Wo kommste denn her, mein Süßer?« Spiro spürt, dass ihm erneut Röte das Gesicht flutet.

Er ist zu verwirrt, um zu lügen. »Ich stamme von der Elbe, aus Wittenberge. Ich bin erst seit ein paar Tagen in der Stadt.«

»Und wie kommst du hierher?«

»Ein Freund hat mir von diesem Ort erzählt.«

»Dein Freund?«

»Ein Freund. Ich bin mir nicht mal sicher, ob ich wirklich hierhergehöre.«

»Oh, wie entzückend. Er hat sich noch nicht entschieden, der Kleine. Na dann bin ich ja gefragt, um dir den Weg ans andere Ufer zu zeigen.« Jagdlust blitzt in den Augen des Jungen auf, als er Spiro den Arm um die Schultern legt. Seine Lippen kommen den seinen bedrohlich nah.

»Schluss jetzt, ihr Turteltäubchen, Gesellschafts-Tyrolienne.« Der strenge Kellner Rudolph entzieht ihnen die Sessel und schafft mehr Platz für die Tanzfläche. Etliche Lichter sind gelöscht, alle Besucher der *Zauberflöte* sind aufgestanden und bilden zwei große, ineinander liegende Kreise. Auch Spiro und seine Bekanntschaft haben sich eingereiht und stehen voreinander. Das kleine Orchester spielt einen langsamen Walzer. Getragen von einem seltsamen Ernst schreiten alle drei Schritte vor, drei Schritte zurück und drei nach rechts. Die Kreise drehen in entgegengesetzte Richtungen, jeder Tänzer findet sich nach drei Takten einem neuen Partner gegenüber, mit dem er weitertanzt bis zum nächsten Wechsel. Erwartungsvolle Gesichter, erschöpfte, traurige, blasierte ziehen an Spiro vorbei, entflammt nur für diesen Abend von plötzlicher Glut. Manchen steht die Angst im Gesicht, anderen der Schalk im Nacken. Er tanzt mit Jungen, die unschuldig wie Kinder wirken. Mit runden Wangen und zartem Flaum auf dem ansonsten glatten Kinn. Er tanzt mit Männern, in deren Haaren erstes Grau aufleuchtet, in ihren Blicken Gier. Trockene, feine und feuchte Hände schieben sich in die seinen und als ihm alles zu viel zu werden droht und auch der Raum beginnt, sich um ihn zu drehen, steht er plötzlich vor Ambros Fromm. Dessen Augen weiten sich kurz, dann kräuselt ein maliziöses Lächeln seine Lippen. »Donnerwetter, das nenn ich jetzt mal 'ne Überraschung. Sie hätte ich im Leben nicht hier erwartet.«

Spiro ist kurz davor, Fassung und Beherrschung zu verlieren. »Ich muss mich entschuldigen, diese Hitze …« Er stürzt die Treppe hinab vor die Tür. Einige Atemzüge in der kühlen Nachtluft und er ist wieder bei sich. »Was tue ich hier?« Er lässt sich gegen die Hauswand fallen.

Ambros ist ihm gefolgt. Fahrig nestelt er mit zittrigen Fingern ein Etui hervor. An seinen Nasenlöchern Reste weißen Puders. »Zigarette?« Spiro nickt. Ambros entzündet zwei Zigaretten und reicht eine davon dem widerstrebenden Spiro, der sie indigniert betrachtet.

»Ihren Beruf mit so einer Neigung auszuführen, stelle ich mir schwierig vor«, eröffnet Ambros mitfühlend das Gespräch.

»Ich bin nicht bei der Sittenpolizei«, entgegnet Spiro. Gern würde er das Wort Morddezernat aussprechen, hält es aber geistesgegenwärtig noch im letzten Moment zurück, um Ambros Fromm, seinen letzten Verdächtigen, nicht zu verunsichern.

»Es ist leichter für uns in Berlin, das werden Sie bald herausfinden«, fährt dieser fort. »Die Gesetze greifen nur oberflächlich. Sie sind lediglich Teil des Schauspiels, das die Republik und ihre Bürger voreinander aufführen. In Wahrheit schert es niemanden, wenn die beste Freundin mit der besten Freundin was auch immer treibt. Hauptsache man amüsiert sich. Sogar das Verbrechen ist zum Spektakel geworden, Diebe und Einbrecher genießen Heldenstatus. Der brave Bürger führt seine Verlobte ins Scheunenviertel oder zum Schlesischen Bahnhof, um Verbrecher und Huren zu begucken, wie Tiere im Zoo. Am nächsten Abend geht's zu den warmen Brüdern und Schwestern nach Schöneberg. Füttern verboten. Alle sind käuflich, nur die Preise unterscheiden sich. Mit der Reichsmark verfällt auch die Moral und bildet so den morastigen Bodensatz dieser Stadt, den idealen Lebensraum für Sumpfblüten wie uns.«

Er schnäuzt sich. »Das habe ich schön gesagt, oder? Die Verderbtheit einer gesamten Hauptstadt in wenigen, scharfsinnigen Sätzen auf den Punkt gebracht. Vielleicht sollte ich mal was schreiben.« Oder weniger Koks schnupfen, ergänzt Spiro nur für sich. Aber Ambros hat bereits einen kleinen Silberlöffel an der Nase und zieht.

»Kopf hoch«, doziert er weiter. »Die größten Probleme bereitet immer die Familie. Hast du es ihnen schon gesagt? Nimm nur mal meinen achso freigeistigen Vater. Es hat ihm nichts ausgemacht, dass meine Mutter ihn mit einer ganzen Reihe von durchreisenden Konzertsolisten betrogen hat. Nike hat mal vorgeschlagen, dass wir unsere Geburtstage mit den alten Spielplänen abgleichen sollten, um herauszufinden, wer wirklich unsere Väter sind, denn ähnlich sehen wir ihm beide nicht. Da war der Herr Bankier ganz liberal und wollte das Wunderkind, das er aus dem Schtetl herausgekauft und geehelicht hat, auf gar keinen Fall in seiner ›künstlerischen Freiheit‹ beschränken. Getobt hat er aber, als er sich nach Jahren einmal in mein Zimmer verirrt hat und mich mit einem Knaben im Bett erwischte. Enterben wollte er mich. So ein geschmackloser Witz, wenn er gleichzeitig viermal wöchentlich seine Privathure in der Wrangelstraße besteigt.« Ambros bricht verbittert ab.

»Und, hat er Sie enterbt?«

»Das musst du unseren Notar fragen. Das Testament ist noch nicht verlesen.«

Am Karlsbad findet Spiro Gretchen und Jake bei einem Feierabendbier.

»Wo hast du dich denn rumgetrieben? Bist ja weiß wie 'ne Wand.« Jake sieht ihn belustigt an.

Als Spiro nicht reagiert, sondern sich nur ratlos am Kopf kratzt, steht er auf, führt ihn zu einem Sessel und drückt ihm ein kühles, frisches Bier in die Hand.

Spiro trinkt es mit einem Zug zur Hälfte aus. »Ich war tanzen. Ich habe unter roten Lampions mit ungefähr dreißig Männern getanzt. Fast hätte mich einer geküsst. Sie haben mir an den Hintern gefasst beim Tanzen.« Er trinkt den Rest des Bieres mit einem weiteren Zug. »Mein Hauptverdächtiger hält mich für einen Homosexuellen und hat mir im Vertrauen sein Herz ausgeschüttet, was ihn nur umso verdächtiger macht. Er hat eine Schwester, so schön, dass es dich aus den Schuhen wirft. Ich kann gar nicht aufhören an sie zu denken. Wenn ich ihren Bruder verhafte, wird sie nie wieder ein Wort mit mir sprechen. Solange ich den Mörder ihres Vaters nicht gefangen habe, darf sie das eigentlich auch gar nicht. Wenn sie es aber nicht tut, sehe ich sie in meinen Protokollen, in der Tastatur der Schreibmaschine, sowieso überall auf der Straße. Ohne sie kann ich keinen klaren Gedanken mehr fassen. Diese Stadt ist ein einziger Abgrund. Ich weiß nicht, ob ich mich jemals darin zurechtfinden werde.«

Gretchen hat neues Bier geholt. »Wo die Liebe hinfällt, wächst kein Gras mehr«, erklärt sie bestimmt.

Jake krümmt sich vor Lachen auf dem Sofa. »Berlin hat ja schon viel gesehen, aber du bist mit Sicherheit der erste Kommissar, der seinen Mörder beim Herrentanz erwischt.«

Einige Biere später sind sie sich einig, dass Ambros Fromm der Mörder sein muss. Spiro wird ihn verhaften, Nike wird es ihm zunächst übelnehmen, sich mit der Zeit aber wieder beruhigen. Erfolg, Hochzeit, goldene Zukunft. Hochzufrieden fallen sie ins Bett.

Sie gibt ihm nichts zu essen, wenn er seine Milch nicht trinkt. Sie geht und kommt am Abend nicht zurück und auch nicht in der Nacht. Am Morgen taumelt sie am Arm eines Smokings mit wildem Gelächter herein, aus kleinen Döschen ziehen sie weißes Pulver in die Nasen, das sie geiler, schneller, lauter macht. Als der Smoking das Außenklo auf halber Treppe nutzt, schiebt sie dem Jungen schuldbewusst Wasser durch den Spalt seines Verschlags, küsst und streichelt ihn und verschwindet. Er zittert, er ist woanders, er sieht sie nicht, spürt nicht Küsse noch Streicheln, sieht nur den Krokodilsgott, der für ihn tanzt und das Wasser verschüttet. Er muss durch den Tunnel aus Zweigen, den sie vor dem Männerhaus aufgebaut haben. Es ist der Leib des großen Krokodils. In den Leib muss er kriechen, um eins zu werden mit dem schuppigen Gott. Seine Arme und Beine, sein ganzer Körper beginnt zu jucken. Er läßt sich auf alle viere hinab und kriecht in den Tunnel. Von allen Seiten ritzen sie seine Haut mit Krokodilszähnen. Blut springt aus hunderten kleiner Wunden. Am Ende des Tunnels stellen sie ihn auf und schneiden Ornamente tief in sein

Fleisch. Dann reiben sie Flusssand in die Schnitte. Erhabener, gnädiger Schmerz. Die Schmucknarben sollen breit werden, sein ganzer Körper ein einziges Zeichen des Krieges, geweiht dem gelbäugigen Gott des Flusses, unbesiegbar, grausam.

7

»Was hat denn überhaupt ihr vorgestriges Treffen mit dem kapriziösen Fräulein Fromm ergeben?«, blafft Schwenkow durch die Lage am Morgen. »Kommissar Bohlke haben Sie ja zu Hause gelassen. Um das hier ein für alle Mal und für alle Anwesenden klarzustellen, Alleingänge werden von mir nicht geduldet. Und jetzt bitte.«

Spiro hat den Fall in seinem Kopf schon gelöst. Ambros ist der Mörder seines Vaters, er selbst ein gefeierter Kommissar. Nur schwer löst er sich aus den bierseligen Erfolgsfantasien im Wohnzimmer des Karlsbades. »Es war etwas seltsam, ziemlich merkwürdig sogar. Fräulein Fromm hat mich in das *Institut für Sexualwissenschaft* im Tiergarten bestellt. Dort gab es eine Führung und in die bin ich hineingeraten. Eine eigenartige Zurschaustellung aller nur erdenklichen Lebensweisen von Pervers… also viele Transvestiten gab es dort … nein, Transsexuelle, also Männer, die sich als Frau fühlen … Und nicht nur auf Fotos … auch in echt.« Amüsiert tuscheln die anwesenden Kommissare miteinander. Die Verwirrung des Neuzugangs aus der Provinz ist augenfällig.

Schwenkow schneidet ihm das Wort ab. »Ich kenne den Leiter des Instituts, Herrn Doktor Magnus Hirschfeld, als wichtigen Gutachter vor Gericht. Wann immer eine sexuelle Verirrung als Auslöser für ein Verbrechen in Frage kommt, werden er oder seine Leute um ihre Einschätzung gebeten. Interessanter Mann, Wissenschaftler durch und durch, auch wenn es einen manchmal wundert, womit er sich befasst.« Schwenkow macht eine Pause und Spiro fährt fort. »Fräulein Fromm denkt jedenfalls, dass der Mörder ihres Vaters eventuell im eigenen Bankhaus zu suchen ist. Ein Verdacht, dem wir nachgegangen sind, den wir aber nicht bestätigen können.« Er sieht zu Schwenkow hinüber. Der nickt ihm zu. Langsam kehrt sein Selbstbewusstsein zurück. »Zufällig habe ich in der darauffolgenden Nacht, also gestern, ihren Bruder, Ambros Fromm, erleben dürfen. Er war geschminkt und tanzte Tango mit einem Mann.«

»Und wo haben Sie diesen Herrentänzen beigewohnt, Kommissar Spiro? Sie scheinen mir für einen frisch Zugezogenen ein ziemlich lebhaftes Privatleben nach Feierabend zu haben.«

»In der *Kokotte*. Ich meine in einem Lokal namens *La Cocotte* im Bayerischen Viertel«, berichtigt er sich. Neues Getuschel unter den Kollegen. Da geht er also hin, der Neue, um sein abendliches Bier zu trinken. Sie schütteln ungläubig die Köpfe. Berühmt ist die *Kokotte*. Berüchtigt. Und auch nicht gerade billig. Alle haben von ihr gehört, die Wenigsten sind da gewesen. Spiro fährt unbeirrt fort. »Die beiden haben nach ihrer Darbietung eine Motordroschke genommen, ich bin ihnen in einer anderen nach. Sie sind in die Kommandantenstraße in ein Lokal namens *Zauberflöte* gefahren.« Die anwesenden Kommissare brechen ob seines ernsthaften Tons in lautes Gelächter aus.

»Der Mann kommt rum, das ist unbestreitbar.«
»Da ham se ihm die Flötentöne beigebracht.«

Schwenkow hebt eine warnende Hand und Ruhe kehrt ein.

»Ich habe gewartet, bis er wieder herausgekommen ist und mit ihm gesprochen. Wahrscheinlich war er alkoholisiert, Kokain war wohl auch im Spiel, er war zumindest sehr vertrauensselig. Er hat mir sozusagen sein Herz ausgeschüttet.« Wieder tuscheln die Kollegen. »Als Eduard Fromm herausgefunden hat, dass sein Sprössling das eigene Geschlecht dem weiblichen vorzieht, hat er sich fürchterlich aufgeregt und seinem Sohn sogar mit Enterbung gedroht. Meiner Meinung nach ein starkes Motiv für einen Mord. Ich würde ihn gern herbringen und verhören. Ich halte es für möglich, dass Ambros Fromm der Mörder seines Vaters ist.«

Es ist so still in der Lage, dass man hören könnte, wie eine Stecknadel zu Boden fällt. Damit haben sie nicht gerechnet, dass der Neue in so kurzer Zeit den Mörder des Bankiers findet.

Schwenkow überlegt. »Der junge Fromm fühlt sich sicher, der läuft uns nicht weg. Beobachten Sie ihn. Wohin geht er, wenn er seinen Rausch ausgeschlafen hat? Wen trifft er? Vielleicht hat er einen Komplizen.«

Ein Kollege, den Spiro noch nicht kennt, soll das übernehmen.

»Spielt er? Hat er Schulden? Wovon lebt er überhaupt? Nur vom Vater oder hat er noch andere Einkünfte? Spiro, Sie beehren dazu noch mal Herrn Silberstein. Treten Sie ihm auf den Fuß, wenn er Ihnen mit dem Bankgeheimnis kommt. Ihr kümmert euch um die Buchmacher der Pferdewetten und die Spieltische.« Er weist auf zwei Kollegen, die dienstbeflissen nicken.

Dann wendet er sich wieder Spiro zu.

»Morgen früh ist die Beerdigung auf dem jüdischen Friedhof in Weißensee. Da gehen Sie mit Bohlke hin und sehen sich das an. Wenn sich am Grab niemand anderes als Totschläger zu erkennen gibt, bringen Sie den Sohn anschließend her und nehmen ihn in die Mangel.«

Spiro dreht sich beim Gedanken an Nike der Magen um. »Ist das nicht etwas viel für die Familie, der Vater tot, der Sohn gleich auf dem Friedhof abgeführt?«

»Haben Sie die Zeitung von heute gesehen? ›Mordfall Fromm: Polizei tappt noch immer im Dunkeln.‹ Es wäre nicht schlecht, wenn wir durchsickern lassen könnten, dass sich ein Verdächtiger bereits in Haft befindet. Meinen Sie nicht? Morgen früh ist er dran.«

So lang war es noch nie. Wie lang, weiß er nicht, endlos. Hunger hat an seinen Eingeweiden genagt, aber der hat aufgehört, irgendwann. Die Kehle voller Sand, die Zunge ein geschwollener Kloß in einem Mund aus Papier, das an den Lippen aufreißt. Als sie mit dem Smoking fertig war, hat sie geschlafen, still wie eine Tote. Kein Atem zu hören. Es ist dunkel geworden und wieder hell. Er ist aufgestanden und hat sich nicht mehr hingelegt. Aufrecht, den Blick in weite Fernen versenkt, steht er da, bis sie erwacht. Er hört Wasser in die Schüssel fließen, ihr Husten, ihr Stöhnen, das Haar in roten Zotteln um

den Kopf wie Medusa. Sie kocht Kaffee, sie brät ein Ei und isst es zur Hälfte, dann kommt sie langsam herüber. Kalter Dompteusenblick unter hochgezogenen Brauen. Sie wartet. Aber er spricht nicht.

Sie öffnet das Schloss und die Tür. Er stinkt, Hose und Hemd kleben an seinem Körper. Hölzern schwankt er in die Mitte des Raums. Noch immer ist es still. Er streift die Kleider ab, häutet sich. Nackt bricht er eine Latte aus dem Verschlag, nimmt sich ein Messer und beginnt zu schnitzen. Die graue Königin, die rote Königin hält sich die Nase zu und lacht ein Lachen wie zerspringendes Glas, das die Stille zwischen ihm und ihr teilt. Er schnitzt weiter. Den Kopf eines Krokodils, den Körper einer Schlange, die Flügel eines Adlers. Stunde um Stunde sitzt er über dem Holz, am Boden um ihn ein heller Kreis aus Spänen. Er schnitzt einen heiligen Pfahl. Mit Schilf deckt er das Dach seines Hauses. Sein Haus auf Pfählen im Fluss. Der Fluss, der braun dem Meer zuwälzt. Weiße Vögel folgen seinem Lauf. Er ist ein Vogel in der Luft. Er ist unbesiegbar, er ist das Krokodil im Fluss, das Krokodil fließt in ihm.

Am Abend bringt sie ihm einen Teller Suppe. Sie führt ratlos einen Löffel an seinen schweigenden Mund. Er ist ein Krokodil und verjagt einen Madenhacker, der auf seinem Panzer landet. Der Löffel fliegt scheppernd zu Boden. Sie kreischt Empörung in seinen Dschungel. Er lauscht den Stimmen der Papageien in den Wipfeln der Kokospalmen. Sie lacht ihn aus und höhnt. Er sei doch zurückgeblieben, er sei dumm, ein Kretin. Er hört nur das Keckern der Affen, die über das Dach seiner Hütte turnen. Sie schreit ihn an, er soll endlich spre-

chen, etwas sagen zu ihr. In seinem Dorf am Fluss kommen die Frauen mit schrillem Trillern zurück von den Sagofeldern. Sie fasst seine Schultern und schüttelt ihn. Wörter sollen aus ihm herausfallen wie Nüsse aus einem Haselstrauch, aber er schweigt. Wütend wirft sie sich auf ihn, ihren alten Körper, ihren weichen Körper, ihren Geruch nach spanischer Seife. Es ist nur eine ganz kleine Bewegung, nur ein Halbkreis, den seine Hand mit dem Messer nach außen tanzt. Widerstandslos gleitet die Klinge durch chinesisches Blau ins Fleisch. So leicht.

Hellrot stürzt das Blut aus dem Loch in ihrem Herzen. Ungläubig blickt sie darauf hinab. Starr und aufrecht sitzt sie wie eine Puppe mit hängenden Armen auf dem Boden. Dann brechen ihre Augen und ihr Kopf sinkt zur Brust.

Er sieht, wie sich der Geist des Urahnen aus ihrem sterbenden Körper löst. Er wird in einen neuen Körper fahren und in diesem weiterleben. Alle: Krieger, Frauen und Kinder, sind nur wechselnde Gefäße für die immer gleichen Geister der Ahnen, die ewig sind, wie der Fluss und das Meer.

Spiro und Bohlke laufen die Lothringenstraße bergan. Spiro ist nicht wohl in seiner Haut und seine Siegesgewissheit bröckelt. Der gestrige Tag hat nichts Neues ergeben. Glücksspiel und Wetten scheinen überraschend nicht in die lange Reihe der Laster zu gehören, denen Ambros frönt. Knapp mit Geld war er oft und häufig hat ihm Silberstein unter die Arme gegriffen, ohne dass Eduard Fromm davon wusste. Aber die Beträge waren überschaubar und meist im nächsten Monat wieder ausgeglichen. Schon von Weitem sehen sie die gelben Ziegel der Trauerhalle. Das Tempo der brausenden Reichshauptstadt verlangsamt sich hier in Weißensee und kommt in den angrenzenden Rieselfeldern zwischen den Alleen alter Obstbäume gänzlich zum Stillstand. Die Häuser sind kleiner, drei statt vier Stockwerke hoch. In schmalen Vorgärten duftet Flieder.

Schon 1880 hat die vielköpfige und gutbetuchte jüdische Gemeinde Berlins hier ein 40 Hektar großes Areal erworben, um ihre Toten zu bestatten. Ihr drittes Gräberfeld, denn die jüdischen Toten ruhen ewig. Ihre Grabstätten sind unantastbar und werden nicht ein zweites Mal belegt. Bohlke und Spiro sind früh dran und spazieren die mit kleinen Pflastersteinen angelegten Wege zwischen den Gräbern entlang. Obwohl das Gebot eine ähnliche Höhe aller Grabsteine anmahnt, um die Gleichheit der Juden im Tod zu symbolisieren, haben sich etliche Familien hier prächtige Mausoleen geschaffen. Zu groß war manchmal die Trauer, um sich mit einem schlichten Stein zu begnügen.

Meiner Rahel.
Du meine Sonne sankest.
Dort beim Wiedersehn
Mit ewig hellem Glanze
Neu uns aufzugehn,

liest Spiro auf einem eindrucksvollen Familiengrab in schwarz poliertem Stein. Und: »Er wandelte untadelig und übte Recht und redete Wahrheit in seinem Herzen.« Im

Augenwinkel sieht er, wie Bohlke ihn mustert. Soll er denken, was er will. Er schweigt. Manche Gräber folgen der Mode. So ruhen Theodor und Theres Teppich vor zwei rosenberankten Säulen in reinstem Jugendstil, zwischen sich eine steinerne Schale aus der üppig noch mehr Rosen sprießen. Den Familien Palenker und Israel blüht in immerwährendem Sommer ein ganzer Blumengarten aus feinst geschmiedetem Eisen. Andere haben sich in Anlehnung an die alten Griechen säulengetragene Tempel errichtet, die Dächer grün von Moos. Der Kaufhauskönig Herrmann Tietz ruht hier, Goldlettern auf schwarzem Stein erinnern an ihn. Die Familie Mosse belegt gleich mehr als 20 Meter Friedhofsweg mit ihrem Mausoleum, mittendrin auf einer kleinen Säule der Helm des kampfstarken Achilles. Ihr berühmter Sohn, der Verleger Rudolf Mosse, musste schon nach gegenüber ausweichen. Ein Geheim- und Medizinalrat Jaffe wird von einer lebensechten Äskulapnatter in Bronze bewacht, die sich in einer Öffnung seines Grabsteins nur scheinbar bedrohlich aufrichtet.

Die schönen jüdischen Namen, denkt Spiro. Man benennt sich nach den alttestamentarischen Helden: Abrahamson, Simonson, David-, Jacob-, Aaronson; macht den Beruf zum Namen: Fleischmann, Lehmann, Eisenmann, Geldzahler, Drucker, Goldschmidt oder nennt schlicht den Ort, wo man herkommt: Schlesinger, Sachs, Mecklenborg, Kosterlitz, Lemberg, Berliner, London, Arnheim und natürlich Breslauer. Dann die Natur- und Landschaftspoeme: Rosenbaum und Mandelstamm, Sommerfeld und Freudenau, Lilienthal und Lindenberg, Friedheim und Herzfeld.

Ob es im Leben von Moritz Milch, Samuel Hecht und Louis Knopf deutlich prosaischer zuging als bei Zerline Stern? Vertragen sich Eugen Wolff und Sophie Friedlich, die es hier bis in Ewigkeit nebeneinander aushalten müssen?

Und was hat sich der Allmächtige dabei gedacht, als er durch Heirat aus Minna Singer eine Minna Brüll machte? Auf dem Weg zurück zur Trauerhalle weht ihnen die wohltönende Stimme des Kantors entgegen.

Ein dicker Rabbiner mit langen, gedrehten Schläfenlocken gedenkt des Toten. »Der Herr hat's gegeben. Der Herr hat's genommen. Der Name des Herrn sei gelobt.«

»Genommen hat's auf jeden Fall ein anderer«, brummt Bohlke vor sich hin.

Spiro antwortet nicht. Ihm ist schlecht. Er wagt nicht nach Nike Ausschau zu halten. Bestimmt 100, vielleicht sogar mehr Menschen, schätzt er, sind gekommen, um von Eduard Fromm Abschied zu nehmen. Die Trauergäste stellen sich zu einem Spalier vor der Halle auf. Spiro und Bohlke gehen langsam von außen daran entlang und mustern die Anwesenden. Viele sind ehrlich betroffen, tragen Erschütterung, Blässe, Fassungslosigkeit in den Gesichtern. Zwischen Ambros und Nike eingehängt, wird Charlotte Fromm mehr getragen, als dass sie hindurchschreitet. Vielen rinnen Tränen über die Wangen. Frauen suchen Trost an der Hand ihrer Männer, die drehen den Kopf, um nicht zu zeigen, dass auch sie weinen.

»War wohl 'n Guter, dieser merkwürdige Bankier. Hab selten so viele traurige Leute auf einer Beerdigung gesehen.« Bohlke ist beeindruckt.

Charlotte Fromms schönes, ausdrucksstarkes Gesicht ist eingefallen und grau, ihre Blicke streifen über die beiden Kommissare hinweg, ohne sich bei ihnen aufzuhalten.

Nike schickt ein tränenüberströmtes Lächeln. Ambros nickt ihm zu.

Eine alte Frau winkt Spiro zu sich heran. Widerstrebend folgt er. Ihre Wirbelsäule ist so stark nach unten gekrümmt, dass sie nur mit Mühe zu ihm aufschauen kann. Helle, wache Augen in einem rosinengleichen Gesicht.

»Sie sind der junge Kommissar, nicht wahr? Nike schickt mich. Ich soll Ihnen was erzählen. Kennen Sie die Totenbeschwörerin von Ensor?«

Spiro schüttelt den Kopf.

»Gut, das ist auch lange her. Sie hat Saul, dem ersten König von Israel, den Propheten Samuel von den Toten zurückbeschworen. Durch sie hat Samuel dem König vorhergesagt, dass er schon bald durch einen Speer der Philister umkommen wird.«

Spiro runzelt die Stirn.

»Und so ist es dann auch gekommen.« Sie legt eine kleine, arthritische Hand auf seinen Arm. »Ich habe Eduard gesehen. Nach seinem Tod. Er hat gesagt, dass sein Mörder nicht der ist, der er zu sein scheint. Dass er ein Anderer ist, als er selbst. Das habe ich nicht verstanden. Aber er ist gegangen und hat sich nicht weiter erklärt. Nike wollte, dass Sie das wissen.«

Spiro schüttelt den Kopf. »Geister von Verstorbenen und Stimmen aus dem Jenseits sind vor Gericht leider nicht zur

Aussage zugelassen. Und einen *anderen* Mörder, kann ich dort auch nicht verurteilen lassen.«

Die Fromms haben das Spalier der Trauergäste durchschritten. Jetzt umringen alle die Grube. Ambros hat sich vom Arm seiner Mutter gelöst und ist herangekommen. Herzlich reicht er Spiro die Hand. Bartstoppeln rahmen sein Kinn, er wirkt jünger, verletzlicher. Die letzten Sätze des Gesprächs hat er gehört und mischt sich mit belegter Stimme ein. »Das Jenseits ist nur eine Modeerscheinung, um uns den Tod erträglicher zu machen.« Die hellen Augen der Alten mustern ihn aus einem dunkelbraunen Gewirr von Runzeln, mühsam auf schiefem Hals nach oben gedreht, in ihnen gespiegelt der Himmel, grau wie ein schmutziges Laken. »Schmu«, kratzt die Stimme der Buckligen.

Ambros fährt unbeeindruckt fort. »Im frühen Judentum gab es kein Jenseits. Scheol, das Reich der Toten, war kalt und dunkel, sonst nichts. Alle Unterschiede endeten dort. Gut und Böse, Denken und Fühlen, jegliche Weisheit, alles verschwand. Ein Weiterleben, Wiedergeburt oder ähnliches war lediglich durch die eigenen Kinder möglich. Armer Shylock. Ich kann nur für dich hoffen, dass sich die Spielregeln im Laufe der letzten dreitausend Jahre geändert haben.«

Spiro wendet den Kopf ab und tut, als habe er nichts gehört. Die Vertrautheit, die sich für Ambros aus ihrem nächtlichen Gespräch vor dem Eingang des BfM ergeben hat, beschämt ihn zutiefst. Er schaut weg auf den Kies, in die Bäume, in die Luft. Zweifel durchfährt ihn. Was, wenn er nicht der Mörder seines Vaters ist, wenn er Charlotte Fromm auch noch den Sohn abführt, gleich hier vom Friedhof? Kann sie das überhaupt verkraften? Was, wenn Nike zu Recht beschließt, ihn, dieses fühllose Monstrum, niemals wiederzusehen?

Drei Schaufeln Erde wirft jeder in das Grab. Hebräische Psalmen stehen in der schweren Luft, Zeugnisse einer anderen, einer älteren Welt, weit vor dieser Zeit, Glaubensbekenntnisse eines Wüstenvolks auf dem steinigen Weg ins gelobte Land.

Die Zeit steht. Immer neue Hände ergreifen die Schaufeln, lassen ihre drei Häufchen Erde auf den hohl antwortenden Sarg hinabfallen. Für Spiro könnte es ewig so weitergehen. Aber irgendwann hat auch der Letzte Abschied genommen, haben die Psalmensprecher ihre Verse gesagt, zerstreuen sich die Trauernden über den weitläufigen Grabfeldern. Sie besuchen andere Tote, die schon länger hier sind und legen kleine Steine auf die Grabmäler. Bohlke holt tief Luft und setzt sich in Bewegung.

Spiro hält ihn am Arm zurück. »Das können wir nicht machen, nicht jetzt und nicht hier.«

»Das ist Ihr Mörder, Spiro. Und Befehl ist Befehl.« Entschlossen bahnt sich Bohlke einen Weg durch die Trauergäste hin zur Familie Fromm. Spiro folgt ihm mechanisch. Er hat das Gefühl, sich selbst von außen zu sehen, seine Schritte, alle Bewegungen verlangsamt, als müsse er sich durch ein bisher unbekanntes flüssiges Element lavieren. Es schmeckt nach Metall.

»Herr Ambros Fromm, wir müssen Sie bitten uns aufs

Präsidium zu begleiten. In der Mordsache Eduard Fromm haben sich schwerwiegende Verdachtsmomente gegen Sie ergeben. Bitte folgen Sie uns.«

Er ist leicht wie eine Feder. Er umkreist den Leichnam, springt über ihn, tanzt. Er taucht seine Finger in das Blut und fährt in zwei entschlossenen Halbkreisen über seine spitz gewordenen Wangenknochen hinab zum Hals, wo seine Adern pochen.

Er sucht und findet Farben. Er vollendet seinen heiligen Pfahl, er nimmt ein Brotmesser und versucht den Kopf seines toten Feindes vom Rumpf zu trennen. Er sägt, er zerrt. Blut strömt, der Kopf sitzt fest. Er reißt an ihm, vergeblich. Erst als er die Spanaxt zu Hilfe nimmt, löst sich seine erste Trophäe, befreit er sein Geschenk an den Krokodilsgott.

Er hält ihn am roten Haarschopf, der nicht mehr glänzt, sondern als blutig klebriges Strähnenbündel in seiner Hand liegt. Ganz von fern pocht die Erinnerung an eine Königin an die Hinterwand seines Geistes. Aber er lässt sie nicht hinein. Die Schädel sind Trophäen. Sie sind wichtig. In ihnen wohnen Kräfte, die so stark sind, dass sie nur sehr selten aus der hintersten Kammer des Männerhauses hervorgeholt und gezeigt werden. Die Trophäen sind Geheimnisse, die gewahrt werden müssen. In der letzten Kammer liegen die Schädel versteckt in ihrer Hülle aus rotem Ton, liegen aufgeschichtet, verborgen unter Matten aus Gräsern und Knochen, unter Masken aus den Federn des Kasuars.

Seine Trophäe, seinen Schädel, verhüllt er mit einem Tuch, das er zu einem Bündel schnürt. Er muss einen Platz finden, er muss in die Sonne. Die Sonne wird das Fleisch des Gesichts verdorren lassen, Vögel werden kommen. Der Schädel wird schrumpfen. Das braucht Zeit. Er braucht einen Platz für sein Geheimnis, einen Platz, wo niemand es stört, wo es Zeit hat. Er sieht sich um. Hierhin werden feindliche Krieger kommen und suchen. Er braucht einen anderen Platz. Er muss sich tarnen, er verbirgt sich in einer Hose und einer Jacke. Die Jacke steht offen und man sieht seine Brust voller Zeichen. Er befestigt ein Stück Seil an beiden Enden seines Pfahls und trägt ihn so auf dem Rücken. Er nimmt sein verknotetes Bündel und läuft.

Ambros sitzt im grellen Licht des grauen Verhörraumes. Ihm gegenüber am Tisch Bohlke und Spiro.

Ambros sieht ihn an und schüttelt langsam den Kopf. »Nein, Spiro, den Gefallen kann ich dir nicht tun, auch wenn ich deine strenge Polizistenattitüde noch so anziehend finden mag. Ich wusste nichts von der Wrangelstraße, bis man meinen Vater dort erschlagen hat. Wie sollte ich ihn da umbringen?«

»Sie wurden mit Enterbung bedroht, ein starkes Motiv.«

»Das wird dir auch passieren und trotzdem bringst du deinen Vater nicht einfach um.« Bohlke wirft seinem jungen Kollegen einen misstrauischen Blick zu. Der schüttelt unmerklich den Kopf.

»Bei Ihrem Lebenswandel, Ihren Getränkerechnungen,

den Motordroschken quer durch die Stadt, dem Champagner, dem Kokain, ist der Verlust des Erbes eine Katastrophe. Sie haben ja noch nicht mal einen Beruf. Sie sind einfach nur vermögend.«

»Das steht aber, soviel ich weiß, nicht unter Strafe. Regt sich da die bürgerliche Moral des Jungen aus einfachen Verhältnissen?«

»So einfach waren die gar nicht. Und trotzdem habe ich, im Gegensatz zu Ihnen, kein Problem damit, für meinen Lebensunterhalt zu arbeiten und danke, ich bin mit meinem Gehalt zufrieden.«

»Aber nicht mit meiner Schwester, die reicht dir nicht. Da musst du zusätzlich den Jungs in der *Zauberflöte* nachsteigen …«

»So jetzt langt's aber mal. Fünf Minuten Pause.« Bohlke platzt der Kragen. Er stürmt aus dem Zimmer, Spiro kleinlaut hinterher. Ambros lacht.

Sein Bündel ist schwer, schwerer, als er gedacht hat. Es reißt an der Schulter, schlägt gegen die Rippen mit jedem Schritt. Und wohin damit? Es muss in die Sonne, in den Wind. Vögel müssen kommen und es wird sich verwandeln. Ihre Kraft, die Macht der grauen Königin, wird sich setzen, wird sich sammeln in diesen Knochen, in diesem Schädel. Sie gehört dann ihm. Er wird sie verbergen und hervorholen, wenn er ihren Zauber braucht. Er weiß ein Dach, das nicht verschlossen ist, ein Dach auf dem niemand ist, ein einsames, ein steiles Dach.

Er hat oft dagesessen, hoch oben, wenn er gewartet hat. Er hat der Königin Ballen getragen zu der großen, blonden Näherin. Der Näherin mit den blauen Augen, die ihn kalt fixiert haben. Sie haben sich über Kleiderteile aus Papier gebeugt und diese mit gezackten Eisenrädchen auf andere Papiere übertragen. Sie haben geheftet und gesteckt, Münder voller Nadeln. Er erinnert sich, er erinnert sich nicht, will nicht. Er ist ein Krieger, er weiß einen Platz. Er trabt unter den bunten Lichtern des Tauentziehn entlang. Amüsierte Blicke folgen ihm, erschreckte auch. Aber die wenden sich ab und haben schon vergessen. Er läuft im leichten Trab der Krieger. Ab Nollendorfplatz folgt er den genieteten Ständern der Hochbahn, die hier kreischend aus der Erde auffährt, nimmt den Weg am Kanal entlang, von wo er die Hochbahn noch immer sieht und sich am Gleisdreieck wieder mit ihr vereint. Er ist leicht, er trabt, er ist Wille, der Wille trägt ihn, schiebt ihn vorwärts. Seine Schritte im Rhythmus der Trommeln.

Bohlke ist wütend. »Wer verhört hier eigentlich wen, Spiro?«, bricht es aus ihm heraus. »Was zum Kuckuck fällt Ihnen ein, mit der Schwester des Hauptverdächtigen zu poussieren? Was treiben Sie mit den Warmen in der *Zauberflöte*? Keine zehn Pferde würden mich da hineinbringen. Wer *sind* sie eigentlich, Spiro?«

Bevor der antworten kann, nähert sich eilig ein bebrillter Mann in einem hellen, langen Mantel, eine Aktentasche unter den Arm geklemmt. Wache Augen, fester Händedruck. »Darf ich mich vorstellen, Dr. Samuel Findeisen, Anwalt. Gut, dass Sie im Verhör eine Pause machen, denn ohne mich wird hier fortan gar nichts mehr passieren.«

»Auch Sie noch«, stöhnt Bohlke. Er kennt Findeisen aus etlichen Prozessen. Der Mann ist einer der Besten seines Fachs.

»Immer erfreut Sie wiederzusehen, Kommissar Bohlke. Schießen die alten Preußen noch scharf?« Findeisen lacht und wendet sich an Spiro. »Von Ihnen hätte man allerdings etwas mehr Rücksicht erwarten können. So in die Kewura hereinzuplatzen. Das Begräbnis«, erklärt er Richtung Bohlke. »Und das Schiwa-Sitzen ohne den ältesten Sohn … Was Sie der Witwe zumuten, das ist schon seelische Grausamkeit. Wollen Sie hier ein Exempel statuieren und allen klarmachen, dass Sie auch gegen die eigenen Leute ohne Vorbehalt ermitteln?« Er schüttelt den Kopf. »Aber gehen wir mal rein in die gute Stube.«

Ambros erhebt sich erfreut und schüttelt seinem Anwalt die Hand. »Gut, dass Sie da sind, Findeisen. Ich habe das Testament noch gar nicht angesprochen …« Ambros stockt und ringt um Selbstbeherrschung.

Findeisen lenkt die Aufmerksamkeit auf sich. »In der Tat. Ich bin nämlich nicht nur Anwalt der Familie, sondern habe auch die Ehre, ihr Notar zu sein, befasst selbstredend mit den Erbschaftsangelegenheiten. Und ja, vor etwa einem Monat, am zwanzigsten April dieses Jahres, um genau zu sein, hat mich Eduard Fromm mit einer Neufassung seines Testaments beauftragt.« Er hält inne. »Ein Nachfahr König Salomons. Das war er wohl.« Er schweigt wieder.

Bohlke fehlt der Sinn für Dramatik, mit dem Findeisen offenbar reichlich ausgestattet ist. »Und, was steht drin?«, grunzt er.

»Ein salomonisches Testament, wie ich ja bereits bemerkte. Ein Testament, das wirklich eine Zukunft plant, frei von Eitelkeit, Beweis seiner Klugheit, seiner Voraussicht, aber auch Beweis seiner Kenntnis der Gegenwart.«

Bohlke wird langsam böse. »Jetzt hörn Se ma uff mit den Lobeshymnen und packen Butter bei die Fische.« Ambros muss grinsen.

Findeisen mustert den Kommissar indigniert. »Also gut. Knapp die Hälfte des Vermögens geht an seine Ehefrau Charlotte Fromm, den Hausstand der Wrangelstraße darf Fräulein Hilde behalten, bis auf eine Porzellanfigur in Form eines Affen. Die erhält Nike, die Tochter, die Sie ja bereits kennengelernt haben.« Knappes Kopfneigen in Spiros Richtung. »Die Miete der Wrangelstraße ist bis Jahresende im Voraus bezahlt. Eine nicht unbedeutende Summe erhält das Institut des Medizinalrates Dr. Magnus Hirschfeld mit dem Vermerk, dass dort sowohl seine Tochter gerettet wurde als auch sein eigenes Verhältnis zu seinem Sohn. Er ist wohl dagewesen, ohne dass eines der Familienmitglieder davon wusste, wie sie vieles andere ja auch nicht wussten ...«

Bohlke zieht drohend die Augenbrauen zusammen.

»Wie dem auch sei«, fährt Findeisen fort, »man klärte ihn dort auf, dass die homoerotische Neigung seines Sohnes weder eine Spinnerei ist, die man mir nichts, dir nichts wieder lassen kann, noch eine ansteckende Krankheit oder etwas Widernatürliches. Man muss es wohl so akzeptieren, wie es ist. Das hat man ihm dort glaubhaft erklärt. Ich für meinen Teil vergleiche diesen Hang des Jungen mit Leberflecken oder Sommersprossen. Auch die sind unheilbar, führen aber nicht zum Tod und stören die meisten eigentlich gar nicht.«

Ambros schnappt empört nach Luft.

»Trotzdem«, kommt Findeisen seinem Protest zuvor, »hat er sowohl ihm als auch Nike zu gleichen Teilen je ein Viertel des verbleibenden Vermögens zugedacht. Geknüpft allerdings an eine Bedingung. Beide müssen ein Studium beenden und ein Jahr lang ungekündigt einer Arbeit nachgehen. Meiner persönlichen Meinung nach ist das für Nike eher ein Schritt in die vollkommen falsche Richtung, aber er hat darauf bestanden. Der einzige Punkt, den ich versucht habe ihm auszureden. Im Nachhinein scheint es mir, als hätte er vorausgesehen, was das Schicksal mit ihm vorhat. Anders ist diese entschiedene Formulierung seines Willens eigentlich kaum zu erklären.«

Spiro gibt sich noch nicht geschlagen. »Hat Ambros zum Zeitpunkt des Mordes von dem neuen Testament gewusst?«

»Nein, es wurde erst gestern eröffnet. Aber er durfte hoffen.«

»Wie soll ich das verstehen?«

»Vor etwa zwei Wochen hat Eduard Fromm seinen Sohn Ambros überraschend zu einem Beratungstermin in unserer Kanzlei begleitet. Er hatte als 175er etwas Ärger. Ambros begrüßte mich mit den Worten: ›Na, Findeisen, alter Rechtsverdreher, hast du dem alten Herrn geholfen mich für immer arm zu machen?‹ Da hat Eduard den Arm um seinen Sohn gelegt und gesagt: ›Es wird schon nicht so schlimm kommen, auch wenn du es, weiß Gott, verdient hättest.‹«

Alles Blut weicht aus Spiros Kopf, aus seinem Körper und versickert im Linoleum. »Wären Sie bereit, das unter Eid vor Gericht zu bezeugen?«

»Aber sicher, Herr Kommissar, und nicht nur ich, mein Schreiber war auch anwesend. Ich fürchte stark, Sie müssen sich nach einem anderen Mörder umsehen.« Er kehrt in schlecht geheucheltem Mitgefühl die Handflächen nach oben.

Spiro spielt seine allerletzte Karte. »Herr Fromm, wo waren Sie zum Zeitpunkt des Verbrechens an Ihrem Vater?«

»Muss ich darüber Auskunft geben?«

Findeisen nickt.

Ambros gibt sich einen Ruck. »Das ist jetzt nicht das Ruhmesblatt meiner Biografie. Aber es ist, wie es ist. Drei Tage vorher wollte ich zwei Freunde in der Nollendorfstraße abholen. Ich wollte mit ihnen ins *Eldorado*. Zuerst haben sie gar nicht aufgemacht. Eine Nachbarin kam nach Hause und hat mich ins Haus gelassen. Ich habe gegen die Wohnungstür geklopft und gerufen. Da ging die Tür dann einen Spalt breit auf und ich habe die Bescherung gesehn. Total lädiert waren die beiden. Grün und Blau und aufgeplatzt. Sie haben zwei Strichjungen in die Wohnung geholt. Einer muss durchgedreht sein und wollte Kleinholz aus ihnen machen. Ich bin dann los und hab von den Russen Opium gekauft. Wir haben zusammen geraucht und wohl die Zeit aus den Augen verloren. Spätabends stand dann meine Schwester vor der Tür. Ich habe zuerst geglaubt, dass es eine idiotische Fantasie ist und wollte mich bei den Russen über das Zeug beschweren.«

Kaiserhof, Potsdamer Platz, Gleisdreieck, Bülowstraße, Nollendorfplatz. Spiro drückt als Erster die Waggontüren auseinander und springt die Treppen der Hochbahn hinab. Auf den Markt und die Kirche zu, dann nach rechts in die dunkle, aber vornehme Nollendorfstraße. Er hat Glück, gleich nach dem ersten Läuten hört er Schritte hinter der Tür. Eine Kette rastet ein. Im Türschlitz die verschwollenen Züge eines schlanken Mannes um die 30. Weite, leichte Hose, ein kurzärmeliges helles Hemd, die Haare frischfrisiert und glänzend aus der Stirn gekämmt. Er sollte einen Picknickkorb auf die Rückbank eines Cabriolets stellen und in den Grunewald lenken, denkt Spiro, wäre da nicht sein Gesicht, das so aussieht, als wäre es unter die Räder desselben Cabrios gekommen. Zwischen grün, gelb und purpur changierend, Brauen und Unterlippe mit mehreren Stichen genäht, lässt allein der Anblick der malträtierten Züge Spiros Miene mitfühlend zusammenzurren. »Das sieht aber gar nicht gut aus«, murmelt er, während er dem Mann, der sich als Alwin von Tarnow vorgestellt hat, in einen eleganten Salon folgt.

»Brünooo«, flötet der Wohnungsbesitzer in Richtung Nebenzimmer, »wir haben Besuch. Der liebe Ambros hat uns die Polizei vorbeigeschickt.« Er schlägt die Beine übereinander und legt geziert seine schmalen Hände auf die Knie.

Mit demütig gesenktem Kopf mustert er Spiro aus aufgerissenen Rundaugen. »Womit kann ich dem Gesetz dienen?«

Bevor Spiro antworten kann, schiebt sich der französierte Bruno durch die Flügeltür des angrenzenden Musikzimmers. Er trägt einen nur locker geschlossenen Morgenmantel über der nackten Brust, darunter eine weichfallende Hose. Er ist barfuß.

»Wackenitz, sehr erfreut. Sie müssen entschuldigen, Herr Kommissar.« Er gleitet auf eine gelbe Recamiere. »Das ist wirklich nicht meine Art, hier am helllichten Tag in diesem Aufzug herumzulaufen. Aber besondere Umstände erfordern besondere Maßnahmen. Schon beim Gedanken an Kleidung, fange ich vor Schmerzen an zu weinen.« Er verdreht seinen Hals wie ein sterbender Schwan und streift mit den Fingerspitzen seinen Morgenrock zurück. Sein Gesicht sieht nur unwesentlich besser aus als das seines Freundes, dafür tummelt sich auf seinem jetzt entblößten mageren Oberkörper ein farbenfroh schillerndes Hämatom neben dem anderen. »Ich hätte tot sein können.« Von Tarnow verdreht zu Spiro gewandt die Augen.

Der ist noch immer fassungslos. »Warum haben Sie diesen Überfall nicht angezeigt? Die umliegenden Polizeiwachen wissen von nichts.«

Bruno Wackenitz weist mit spitzen Fingern Richtung seiner Schläfen. »Ich bekomme schlimme Kopfschmerzen beim Anblick von Uniformen. Meine Augen fangen an zu tränen und mir wird ganz blümerant zumute.«

Alwin von Tarnow schüttelt missbilligend den Kopf und

schaltet sich ein. »Es gibt keine Anzeige, weil ich und alle meine Freunde froh sind, wenn wir Sie und Ihresgleichen nur von hinten sehen. Weil Ihr uns eher wegen Unzucht selber hinter Gitter bringt, als einen Überfall auf uns zu untersuchen. Weil da jeder kommen und uns die Fresse polieren kann, weil wir das angeblich verdient haben. Womit? Das frag ich mich jeden Morgen, wenn ich in den Spiegel gucke.« Das kokette Geplänkel ist Bitterkeit gewichen.

Spiro nickt. »Ich wünschte, ich könnte Ihnen widersprechen, aber wahrscheinlich haben Sie recht. Ich bin nicht bei der Sitte. Paragraf 175 ist mir egal. Ich untersuche einen Mord. Können Sie bezeugen, dass Ambros Fromm am Mittwoch vergangener Woche abends bei Ihnen war?«

»Er war da. Ein paar Tage lang war er da. Gleich nachdem uns dieser Berserker durch die Mangel gedreht hat, ging es uns eher bescheiden, wie Sie sich vorstellen können. Ambros hat einen Arzt organisiert und ein ziemlich probates Narkotikum. Das hat uns ein paar Tage beschäftigt. Dann stand plötzlich seine Schwester im Zimmer und meinte, sein Vater sei tot. Sie hat ihm einen Krug kaltes Wasser über den Nacken gegossen und ihn nass wie eine Kanalratte mitgenommen.«

»Würden Sie das vor Gericht bezeugen?«

»Ja, in Herrgottsnamen, was soll ich denn sonst sagen? So war's ja.«

Über den Heften, die sie am Küchentisch korrigiert, hört Traudel Bohlke die Schritte ihres Mannes dumpf und schwer die Treppe hochkommen. Das verheißt nichts Gutes, weiß sie und räumt zusammen. Schlüssel im Schloss. Jacke an den Haken. Sie holt ein Bier aus dem kühlen Kasten unter dem Fenster und stellt es auf den Tisch.

Schweigend lässt Bohlke den Verschluss aufploppen, trinkt einen langen Zug, tätschelt ihre Hüfte. »Meene Gutste.«

Er legt ein in Zeitung eingeschlagenes Paket auf den Tisch.

»Fisch?« Sie hat es schon gerochen.

»Matjes. Frisch vom Eis. Der Fischkarren hat mich beinahe überfahren. Da konnte ich nicht widerstehen. Es ist doch jetzt die Zeit.«

Sie langt oben auf das Bord nach dem flachen Heringstopf aus graublauem Salzbrand. Bohlke wühlt in der Tischlade nach dem schärfsten Küchenmesser. Auf der durchweichten Zeitung liegt ein schimmernder Haufen junger Heringe, die weder Milch noch Rogen ausgebildet und sich stattdessen dick und rund gefressen haben.

»Na kommt mal her, ihr holländischen Jungfrauen.« Er legt die Fische in Reih und Glied vor sich aus. Verständnislos blicken silberne Augen mit kreisrunder schwarzer Iris ins Nichts. Traudel rutscht ums Eck, weg aus diesem Fischblick und beginnt die trockene Haut von einer Zwiebel zu pellen.

»Und was ist mit eurem Mörder, dem Sohn? Musstet ihr ihn wieder laufen lassen?«

Bohlke köpft entschlossen den ersten Fisch kurz unterhalb der Kiemen.

»Er war's nicht. Er ist vom andern Ufer, das ja. Aber er

war's nicht.« Er schiebt die Klinge in den weißen Bauch, trennt ihn auf bis knapp vor der Schwanzflosse und schiebt vorsichtig die violett schimmernden Innereien hinaus. »Wir haben keinen Mörder mehr, keine Spur, nicht mal einen leisen Verdacht. Alles ist wieder wie am Anfang. Nur, dass die Familie des Toten jetzt nicht mehr mit uns spricht.«

»Und dein junger Kollege, dieser Ariel, was sagt der?«

Mit zarter Messerspitze fährt Bohlke unter die Heringshaut und zieht sie in möglichst großen Streifen von dem rosa Fleisch. »Der sagt gar nichts und sitzt in der Tinte. Schadenfroh sind die Kollegen. Er war ihnen zu schnell gewesen. Erst ein paar Tage da und schon den Täter gefasst in so einem komplizierten Fall. Wo kommen wir denn da hin? Nachher wird das immer so erwartet. Ein Mord passiert und schwups, ist der Täter hinter Schloss und Riegel. Schwenkow hat ihn auch auf dem Kieker. Das sehe ich. Er muss aufpassen, sonst ist er schnell wieder in dem Kaff, wo er hergekommen ist. Aber er lässt auch keine Gelegenheit aus, sich sozusagen selbst ins Knie zu schießen.«

Traudel runzelt die Stirn. »Wie das?«

Vorsichtig zieht Bohlke die beiden Enden der Schwanzflosse auseinander und lässt den Hering zwischen diesen beiden Polen einen Überschlag um die eigene Achse vollführen. »Er poussiert mit der Tochter vom Toten. Er treibt sich nachts rum. Saufen tut er auch. Und er sagt nie die volle Wahrheit, vielleicht lügt er sogar.« Er zieht an der unteren Hälfte der Schwanzflosse langsam eine Fischhälfte von der Hauptgräte. Dann kerbt er den Rücken halbzentimeterweit ein. »Ist er ein Jude oder keiner? Man weiß es nicht. Ist er selbst ein 175er? Auch das ist nicht ganz klar. Mir zumindest nicht. Aber er ist gut beim Verhör, sehr gut sogar und er ist unterwegs, wo andere nicht hingehen und er ist nicht blöd. Ein Lorbass, das ist er auf jeden Fall.« Bohlke greift die Hauptgräte und zieht sie in entgegengesetzter Richtung von der verbliebenen Fischhälfte. Weiß und wie befreit fächern sich die Grätenreihen aus dem Fleisch.

Er legt die Hauptgräte zu dem abgetrennten Kopf auf die Zeitung, die rosa Filets in den Heringstopf.

»Und was macht ihr jetzt?«, will sie über ihrer Zwiebel schniefend wissen.

»Wir fangen wieder von vorne an«, grimmt er und greift nach dem nächsten Hering.

8

Spiro schreibt. Sein Tisch im Präsidium ist angefüllt mit Bögen. Er protokolliert, er liest. Alles was geschehen ist, alle Gespräche, alle Beobachtungen. Wieder und wieder liest er seine Aufzeichnungen und findet – nichts. Nichts, das er übersehen hätte, keine neue Spur, ein Fall, der sich in immer neuen Verzweigungen aufzulösen scheint. Ein sinnloser Mord ohne Motiv. Warum? Manchmal scheint es ihm, der Bankier Eduard Fromm sei gar nicht tot, weil er einfach keinen Grund dafür finden kann.

Bohlke versucht halbherzig ihn aufzurichten. »Da kann man nichts machen. Manchmal ist einfach kein Weiterkommen. Ist nicht schön, aber auch nicht zu ändern.« Er trabt gen *Aschinger* zu Schrippe, Bier und Bouletten mit Mostrich. Spiro bleibt. Auch, weil er nicht über die Gänge im Präsidium will. Gänge voll süffisantem Lächeln. Tiefer Fall vom neuen Star der Mordkommission zum Blender und Schaumschläger. Schwenkow hat bei seinem Anblick heute Morgen nur die Stirn gerunzelt. Einzig Fräulein Gehrke hält ihm noch mit einer gelegentlichen Tasse Kaffee die Treue.

Aber er muss zu Schwenkow. Zusätzlich zu seinem Versagen auf der ganzen Linie, weiß der auch noch nichts von dem gestohlenen Dienstausweis. Schweren Herzens steht er auf, um seinem Chef zu beichten. Er wird die Wahrheit sagen. Schwenkow wird ihn zurückschicken. Er ist in der Hauptstadt grandios gescheitert. Das war's.

Aber Schwenkow hat keine Zeit, nicht jetzt. Die Kommissare von Trebenbruck und Grüttner laufen ihn fast über den Haufen, als er sich der Bürotür des Chefs nähert.

Auf Fräulein Gehrkes Hals und Wangen hektisch rote Blüten. »Also sowas, also nee.« Sie muss sich abstützen. »Wollen Sie wissen, wo die hin sind?« Sie wartet nicht auf seine Antwort. »Heut früh haben zwei Schupos eine Tür im Hinterhaus der Fasanenstraße aufgebrochen. Piekfeine Gegend. Aber gestunken hat es. Und drin die Leiche einer Frau. Lag da schon länger. Aber nur der untere Teil. Der Kopf ist weg. Alles voller Blut. Eine vom Theater. Da muss man sich ja eigentlich über gar nichts wundern. Aber so was gleich? Neeneenee. Die gesamte Abteilung ist auf den Beinen.«

»Spiro, haben Sie endlich die Tür von Ihrem Büro gefunden?«, blafft ihn Schwenkow an.

»Sperren Sie die Ohren auf. Jetzt müssen alle ran. Was wir bisher von den Nachbarn erfahren haben: die Leiche ohne Kopf heißt Magdalena Gavorni. Nehmen wir zumindest an. So was wie eine Schneiderin fürs Theater. Ein Sohn, der ist nicht aufzufinden, war aber immer bei ihr. Liegt hoffentlich nicht auch noch irgendwo rum. Sonst keine Familie in der Stadt. Kommt wie jeder richtige Berliner aus Posen oder Breslau, aber auf gar keinen Fall aus Italien, wie einen ihr Name glauben machen will. Sie ist aus Breslau. Und wenn überhaupt, dann hat sie da noch Familie, die würde dann allerdings Gavornik heißen. Sie hat das k und damit Schlesien gestrichen und ihre Wiege nachträglich ins Land der blühenden Zitronen verlegt. Hatte Männerbesuche. Häufig.

Darüber will ich was wissen. Gott bewahre uns vor einem Lustmörder mit Axt. Schwingen Sie sich an den Fernsprecher und telefonieren die Theater ab. Wer hat mit ihr gearbeitet? Wer hat sie besucht? Irgendwer muss sie ja gekannt haben.«

»Oberkommissar Schwenkow?«

»Was denn jetzt schon wieder?«

»Ich würde gern den Tatort sehen, vielleicht finde ich Hinweise auf ihre Arbeit. Kostüme, Quittungen, so was. Dann weiß ich genauer, wo ich suchen muss.«

Schwenkows Stirnader schwillt gefährlich an. »In drei Stunden sind Sie wieder hier. Mit Ergebnissen.«

Spiro rennt die Treppen runter und spendiert der Preußischen Polizei eine Motordroschke auf eigene Rechnung. Vor dem Haus in der Fasanenstraße eine Traube von Reportern.

Blitzlichter erhellen eine dicke Portiersfrau in Kittelschürze, die zur Feier des Tages Lippenstift und Rouge aufgelegt hat. »... seit Tagen, wat riecht hier so komisch wie toter Hund und heute Morgen kam man vor Gestank dann gar nicht mehr aus der Tür raus ...«

Spiro schiebt sich an dem Menschenauflauf vorbei zum Tordurchgang. Zwei Schupos stehen davor.

Mist, denkt er. »Spiro, Morddezernat, bitte lassen Sie mich durch. Ich muss zum Tatort«, sagt er ganz geschäftlich.

Die Schupos lachen nur. »Ihr Brüder könnt euch mal was Neues ausdenken. Sie sind jetzt schon der Elfte, der mir damit kommt. Ohne Dienstausweis geht gar nichts.«

Spiro durchsucht pro forma seine Taschen. »Ich muss ihn im Büro vergessen haben. Bin eiligst abkommandiert. Meine Kollegen von Trebenbruck und Grüttner müssen auch hier sein.«

Der jüngere Schupo wird stutzig. »Die sind eben angekommen. Ich geh mal nachfragen.«

»Danke.«

Nach zwei Minuten ist er zurück und nickt seinem Kollegen zu. »Sie meinten, wenn der Oberkommissar den Dienstausweis von dem hier nicht gerade eingezogen hat, müsste er eigentlich noch bei ihrem Verein sein.«

»Kann er jetzt rein oder nicht?«

»Er kann.«

Der Raum ist größer, höher, als er erwartet hat. Fast ein Saal. Es gibt eine Empore, auf der stehen Schneiderpuppen. An ihnen Kostüme in unterschiedlichen Stadien der Fertigung. Sie sind schön. Sie erzählen Geschichten. Da ist Ophelias weißes Kleid aus durchscheinenden Lagen geschichtet, Empirestil, wie Königin Luise. Doch unterm Busen wird es mithilfe eines schwarzen Schleifenbandes zusammengeschnürt. Da weiß man gleich, dass es nicht gut ausgehen wird mit ihr.

Spiro wirft nur einen kurzen Blick auf die Leiche. Wie entleert liegt der kopflose Leichnam einer Frau auf dem Boden. Unheimlich ist seine Ähnlichkeit mit den Torsi der Schneiderpuppen. Nur, dass diese fast lebendiger wirken als die Überreste ihrer Besitzerin. Er hat sich ein Taschentuch vor Mund und Nase gebunden und nickt den Kollegen zu, die ebenso geschützt fotografieren und vermessen. Weiter suchen seine Augen. Spiegel, Nähmaschinen, Stoffballen in allen Farben, in einer Ecke ein breites Bett, Spiegel auch hier. Zeichnungen an der Wand, Kostüme, Pinsel, ausgelaufene Farben auf dem Boden, schwarz, weiß, rot. Vor dem Sofa ein Kreis aus hellen Holzspänen. Auf dem Schreibtisch unordentliche Stapel, einige Briefe ungeöffnet, ein Zettel: *Dein Nickel ist zum Niederknien. 1 000 Dank meiner Füchsin. In Liebe Leo.* Spiro notiert: Nickel, Leo. Quittungen für Stoffe: Preußische Staatstheater – Schillertheater, zu Händen Leonard Hortner. Handvermerk. *Muss es immer das Beste sein? Zu teuer! Tausche Seide gegen Taft! Leo.* Ein Brief liegt halbverbrannt im Ofen. Absender: Freie Schulgemeinde Wickersdorf. *Sehr geehrte Frau Gavorni! Bei der Examinierung Ihres Sohnes Alexander hat sich uns ein eigenartiges Bild vermittelt. Er ist vertraut mit einer Vielzahl von Theaterstücken, die er in großen Teilen frei rezitieren kann. Ebenfalls sehr bewandert ist er in der anthropologischen Erforschung der Eingeborenen der Südsee. Andererseits sind ihm mathematisch-physikalische Themen gänzlich unbekannt. Ebenso fremd scheint ihm der Umgang mit Kindern seines ...* Der Rest ist verkohlt. Was ist das, unter der Empore? Er geht hinüber. Latten, eine fehlt, dazwischen eine Tür, ein Verschlag, auf dem Boden eine Matratze, aus der an mehreren Stellen das Rosshaar quillt, notdürftig bedeckt von einem schmutzstarrenden, gelblichen Laken, ein Schälchen mit Milch. Wer haust hier? Eine Katze? Aber da sind zerlesene Bücher, Expeditionsberichte von Südseeinseln, Zeichnungen von Masken und Totempfählen, ein Kerzenstummel. In einer Ecke entdeckt er Fäkalien, Urin. Ein ungeheurer Verdacht steigt langsam, aber hartnäckig in ihm auf und erst jetzt wird ihm wirklich schlecht. Er schafft es gerade noch hinaus aus der Wohnung unter die Kastanie im Hof.

Bohlke ist da und sammelt ihn ein. Er reicht mitfühlend ein kariertes Taschentuch. »Das war ein Perverser, sagen die Kollegen.«

Spiro braucht einen Moment, um hinter dem festgenähten Grinsen Bohlkes dessen Betroffenheit zu sehen.

»Hab in Frankreich ja viel abgerissene Körperteile gesehen. Aber da war Krieg. Die Dame hier war im Negligé. Hat es sich gemütlich gemacht und dann so was. Bei der Dame bin ich allerdings nicht so sicher. Von Trebenbruck hat Fotografien von ihr gefunden, mit nicht viel an. Und Ampullen mit Morphium und Koks auch. Sie gehen jetzt in die Szene. Fotografen, Verkäufer und so weiter.«

Spiro schüttelt den Kopf. »Ich glaub, es ist alles noch schlimmer. Unter der Empore ist ein Verschlag. Da war jemand eingesperrt wie ein Vieh. Ich fürchte, das war ihr Sohn.« Er erzählt Bohlke vom verwahrlosten Lager und dem verkokelten Brief.

»Wieder ihr untrüglicher Instinkt, Spiro? Wissen Sie eigentlich was Sie da sagen? Das Opfer in dem bestialischsten Mordfall seit langem ist gar kein Opfer, sondern strenggenommen sogar Täter? Und sind Sie sicher, dass Sie diese neue steile These Schwenkow unterbreiten wollen oder am besten gleich der gesamten Mannschaft in der Lage?«

»Gehen Sie rein und sehen Sie es sich an. Zählen Sie eins und eins zusammen und verabschieden Sie sich davon, dass nicht ist, was nicht sein darf. Hier ist es umgekehrt. Hier ist so einiges, was überhaupt nicht sein dürfte.«

»Von dem Geruch mal ganz zu schweigen«, grantelt Bohlke.

Auf Spiros käsigem Gesicht keimt ein widerwilliges Grinsen. »Wir müssen ins Schillertheater zu Leonard Hortner, Leo. Der taucht immer wieder auf Zetteln und Quittungen auf. Vielleicht ihr Geliebter. Zumindest hat er sie gekannt.« Bohlke streicht über den Splitter in seiner Hüfte. Ich muss verrückt sein, denkt er und trabt los, dem entschwindenden Spiro nach.

Er läuft unter der Hochbahn entlang, fliegt fast, gleich ist er da. Bei dem dreieckigen Haus biegt er in die kleine Straße ein, die schnurgerade auf den Glockenturm der roten Kirche zuführt. Aber soweit muss er nicht. Kohlen, Eier, Schuster, Brot, noch ein Haus weiter und wie immer alles offen. Der Geruch von Steckrüben, der den Hof füllt wie Nebel. Hinten rechts die kleine Tür, acht Stufen hin, acht zurück, alles dunkel, alles still. Acht hin, acht zurück, das Geräusch eines Zündholzes, Helligkeit zischt auf. Da steht einer am Fenster zwischen zweitem und drittem Stock und will an seiner Zigarre saugen. Erschreckt guckt er, der Mann in Schwarz, und saugt nicht, sondern lässt das Zündholz ausgehen. Er dreht sich zum Fenster, wartet, dass der Junge weitersteigt, kein Wort. Als er fast vorüber ist, dreht der Mann sich plötzlich doch um, statt einfach weiter aus dem Fenster zu sehen und ein neues Streich-

holz anzuzünden, und sagt: »*Ich kenn dich doch. Du bist der Sohn von Magdalena Gavorni. Mein Gott, lass dich anschauen, was ist dir denn passiert?*«

Er fasst den Krieger am Arm und will ihn zum Restlicht des Fensters ziehen. Dunkle Augen wie Seen. Das darf er nicht. Der Krieger ist heilig. Er darf nicht berührt werden. Mit der Kraft des Krokodils stößt er den Schwarzen von sich gegen die Wand. Er verliert sein Bündel, das Tuch rinnt ihm durch die Hände, fließt abwärts die Treppe hinunter, springt auf und entblößt sein Geheimnis. Das springt, fällt und kollert weiter, prallt gegen eine Tür und bleibt schließlich liegen. »*Wir koofen nix*«*, brüllt es von drinnen. Aber der Schwarze hat es gesehen. Beide Hände reißt er hoch vor seinen Mund, um nicht aufzuschreien und dann sagt er seinen Namen.* »*Alexander? Alex, Junge. Was hast du gemacht?*«

So lange hat ihn keiner bei seinem Namen genannt, dass er ihn fast vergessen hat. Alexander. Das ist nicht er. Das ist der Junge im Verschlag, der Gefangene, das ist der, der er vorher war. Er ist jetzt ein anderer, ein Krieger, ein Krokodil, ein Gott. Der Name muss weg, der Mann, der ihn kennt, der Mund, aus dem er kam. Er nimmt seinen Pfahl vom Rücken, Schlange, Krokodil und Adler bei ihm. Ein kräftiger Schlag reicht, der Schwarze sackt die Wand hinunter. Sein Herz klopft in die Stille, wieder acht Stufen runter, er nimmt sein Geheimnis, sein Totem. Wieder hinauf, acht hin, acht zurück und so weiter bis oben.

Da weht der Wind. Da ist es fast schon Nacht. Da ist keiner und wird keiner kommen. Ein Versteck vor aller Augen, das keiner sieht. Er findet eine Ritze und schiebt den Pfahl hinein. Er drückt den Kopf auf den Pfahl. Erst geht es nicht, dann drückt er mit aller Kraft. Er spürt, dass das Hirn reißt und der Kopf sitzt fest. Da weht der Wind und trocknet die roten Haare. Von da geht er weg, steigt über die Beine des Schwarzen, zwei Treppen noch, dann ist er unten und nimmt die Bahn nach Norden.

»Herr Hortner probiert. Da können Sie nicht einfach …« Spiro witscht an dem dunkelhaarigen Fräulein vorbei in den dunklen Saal. »Das ist ja die Höhe …«

Bohlke hält ihr seinen Ausweis unter die Nase. »Wir sind nicht zum Vergnügen hier.«

»Herr Hortner, ich bin untröstlich. Diese Herren … es war mir schlechterdings nicht möglich …«

»Schon gut, Sophie. Womit kann ich helfen?« Vor ihnen ein kleiner Mann mit Raubvogelgesicht, sein Kopf ein Sturm aus drahtigen Locken.

»Herr Leo Hortner, das sind Sie?« Spiros Stimme schneidet, dann besinnt er sich, wird leise und tief. »Sie sind ein Freund von Magdalena Gavorni, der Schneiderin?«

»Das lassen Sie Magda besser nicht hören. Schneiderin! Sie ist keine Schneiderin. Sie ist Kostümbildnerin.« Er schwingt sich von den Hacken auf die Zehenspitzen und zurück, wedelt unterstützend mit den Händen. »Eine der besten in dieser Stadt. Magdalena ist eine Künstlerin.«

»Sie ist tot. Magdalena Gavorni ist tot.«

Leo Hortners Gesicht gerät in Unordnung. Mundwinkel und Augen verrutschen. Er schüttelt es wieder gerade, klatscht laut und unversehens in die Hände.

»Zehn Minuten Pause, Kinder«, ruft er Richtung Bühne und wendet sich Spiro zu. »Sie müssen sich irren. Letztens war ich noch bei ihr. Es ging ihr bestens. Wir haben Champagner getrunken. Sie erlauben sich einen schlechten Scherz.« Drohend erscheint ein V auf seiner Stirn.

Er ist ein Kind, ein grimassierendes Kind, denkt Spiro, und er war es nicht.

»Frau Gavorni wurde grausam ermordet. Erst heute hat man ihren Leichnam gefunden. Er ist bereits in Verwesung übergegangen.«

»Nein, nein, nein, das kann ich nicht glauben. Und wo ist Alexander? Was ist mit ihm?«

»Deswegen sind wir zu Ihnen gekommen. Er ist verschwunden. Wie alt ist der Junge eigentlich? Wir haben keine Geburtsurkunde gefunden.«

»Er muss so ungefähr vierzehn sein. Ein besonderes Kind. Er würde Ihnen auffallen. Und es gibt wirklich keine Geburtsurkunde?«

»Warum fragen Sie das?«

»Weil sie ihn nicht in die Schule geschickt hat. Das ist mir im letzten Jahr erst aufgefallen. Er ging morgens einfach nicht aus dem Haus. Er las in seinen Expeditionsberichten oder malte oder lernte Szenen aus Stücken, an denen sie arbeitete. Es schien alles soweit in Ordnung zu sein mit ihm. Aber er ist in keine Schule gegangen. Sie wollte das nicht.«

»Expeditionsberichte?«, will Spiro wissen.

Hortner knetet seine Unterlippe. »Aber nur Expeditionen in die Südsee. Die Eingeborenen da haben es ihm angetan. Er liest alles, was er über sie in die Finger kriegen kann. Er kennt ihre Götter, ihre Bräuche. Die Brocken ihrer Sprache, die er finden konnte, hat er auswendig gelernt. Er könnte wahrscheinlich in ihren Läden ein Brot kaufen. Falls sie so was wie Brot und Läden hätten. Aber ich fürchte, es sind Kannibalen.«

»Und warum gerade die Südseeinsulaner? Warum nicht Indianer oder Afrikaner?«

Bohlke versteht nicht, wozu die Fragerei nach den Hottentotten gut sein soll und bläst ungeduldig die Backen auf, aber Hortner lässt sich nicht irritieren.

»Interessant, dass Sie das wissen wollen.« Er nickt Spiro anerkennend zu. »Genau das hat Magda und mich auch beschäftigt und wir haben Alex danach gefragt. Er hat uns völlig entgeistert angestarrt, als wären wir begriffsstutzig, geistig minderbemittelt, Idioten, Kretins. So klar war das für ihn, dass er nicht verstehen konnte, warum der Rest der Welt nicht ebenso dachte. Er machte eine Kunstpause, warf die Locken zurück, sah uns an und sagte: ›Sie sind ihren Göttern so nah, dass sie selbst welche geworden sind‹. Das hat er gesagt. Magda war hin und weg. Er hat mir Abbildungen in seinen Büchern gezeigt. Die machen da unten nichts, was nicht heilig wäre. Jede Schale, jedes Paddel, jeder Haken an der Wand, alles ist irgendeiner Gottheit geweiht, das Leben selbst ein Gottesdienst und das rund um die Uhr. Eine Gesellschaft, die das Profane nicht zu kennen scheint, nur das Erhabene, das Heilige. Alexander hat das gesehen. Er ist ein empfindsames Kind.«

»Er hat nie eine Schule besucht? Wie kann das sein?«

»Sie wollte ihn um sich haben. Es war mir immer ein Rätsel, dass sie damit durchgekommen ist. Vielleicht hat sie ihn einfach nirgendwo angemeldet und es gibt deshalb keine Geburtsurkunde. Zuzutrauen wäre es ihr. Sie konnte sehr vereinnahmend sein.« Er rauft sich die Haare. »Als mir klargeworden ist, wie es um Alexander steht, habe ich sie bekniet, den Jungen in eine Freie Schulgemeinde in Thüringen zu schicken, nach Wickersdorf, aber soviel ich weiß, ist er dort schwer erkrankt und sie hat ihn wieder hergeholt. Vielleicht wollte er zurück und ist ausgerissen. Vielleicht ist er dort?«

»Das werden wir prüfen. Darf ich fragen, in was für einem Verhältnis Sie zu Frau Gavorni und ihrem Sohn standen?«

»Magda und ich, wir haben uns geliebt. Sehr. Doch sie hat mir die Luft abgedrückt und ich bin weg. Ein paar Jahre Pause und wir haben wieder zusammengearbeitet. Sie war einfach die Beste. Wir waren Freunde, manchmal auch mehr, aber nicht so exklusiv wie früher.«

»Und Alexander?«

»Ja, der Junge«, redet er in Richtung seiner Schuhspitzen weiter. »Ich habe mich oft gefragt, ob er von mir ist. Aber Magdalena habe ich nicht gefragt. Ich wollte es gar nicht so genau wissen. Ich bin kein Vater. Schauen Sie mich an.«

◆

Er ist jetzt leicht, von seiner Last befreit. Die Bahn singt für ihn ein Eisenlied. Borsigwerke, hier muss er raus. Aus dem Bahntunnel aufgetaucht steht er vor einem Backsteinportal, das eines Schlosses würdig wäre. Werkshallen, rot und groß wie Kirchenschiffe, mit Bogenfenstern, Vorsprüngen, Säulen und Erkern geschmückt wie Kathedralen, verbunden durch ein Netz von Schienen auf denen Männer Loren schieben. Dampfhämmer, Bohrer, Sägen, Schweißgeräte. Männer mit Karren, mit Blechen, mit Niethämmern und blauen Schweißerbrillen. Männer vor Schmiedefeuern, die sich mit schwarzen Händen das Haar aus der Stirn streichen, den Rücken geradebiegen und wieder krümmen, Männer mit Zangen und Schlüsseln. Er weicht zurück in den Schatten der Torbögen. Zwischen den Hallen ein Turm, so hoch, wie er noch nie einen gesehen hat. Ein Turm mit ausgezacktem Dach, darin riesige Fenster hinter denen Lüster schweben. Manchmal nähern sich tanzende Paare den Fenstern. Da oben, 60 Meter hoch, ist ein Fest über dem Dengeln, dem Kreischen, Scheppern und Krachen. Er läuft am Lärm der Hallen vorbei, nur um mehr Hallen zu finden und mehr Lärm. In einer ist es still. Er klettert auf einen Holzstapel, um durch ein zersplittertes Fenster zu spähen. Schwarz und gewaltig ruht dort eine Lokomotive wie ein schlafendes Tier.

Er springt von dem Stapel hinab und läuft weiter. Die Borsigwerke haben sich um ein Hafenbecken gekrallt und halten es fest. Dahinter wieder Backstein, das Wasserwerk. Ewig läuft er an der Mauer entlang, die es von der Straße trennt. Dann endlich Wald und dahinter das Ufer. Vor ihm, gar nicht weit, liegt die Insel, seine Insel. Heller Sand, darüber die dunklen Silhouetten einer kleinen Baumgruppe. Es gibt sie wirklich. Günther hat nicht gelogen. Das Wasser ist noch kalt. Er schöpft mit zusammengelegten Händen, er hat Durst. Er trinkt. Aber wie hinkommen? Er schnürt das Nachtufer entlang, Sand und Kiefern und Eichen, dann ein Steg und ein vertäutes Boot ohne Ruder. Er legt sich weit über den Bug und paddelt den schwerfälligen Kahn mit den Händen. Gut voran kommt er nicht. Er braucht lange. Immer wieder Wolken vor dem Mond. Wo ist die Insel? Sein Nacken versteift, Schultern und Rücken aus Blei, die Arme spürt er gar nicht mehr. Schwere, dunkle Luft. Mücken in Schwärmen über dem Wasser. Fische springen. Es gibt Fische. Morgen wird er einen fangen. Endlich die Insel. Klein ist sie, eine Eiche wächst nah am Wasser. An ihren Wurzeln zieht er sich heran. Er bindet den Kahn an und kriecht an Land. Der Sand ist feucht. Er schläft ein. Am Morgen weckt ihn Gewisper. »Still, er schläft. Störe ihn nicht.« »Warum denn nicht? Schau, wie hübsch er ist.« »Willst du wohl leise sein. Dreckig ist er. Sicher auch krank. Sei bloß vorsichtig.« »Ob er beißt?« Kichern.

Er wälzt sich auf den Bauch, schirmt sich ab von Licht und Stimmen, fällt zurück ins dunkle Loch eines ohnmächtigen Schlafes. Später blinzelt er unter seinem Arm hervor. Zwei Faltboote liegen auf dem Sand wie gestrandete Wale, die roten Kiele zum Trocknen nach oben gedreht.

Vier Mädchenköpfe auf dem Wasser, blonde Zöpfe hinter sich herziehend. Sie schwimmen zurück, tauchen mit karamellbrauner Haut aus dem See, werfen Decken wie Netze aus und strecken der Sonne ihre lang ausgeschossenen Leiber zum Trocknen entgegen. Kurz nur liegen sie still, dann werden

Beutel und Körbe ausgepackt. Sie schlingen belegte Brote herunter, graben ihre Zähne in Hühnerbeine, während Rinnsale von ihren Zöpfen hinab in blaue Badeanzüge fließen. Eine springt auf. »Fütterung.« »Bist du verrückt?« »Pass bloß auf.« Karamellbeine kommen auf ihn zu und er stellt sich schlafend, den angewinkelten Arm über den Augen, bis sie ihm das glatte weiche Rund eines hartgekochten Eis in den Mund schiebt. Er kann nicht anders, kaut und schluckt und es geht weiter. Feingeschnittene Speckstreifen, Brotwürfel, Käsestücke pochen zart an seine Lippen. »Seht, es frisst. Das Tierchen frisst.« »Gib acht auf deine Finger.« »Ich habe keine Angst. Schaut genau hin.«

Wieder drängt etwas gegen seine Lippen. Dieses Mal ist es ist ihr Mund. Sie schiebt ihm eine eidechsenartige, schnelle, feuchte Zunge zwischen die Zähne. Er zuckt zurück, schnellt hoch, schnappt nach Luft. Helle Augen leuchten auf in seinem Gesicht voller Dreck und getrocknetem Blut. Sie schreit auf vor Schreck, wirbelt herum, langt in den Sand und wirft ihm zwei Handvoll davon ins Gesicht. Auch die anderen kreischen mit gellenden Stimmen. Er ist blind und kriecht auf allen vieren dahin, wo er den See vermutet. Als er wieder sehen kann, sind ihre Boote auf dem Wasser und schrumpfen unter zügigen Paddelschlägen zu roten Punkten unter einem makellosen Himmel zusammen.

Ein Beutel ist zurückgeblieben, darin kalter Hagebuttentee, eine Speckseite und ein Stück Käse in Wachspapier.

Das bringt ihn über die nächsten Tage.

Es dauert lange, bis der Lehrer Paul an den Fernsprecher kommt. Er war im Hofteich mit den Kindern. Die Sommersonne hat das flache Wasser soweit erwärmt, dass sie sich jetzt schon hineinwagen. Kaum eines der Kinder kann schwimmen, aber er bringt es ihnen bei. In ein Handtuch gewickelt, hält er den Hörer ans Ohr, Wassertropfen perlen auf der braunen Haut. Draußen lärmen die Kinder, Licht blitzt von ihren kleinen nassen Körpern auf. Der Lehrer Paul muss sich losreißen, um Spiros Stimme am anderen Ende der Leitung zu folgen. Nach ein paar Sekunden sinkt seine nasse Hand mit dem Hörer hinab und er betrachtet ihn fassungslos. Dann nimmt er ihn wieder auf.

»Das ist entsetzlich. Ganz und gar fürchterlich. Wie kann ein Mensch einem anderen so etwas antun? Die arme Frau, der arme, arme Junge.« Er schüttelt unglücklich den Kopf. »Nein, hier ist er nicht, schon ein paar Wochen nicht mehr. Wir dachten, die beiden hätten es sich anders überlegt.«

»Und fällt Ihnen irgendjemand ein, zu dem er geflüchtet sein könnte?« Spiros Stimme fleht aus dem Hörer.

Er muss nicht lange überlegen. »Günther Klauke. Er kam auch aus Berlin. Er hatte ein Stipendium für begabte Kinder aus armen Familien. Leider ist es ihm nicht gelungen, seinen Hang zur Gewalttätigkeit im Zaum zu halten. Es gab ein paar Vorfälle. Er musste die Schulgemeinschaft verlassen. Mir hat das sehr leidgetan. Ich habe Günther gemocht. Die beiden waren enge Freunde. Warten Sie einen Moment, ich hole Ihnen die Adresse von Günthers Eltern.«

Einige Male ist die Sonne neben dem Borsighafen auf- und hinter dem gegenüberliegenden Ufer wieder untergegangen. Er hat nicht mitgezählt. Er hat sich kein Haus gebaut, keine Angel, keinen Speer. Er hat geschlafen, hat sich gewälzt, ist vom eigenen Stöhnen aufgewacht. Nach einer Weile hat er nicht mehr gewusst, was Traum war und was Wirklichkeit, was er getan und was er bloß geträumt hat. Er hat die Sternbilder über den Himmel ziehen sehen und Mücken erschlagen. Hat den Tee getrunken, den Käse gegessen und im flachen Wasser versucht zu schwimmen. Er konnte es nicht, bekam es mit der Angst und gab auf. Als auch der Speck aufgegessen und aufgelutscht war, hat sich langsam der Hunger herangeschlichen. Er hat ihn nicht beachtet und plötzlich war er schwach. Immer schwüler ist es geworden, immer schwerer die Luft, kein Wind mehr, ein Tag wie aus Blei. Dann weckt ihn mitten in der Nacht ein Gewitter. Nach zwei Minuten ist seine Jacke durchweicht. Sie wird wegfließen, denkt er, und ich auch. Unter dem Astwerk der Eiche sucht er vergebens Schutz. Windstöße peitschen Wälle und Rinnen ins Wasser, treiben Regenschleier vor sich her. Er bricht ein paar Zweige ab, kriecht darunter und wartet auf den Morgen. Als er kommt, ist es ein kranker Morgen, grau, gebrechlich und kalt. Mit dem letzten Donnerschlag grüßt das gewohnte Hämmern, Kreischen und Scheppern, das Rumpeln und Sägen über den See. In den Borsighallen beginnt die Frühschicht. Er muss lachen.

Frierend läuft er am Ufer entlang und hält Ausschau nach Fischen. 587 Schritte braucht er, um die Insel zu umrunden. Mit den Händen will er sie fangen, so, wie er es gelesen hat. Sie verstecken sich. Verdammte Fische. Er sucht die Insel nach

Essbarem ab. Es gibt nichts. Er kaut Eicheln und Gras. Er will zurück, will weg von hier, will nach Hause. Auch wenn er nicht sicher ist, ob es dieses Zuhause noch gibt. Aber er kann nicht. Das Boot ist weg. Der Sturm hat es losgerissen und mitgenommen. Sein Bauch schwillt an. Er entlädt sich nach oben und unten. Das Seewasser. Er hätte es nicht trinken sollen, aber was stattdessen?

Klauke, Falckensteinstraße 14, Hinterhaus, halbe Treppe. Das Treppenhaus so dunkel, dass sie die Stufen nicht erkennen und sich hochtasten müssen.

Eine niedrige Holztür, keine Klingel, sie klopfen.

»Was hatter denn jetzt schon wieder ausjefressen?« Blasse Augen mustern sie aus einem spitzen Gesicht. »Komm Se bloß rin, dass Se keener hört. Die ham sich schon jenuch das Maul zerrissen über den Jünther.« Sie späht in den leeren Flur und öffnet den beiden Kommissaren die Tür, gerade weit genug, dass sie sich mit eingezogenen Köpfen hindurchschieben können. Ohne Diele, ohne Flur stehen sie in einer Küche, die auch als Schlaf-, Wohn- und Esszimmer dient. Braunfleckige Wände, vor dem Fenster die graue Öde einer Brandmauer. Ein Bettgestell mit einer Rosshaarmatratze im letzten Stadium der Auflösung, drei Kinder auf schmutzstarrenden Decken sehen ausdruckslos und mit offenen Mündern zu ihnen herüber.

»Der Jünther is wech. Lange schon. Erst nach Thüringen inne Schule, wo se ihn wieder rausjeschmissn ham. Er wäre jewalttätich geworden.« Sie lacht bitter. »Der Jünther is nich jewalttätich, der nich. Wenn Se wissen wolln, wat jewalttätich is, da komm Se Freitach wieder, Freitach, wenn der Eugen Arbeit hatte, wenns Jeld gibt und dann inne Kneipe. Jrün und blau hat er den Jünther geprügelt, als sie ihn zurückjeschickt haben aus der feinen Schule. Ich dachte, er schlägt ihn tot. Hat er vielleicht auch vorjehabt, aber der Jünther is ooch hart im Nehmen. Mein Ältester, mein Sonnenschein. Seinen Vater hab ick jut leiden können. Aber er hat sich vom Acker gemacht als der Jünther fast zehn war. Da hab ick dann den Eugen jenommen. Und der Jünther kommt jetzt auch nicht mehr wieder, nich nach der Abreibung von seinem Stiefvater. Würd ick ooch nich, wenn ick er wäre.« Sie wirft einen abfälligen Blick auf die Kinder auf dem Bett. »Die kommen auf keene feine Schule nich, die ham nur Stroh im Koppe. Die sind vom Eujen und der säuft.« Sie zuckt mit den Schultern. »Da kommt nichts bei raus, nichts Gescheites jedenfalls ...«

Geruch von Kernseife und Kinderkacke. Auf dem Kohleherd simmern Windeln in einem graublau emaillierten Topf. Wie Mollusken geistern sie an die Oberfläche und verschwinden wieder. Dampf steigt auf. Monoton leiert der berlinerisch-schlesische Singsang weiter. Die dünnen Scheiben beschlagen. Tropfen ziehen Rinnsale, dahinter die Brandmauer gegenüber. Die Augen der Kinder so grau und so blass. Fahl ihre Haut mit grindigen Flecken. Schorf darauf, den kratzen sie ab und schieben ihn zwischen die verwaschenen Lippen. Das Tuch ohne Farbe über den dünnen Haaren der Mutter, eine Bluse aus Nebel, ein Kittel aus Regen, ihr schwarzer Leinenrock, der durch den Dreck auf dem Fußboden schleift. In Spiros Kopf ein ferner aber unerbittlicher Vierviertaltakt. *Ist die schwarze Köchin da? Nein, nein, nein. Dreimal muss ich rum marschier'n, das vierte Mal den Kopf verlier'n ...* Weggetreten starrt er ins leere Grau gegenüber. Bohlke übernimmt die Verabschiedung und bugsiert den apathischen Kollegen durch die Tür.

Im Dunkel des Treppenhauses kriecht ihnen ihre Stimme hinterher. »Wo er hin is? Ick wees es nich. Ick kann nur hoffen, dass er wech is, weit wech.«

Draußen auf der Straße schüttelt sich Spiro wie ein nasser Hund. Die Sonne ist verschwunden. Bleiern steht die Luft in den Straßen und ballt sich zusammen.

Bohlke stößt ihn in die Seite. »In zehn Minuten erwartet Sie Schwenkow zum Rapport, haben Sie vorhin gesagt. Höchste Eisenbahn also.« Vor der Nummer 185 ist ein Menschenauflauf, keine Presse, aber haufenweise Schupos, die alles zurückdrängen, was Beine hat in der Wrangelstraße. Eine Gruppe von Kindern hetzt ihnen atemlos entgegen.

Ein Mädchen bleibt stehen und grüßt artig. »Schönen Tach, Herr Polizei.«

Spiro muss einen Augenblick überlegen. Das graue Kind. Der Bankier auf der Treppe zum Hinterhaus. Dann grüßt er zurück. »Guten Tag, Erika. Was ist denn da vorne los?«

»Aufm Dach von *unserm Haus*, von unserm Haus, ist ein Kopf aufgespießt, ein richtiger, echter Kopf. Der Schornsteinfejer hat's jesehn. Aber sie lassen uns nicht rauf. Emil hat den Schlüssel von seinem Dachboden, weil er Wäsche abhängen soll.« Ein Dreikäsehoch reckt einen Schlüssel in die Luft. »Und von da kommt man über die Dächer rüber«, kräht er mit überschnappender Stimme.

Spiro schließt sich den Kindern an, die es weitertreibt. Bohlke signalisiert, dass er es untenrum versuchen wird. Erika schiebt eine klebrige kleine Hand in seine. Die Dachluke im Nachbarhaus ist hoch und keine Leiter da. Spiro springt und erwischt den Rahmen der Luke. Sie ächzt. Er schafft es, sich ein Stück hochzuwuchten und ein Bein hindurchzuschieben, dann kann er sich hinterher ziehen.

»Kannst du was seeeen?«, will Emil wissen.

»Ich muss näher ran.«

»Mannooo.« Enttäuschte Kinderaugen.

Erst mal muss er weg von der Dachschräge, nach oben, wo es flach ist und die Schornsteine stehen. Vorsichtig schiebt er sich über die brüchigen Dachziegel hinauf, wo es flach ist, eine Ebene, die sich über alle Dächer um den gesamten Block zieht. Zwei Dächer weiter das dunkle Blau der Schupo-Uniformen, die wie aufgeregte Käfer ein Aas umwuseln. Er gleitet hinter einen der zahlreichen Schornsteine und schiebt sich in ihrem Schutz von Schlot zu Schlot bis auf wenige Meter heran. Die Schupos haben ihrem Fund den Rücken gekehrt und beratschlagen. In aller Ruhe kann Spiro den Grund ihrer Aufregung betrachten. Ein hüfthoher Stab, aufrechtstehend in einen Ritz geklemmt. Grobgeschnitzt schälen sich Tierformen aus dem Holz. Der aufgespießte Schädel mit seinen eingesunkenen Wangen und Lippen unter schwarz gähnenden Augenhöhlen berührt ihn nicht … Kein Grauen beschleicht ihn, kein

Schock wirft ihn um. Dieser Kopf scheint ihm auf eigenartige Weise unwichtig, ein Gefäß, das einmal ein Leben beherbergt hat und jetzt nicht mehr. Er ist nicht erst seit heute hier oben auf dem Dach im Wind. Soviel sieht er auch ohne Pathologen und er wird passen zu dem Torso in der Fasanenstraße. Da ist er sich sicher.

Auch der Torso schien ihm irgendwie unbeseelt zu sein, leer. Spiro wundert sich über sich selbst. Werde ich jetzt so abgebrüht, dass mir auch bestialisch zerstückelte Leichen kaum mehr Anteilnahme abringen können? Vielleicht ist es an der Zeit, sich nach einem neuen Beruf umzuschauen. Er ist irritiert. Noch mal schaut er hin, als wolle er sich seiner Teilnahmslosigkeit vergewissern. Da durchfährt es ihn. Bemalt ist der Stab. Schwarz, Weiß, Rot sind die Tiere voneinander unterschieden. Das könnte passen. Ist das etwa auch die Mordwaffe im Fall Eduard Fromm? Spiro weiß nicht, was er hoffen, was er glauben soll.

Ein Schupo hat sich vor ihm aufgebaut. Sein ausgestreckter Arm weist die Richtung. »Hier gibt es nichts zu kieken. Abmarsch nach Hause.«

»Spiro. Morddezernat.«

»Ausweis?«

Von Bohlke ist nichts zu sehen. Auch kein anderer Kollege auf den er sich berufen kann. Wortlos dreht er sich um und trabt zwei Dächer zurück.

Emils Kopf guckt aus der Luke. »Und? Wie siehta aus? Is Blut da?«

Die Kinder haben einen windschiefen Turm aus Wäschekörben gebaut. Er zieht Emil hoch, dreht ihm den Kopf weg, setzt ihn sich auf den Schoß und lässt die Füße in den Dachboden baumeln. Unter ihm vier gespannte, kleine Gesichter.

»Jetzt hört mir mal gut zu, ihr Racker. Das ist tatsächlich ein echter Kopf auf dem Dach da. Er sieht gar nicht schön aus. Es gibt Sachen, von denen weiß man besser gar nicht. Sie verfolgen einen, lassen einen nicht schlafen und wenn man schläft, träumt man davon. Man wird sie einfach nicht wieder los. Und das hier ist so eine Sache.« Vorsichtig lässt er Emil durch die Luke hinab und schwingt sich hinterher. Erika kaut aufgeregt an einem ihrer Zöpfe, Emil zieht fachmännisch den Rotz hoch und spuckt auf die Dielen.

»Also ganz kurz, hab ich den Kopf gesehn ...«, hebt er an.

Spiro hebt einen warnenden Finger und geht langsam die Treppe hinab.

Am Schlesischen Tor umringt eine Menschenmenge einen spindeldürren Zeitungsjungen. Die Mütze rutscht ihm in die Augen, aber er kommt nicht dazu, sie zurückzuschieben. So viele Hände.

»Extrablatt«, kräht er. »Blutbad am Ku'damm. Berlin zittert.« Er verliert ein paar Münzen. Da ist er seinen Stapel auch schon los und bückt sich nach dem verlorenen Geld. Als er wieder hochkommt, kann er sein Glück nicht fassen und grinst übers ganze Gesicht.

9

Schwenkows behäbige Massen sind in Wallung geraten. Unablässig paffend tigert er zwischen Fenster und Tür hin und her. Fräulein Gehrkes Blässe ist bereits Richtung Grün schattiert, doch sie gibt keinen Mucks von sich und lässt ihre dünne Gestalt chamäleonartig im Beige der Wand verschwinden.

Aus dem Vorzimmer ist sie umgesiedelt hierher, ins Allerheiligste, weil sowieso alle drei Minuten der Fernsprecher klingelt. Es ist entweder die Presse, die der Oberkommissar anblafft, dass sie in einer akuten Ermittlung die Leitung blockiert, oder einer der ausgeschwärmten Kommissare, der Bericht erstattet und Instruktionen will. Schwenkow wiederholt dann das Gesagte und lässt sie stenografieren. Er hat zehn Leute draußen. Alle erstatten ihm Bericht. Nur einer nicht, das ist Spiro. Der ist heute Mittag aus dem Haus, wurde in der Fasanenstraße gesehen, ist anscheinend mit Bohlke weiter, der sich dort immerhin kurz abgemeldet hat bei einem Kollegen, und seitdem nichts. Viel mehr ist auch von den anderen nicht gekommen. Magdalena Gavorni war ein nachtaktiver Mensch. Bevor die Lokale, in denen sie verkehrte, nicht geöffnet haben, werden sie kaum etwas über ihre Männerbekanntschaften herausbekommen.

An den Theatern Entsetzen. Man hat sie nicht gerade geliebt in den Werkstätten, aber ihre Kostüme umso mehr. Wer wird jetzt all die Hauptrollen einkleiden, die Solotänzerinnen, die Direktorentochter für den ersten

Ball? Glaubt man den verzweifelten Ausstattern und Regisseuren, werden Berlins Bühnen bald von Nackten bespielt werden müssen.

»Aber das gibt's ja sowieso schon«, resümiert Schwenkow.

Die Gavorni war schnippisch, arrogant und hochnäsig, sagen die Frauen. Maßlos, aufbrausend und herrisch, sagen die Männer. »Alleene war se. Nur den Kleenen hat se jehabt«, würde der Pförtner vom Schillertheater sagen. Aber der wird nicht gefragt.

»Sicher hat sie Krach gehabt mit einem ihrer Männer. Aber was muss man tun, damit man dafür den Kopf abgehackt bekommt?« Schwenkow schüttelt angewidert den Kopf.

In Sonderschichten werden Extrablätter aus den Pressen geschleudert. »Grausiger Fund: kopflose Leiche in Wilmersdorf«, »Wo ist der Kopf von Magdalena Gavorni?«

Mit Grausen wartet er auf die nächste Welle, wenn sich der Fund vom Dach der Wrangelstraße herumgesprochen hat. »Dieser verdammte Spiro. Noch ein Alleingang und er kann die Koffer packen. Wenn er meint, er kann mir auf der Nase rumtanzen, hat er sich geschnitten. Sagen Sie an der Pforte Bescheid. Sobald Spiro oder Bohlke auftauchen, sofort zu mir.«

»Jawollja.« Fräulein Gehrke hat den Finger schon in der Wählscheibe, da poltert Bohlke durch die Tür.

»Nur immer rin in die Schohse, Bohlke. Schön, dass Sie wieder mal den Weg zu uns finden. Und wo ist der werte Kollege Spiro?«, ätzen ihm anderthalb Zentner aufgebrachter Chef entgegen.

»In der Wrangelstraße hab ich ihn zuletzt gesehen ...«

»In der Wrangelstraße? Was zum Teufel machen Sie in der Wrangelstraße? Fasanenstraße, da sollten Sie hin. Mensch, Bohlke. Macht hier jeder nur noch, was er will? Das ist doch alles nicht zu fassen.«

»Ah da kommt er ja«, flötet Fräulein Gehrke betont fröhlich in die Kanonade des Oberkommissars. Spiro schiebt sich durch die offenstehende Tür. Wie Fahnen sind ihm die letzten Sätze von Schwenkows Wutausbruch im Gang entgegengeflattert.

Er spricht leise, aber bestimmt. »Ich glaube, ich habe den Mörder. Den von der Gavorni und den vom Bankier.«

»Spiro, nicht schon wieder. Nicht immer alles im Galopp. Haben Sie Ihre Blamage von gestern schon vergessen? Ihren Täter, der dann doch keiner war, nur ein harmloser Warmer?«

Spiro holt tief Luft und redet tapfer in das Gewitter, dass sich vor ihm zusammenbraut. »Diesmal bin ich mir sicher. Es ist der Sohn der Gavorni. Ein halbes Kind. Erst die Mutter, dann den Fromm. Der ist ihm wahrscheinlich einfach nur in die Quere gekommen und die beiden kannten sich noch nicht mal ...«, er stockt. Schwenkow ist ihm bis auf drei Handbreit entgegengekommen. Sein Gesicht füllt Spiros Blickfeld wie eine dunkelrote Wolke. Weite Poren, ein Brotkrümel, verblieben im gesträubten Blond des Schnauzbarts, rote Adern mäandern durchs Weiß der Augäpfel.

Sehr leise kommt es aus zusammengekniffenen Lippen. »Warum um alles in der Welt sollte ein Sohn seiner Mutter den Kopf abschneiden? Oder den Vater erschlagen? Ging es nach Ihnen, Spiro, müssten sich die Altvorderen abends vor den eigenen Bälgern einschließen. Zur Sicherheit. Sind Sie eigentlich krank im Kopf? Falls Sie familiäre Probleme haben, fahren Sie nach Wien und lassen sich analysieren, aber verschonen Sie mich mit Ihren Spinnereien. Ich habe zwei bestialische Morde vor mir auf dem Tisch und sämtliche Zeitungen im Rücken. Das sind hier über hundert und manche bis zu viermal täglich. Die braten uns am Spieß. Davon hat ein Landei wie Sie überhaupt keine Vorstellung.« Er wird lauter. »Polizeiarbeit. Beweise. Motive. Tatwaffen. Geständnisse. Schon mal was davon gehört? Das, was dann vor Gericht Bestand hat und nicht von einem windigen Verteidiger in der Luft zerrissen wird.« Schwenkows Gesichtsfarbe hat sich zu einem ungesunden Violett verdunkelt. Sein Bass dröhnt. »Und jetzt aus meinen Augen. Abtreten, *Wittenberge*, bevor ich mich vergesse.«

Ein Sprühregen aus Speicheltröpfchen, vorsichtige Schritte zurück zur Tür und raus. Die Gehrke klappert erschüttert drei nutzlose Kaffeetassen auf den niedrigen Tisch vor dem Sofa.

»Ach da isser. Hab ick's mir jedacht.« Draußen tobt das überfällige Gewitter den Alex leer. Drinnen bei *Aschinger* ist es gerammelt voll, oben Rauch in Schwaden, darunter der Geruch von nassem Hund. Bohlke stellt ihm eine frische Molle zu den beiden leeren Gläsern auf dem Stehtisch.

Spiro trinkt sie in einem Zug zur Hälfte aus und wischt sich den Schaum vom Mund. »Der Patient dankt.«

»Nu lassen Se mal den Kopf nicht hängen. Is ja noch nicht aller Tage Abend. Der Olle kriegt sich schon wieder ein.«

»Das sicher, aber dann bin ich nicht mehr da.« Spiro gießt auch die letzte Hälfte hinunter und winkt der Bedienung. »Auch noch eins?«

Bohlke wiegt erst zweifelnd den Kopf, dann entschiedenes Nicken. Zwei Plätze am Tisch werden frei, sie wechseln.

»Ick gloobe ja, dass Sie gar nich so verkehrt liegen mit dem Jungen von der Gavorni. Finden müsste man ihn. Oder seinen Freund, den Günther Klauke. Weiß der Teufel, wo die sich rumtreiben.«

Spiro kämpft mit dem neuen Bier. Auch fällt es ihm schwer zu fokussieren. Aber er gibt nicht auf. »Also angenommen, ich bin ein Junge auf Trebe hier.« Er rührt einen unsicheren Kreis mit dem Finger auf die Tischplatte. »Wo geh ich hin?«

Auf Bohlkes Stirn erscheinen Dackelfalten. »Da gibt's viele Möglichkeiten, zu viele. Das ist wie die Stecknadel im Heu.«

»Aber ein paar werden Ihnen doch einfallen«, bettelt Spiro.

Bohlke hat schon wieder die Hand mit zwei gereckten Fingern oben. »Es regnet und es soll weiterregnen. Also auf jeden Fall was mit Dach.« Spiro nickt zustimmend. »Es gibt die leerstehenden Gebäude überall in der Stadt, die Keller, die Brücken. Wenn alle Schupos der Stadt …«

Spiros Stimme verebbt vor Bohlkes bedauerndem Blick. »Vergessen Sie's. Nur über Schwenkows Leiche. Viele verschwinden erst mal in Schöneberg bei den Warmen und lassen es sich ein paar Tage gut gehen, bis die genug von ihnen haben und sie wieder auf der Straße stehen. Es soll sogar Damen geben, die ähnlich verfahren.« Er schüttelt den Kopf. Dumpfes Brüten.

»Aber weiß das Alexander?«

Bohlke überlegt: »Günther könnte es wissen, oder auch nicht. Der Weg aus der Wrangel- in die Motzstraße ist weiter als es aussieht.

Spiros Finger fährt aufgeregt nach oben, was ihm unbeabsichtigt ein weiteres Bier beschert.

Glasigen Auges spricht er zu dem goldglänzenden Hellen vor ihm. »Aber was braucht der Mensch am dringendsten? Ein Dach überm Kopf, was zu essen, was zu trinken. Und das kostet. Sie brauchen Geld.«

Bohlke ordert die Rechnung. »Schluss für heute, sonst lässt mich Traudel nicht mehr rinn.« Ein Zapfer mit speckiger Lederschürze über dem ordentlich gewölbten Bauch zählt die Striche auf ihren Bierdeckeln zusammen. Spiro klimpert abwesend ein paar Münzen auf den Tisch.

»Woher nehmen«, murmelt er.

»... wenn nicht stehlen«, vollendet grinsend der Zapfer und entblößt freundlich eine schwarze Lücke da, wo ein Schneidezahn sein sollte.

»Genau. Er wird stehlen müssen, und seine Beute muss er verkaufen«, sagt Spiro. Er merkt selbst, dass er das »Stehlen« zum »Schteehlen« verschlurrt. Bohlke lacht und dirigiert ihn kopfschüttelnd zum Ausgang. Im nachlassenden Regen vor der Tür trennen sich ihre Wege. Bohlke wendet sich nach Norden. Spiro wankt die Treppen zur U-Bahn hinab und sieht den Schlusswagen seines Zugs im Tunnel verschwinden. Bierschwer lässt er sich auf eine Bank fallen. Der Bahnsteig leer, bis auf ein paar Jungen, die plötzlich von überallher auftauchen wie Pilze nach dem Regen. Rechts und links von ihm sitzen sie, sie gehen vor ihm auf und ab, umrunden die Säulen, rutschen in schnellem Schuss auf den Geländern und springen die letzten Stufen der Treppe hinab. Etwas fliegt hin und her zwischen ihnen, kein Ball, ein Lumpenbündel zu einem Ball verknotet. Es fliegt zu dem langen Schlacks neben ihm, zu dem Kleinen mit dem Mondgesicht, zu dem beleidigten Blonden mit dem geschorenen Kopf, der so aussieht, als habe man ihm das Milchgeld geklaut, zu dem Dürren, dessen Ärmel nur noch mit wenigen Fäden an seinem Hemd hängt, zu dem Dreckigen, dem die Mütze immer wieder über die Augen rutscht, zu dem Ältesten, dem die Verschlagenheit im spitzen Gesicht steht und dessen Pässe immer knapper an Spiro vorbeizischen. Er wird angestoßen, gerempelt, hebt abwehrend eine Hand und spürt, wie das Gewicht seiner neuen Brieftasche langsam und fast unmerklich in seiner Brusttasche nach oben wandert. Er bekommt einen dünnen Arm zu fassen, daran die Hand des mondgesichtigen Kleinen mit seiner Börse. Der lässt sie fallen und bevor gierige Finger danach greifen können, hat Spiro seinen Fuß drauf und den Kleinen fest wie in einem Schraubstock. Der boxt und tritt.

»Verdammtes Kroppzeug! Macht euch vom Acker!«, hallt es zwischen den grauen Kacheln des verwaisten Bahnsteigs. Der Stationsvorsteher hat sich aus seinem Häuschen bequemt und sorgt mit trainiertem Organ für Ordnung. So schnell, wie sie aufgetaucht sind, sind die Jungen wieder verschwunden. Nur das Mondgesicht steckt mit bebender Unterlippe und Rotz unter der Nase fest in Spiros Griff.

10

Er versucht ein Feuer zu machen. Zweige gibt es genug. Der Sturm hat ganze Arbeit geleistet. Er türmt einen Reisighaufen, sucht gelbe Gräser als Zunder, ein flaches Rindenstück, einen runden, stabilen Ast und beginnt zu drehen. In der Hocke fixiert er das wirbelnde Holz, dreht, lässt es rotieren und tanzen, bis ihn selbst Schwindel auf die Seite wirft. Kein Funke, keine Flamme. Das Holz ist zu nass. Es wird nicht gehen.

Er friert so sehr. Morgen. Morgen wird es wieder Sonne geben, das Holz trocknen, seine Haare, die Haut. Morgen wird er Funken stieben und den Haufen lodern lassen, morgen wird es gut.

Der Hunger nagt in seinem dünnen Körper. Er sieht unter der Haut seiner Arme schmal und eckig die Knochen hervortreten. Jetzt braucht er zu essen, jetzt. Noch einmal umrundet er das kleine Eiland. Eine Bewegung im Wasser lässt ihn erstarren. Zwischen den Wurzeln der Eiche, die sich in die Böschung krallen, unter ihnen, irgendwo im verschatteten Wasser ist etwas, das sich bewegt. Er atmet nicht. Er gleitet geräuschlos auf den Bauch und schiebt sich Zentimeter um Zentimeter über die Wurzel. Etwas rumort da, etwas bewegt sich und verrät sich durch immer neue Kreise, die sich im Wasser ausbreiten. Wie ein Vogel aus großer Höhe stürzen seine Hände ins schwarze Wasser. Er spürt Fell, einen kräftigen, beweglichen Leib. Zwingen, seine Hände sind Zwingen, scharfzackige Kiefer einer Schnappfalle, nicht los-, nicht nachlassen. Er umklammert den pelzigen Körper, der sich windet und aufbäumt unter seinem Griff. Heller, spitzer Schmerz, seine Hand. Er lässt nicht los, holt es hoch und knallt seine Beute auf den Boden. Da ist ein zuckender Schwanz an einem pelzigen Tier. Blut tropft von seiner Hand. Das Tier will fort, schwankend kriecht es zurück zum Wasser. Nein. Er nimmt den Schwanz. Er schleudert das Tier gegen den Stamm der Eiche und lässt es fallen. Es sieht ihn aus winzigen Augen an, zuckt noch eine Weile mit den Pfoten und bleibt schließlich still. Es ist eine Wasserratte, kaum größer als seine Hand. Ihre Zähne sind gelb, fast braun. Es ist das hässlichste Tier, das er je gesehen hat. Wenn er ein Feuer hätte, dann vielleicht. Wenn er den Körper verkohlen könnte, verwandeln, dann vielleicht. Er riecht an ihr. See und Müll. Er übergibt sich. Aus dem ins Wasser auskragenden Wurzelwerk der Eiche hört er leises, hohes Pfeifen und Fiepen. Er sinkt auf den Boden, rollt sich ein und lauscht. Einen Tag und eine Nacht pfeifen die Jungen in ihrem Bau in der Uferböschung. Irgendwann hört er nur noch den See und die Hallen.

Das kleine Aas beißt ihn in die Hand. Er nimmt das Mondgesicht mit dem einen Arm in den Polizeigriff, mit der anderen Hand holt er seine Börse vom Boden, steckt sie zurück und fühlt sich schäbig. Das ist ein Kind und es heult. Er löst den Griff und zieht ihn am Jackenkragen leicht in die Höhe. Er fragt ihn, warum sie ihn beklauen wollten und der Junge schmiert sich den Rotz übers Gesicht und sagt, dass er Hunger hat und seit gestern nichts gegessen, nicht mal alte Schrippen. Spiro fragt ihn, was er essen will und er sagt, das Beste, was er jemals in seinem Leben gegessen hat, wäre die jüdische Gans aus der Grenadierstraße. Also gehen sie hin. Halbe Treppe in einem düsteren Stiegenhaus, rechts rein in ein Gewirr kleiner, dunkler Zimmer voller Juden in Kaftanen mit Schläfenlocken. Niemand nimmt den Hut ab. Alles redet und läuft durcheinander, ein Höllenlärm. Es wird kaum Bier getrunken, stattdessen starker schwarzer Tee mit Zitronenscheiben. Ein kleiner Holztresen mit großem Samowar, eine Durchreiche zur Küche, aus der auf dampfenden Platten Gänsebraten kommt, ausgegeben in Vierteln und Achteln. Keine Speisekarte, keine Servietten, kein Besteck. Sie essen die Gans und eine Scheibe dunkles Brot im Stehen aus der Hand. Es ist die beste Gans, die Spiro in seinem Leben hatte. Sie schmeckt nach Gras und Kräutern, ihr Fett tropft ihnen von Kinn und Fingern. Neben Ihnen verschlingt ein würdiger älterer Herr seinen Teil desselben Vogels. Nach dem Mahl lächelt er ihnen befriedigt zu und wischt die fettigen Finger an seiner Weste ab. Ohne Serviette weit und breit folgt Spiro seinem Beispiel und gerät so mit Jitzchak Katz, Studienrat für Deutsch und Geschichte am Sophie-Charlotte-Gymnasium, ins Gespräch. Unvorsichtigerweise erwähnt er, dass er neu in der Stadt ist, woraufhin die sendungsbewusste Lehrkraft sie mit einem Vortrag beglückt, der ihnen das Stadtviertel, in dem sie sich gerade befinden, in der Ausführlichkeit seiner abenteuerlichen Historie unterbreitet. Vor 200 Jahren begann also laut Katz die Besiedlung des Scheunenviertels. Zuvor hatten hier, vor dem Stadttor, die Pferde des nahen Militärs gelebt und ihr Heu aus den namensgebenden Scheunen bezogen. Dem Militär wiederum verdanken Dragoner- und Grenadierstraße ihre Benennung. Hier landete, wer völlig mittellos sein Glück in Berlin zu finden glaubte. Kleinbauern ohne Land, Wanderarbeiter, entlaufene Mägde und Knechte hausten über Generationen in den verlausten Provisorien, die sie zwischen Scheunen und Ställen errichtet hatten. Verharrten dort geduldig in Armut, Dreck und Not, bis man aus ihnen das willfährige Heer der neuen Kaste der Industriearbeiter rekrutierte.

Zur Belohnung winkte den Glücklicheren der Umzug in die Mietskasernen in Kreuzberg oder Wedding. Drei Schichten, acht Menschen, zwei Zimmer und Toilette im Treppenhaus. Wer die Umschulung verpasste, nistete weiter in den Nischen und Winkeln des Scheunenviertels und trug seinen Teil dazu bei, dass der Name des Viertels schon früh zum Synonym für Elend, Verbrechen und Prostitution wurde.

Halbherzig hackte die Stadt zu Beginn des 20. Jahrhunderts das Dreieck des Bülowplatzes ins Herz des verlotterten Viertels und baute ein Theater in die Brache. Rundherum blieb alles beim Alten. Berlin wuchs in rasender Geschwindigkeit und schrie nach Baugrund. In nun bester Innenstadtlage rottete das Scheunenviertel vor sich hin, während die Besitzer der Grundstücke und baufälligen Häuser händereibend den stetigen Anstieg der Bodenpreise betrachteten. Ein Ende war nicht abzusehen, warum also jetzt verkaufen. Auch in der Zwischenzeit wurde hier mit

Mieten Geld verdient. Denn nicht nur der Bodensatz des Lumpenproletariats siedelte im Scheunenviertel, auch der nicht abreißende Strom der strenggläubigen Ostjuden aus den Stetln Galiziens, Russlands und der Ukraine, aus Polen und der Tschechoslowakei schlug hier auf. Von Zuhause an Dreck und Enge gewöhnt, schluckten sie betend und singend, sich vor- und zurückwiegend, die horrenden Mieten für winzige Wohnungen, in denen die Dielen faulten und der Schwamm blühte. »Ich liebe mein Volk. Meine Juden, duldsam wie Esel, friedlich wie Schafe, gebenedeit seid ihr in eurer Furcht vor Gott, die sich von den Widrigkeiten des Diesseits nicht schrecken lässt.« Das ruft der Studienrat Jitzchak Katz und verabschiedet sich. Spiro und das Mondgesicht schauen ihm verdutzt nach und bestellen erst mal einen Tee, der Spiro, vereint mit der Gans, etwas nüchterner macht. Was ihn auf die Idee bringt, den Kleinen an seiner Seite nach Günther Klauke zu fragen. Auch der lebt wahrscheinlich zurzeit auf der Straße. Vielleicht hat er Glück, vielleicht kennt man sich. Aber einem Polizisten wird der Kleine nichts verraten. Er legt also los: Seine Verlobte habe einen Neffen, ihre Eltern seien tot, und sie jetzt völlig allein. Der Neffe soll her und Familie spielen, aber er ist weg, abgetaucht, auf Trebe, wie vom Erdboden verschluckt. Den sucht er, hat helle Haare, 15 Jahre, wirkt aber älter, kräftig, hübsch, heißt Günther Klauke.

Da sagt der Kleine, dass er auch Günther heißen würde, allerdings nicht Klauke und ob das nicht egal sei und er den Neffen machen könne. Spiro lacht und schüttelt den Kopf. Das Mondgesicht will sich aber für den Gänsebraten revanchieren und hat eine Idee. Er kennt einen, der wiederum viele Jungen kennt, die nicht nach Hause können und immer klamm sind. Denen ist er behilflich. Sie geben ihm, was ihnen so über den Weg läuft, er gibt ihnen Geld dafür. Ein guter Mensch. Einer, der es ihnen möglich macht, ohne Familien auf der Straße zu überleben, auch wenn er selten was verschenkt. Der weiß vielleicht weiter.

Einer der wenigen Kellner in diesem unübersichtlichen Labyrinth stickiger Räume reicht dem verdutzten Spiro mit seltsamer Feierlichkeit einen Schnaps. »Vierundneunziger. Von dem Herrn von eben. Soll ich Ihnen bringen. Was hat er noch gesagt? Ein Gruß aus Russland.«

Spiro kippt den Schnaps. Es ist als würde seine Speiseröhre aufgeschnitten bis runter zum Magen. »Hat der etwa vierundneunzig Prozent? Fast reiner Alkohol?«, krächzt er.

»Den gibt es sonst nirgends in der Stadt. Den gibt's nur bei uns«, entgegnet der Kellner in seiner vormals weißen Jacke stolz.

Neben der Geflügelplatte auf dem Tresen steht ein Berg Brote, dick mit Gänseschmalz bestrichen. Jeder nimmt sich selber davon, was er will. Bevor er geht, sagt jeder Gast dem Wirt, was er hatte, und der Wirt nennt ihm einen Preis. Wie er auf die Summe kommt, bleibt sein Geheimnis. Er raunt Spiro einen Betrag zu. Dem verschwimmen die Münzen im Portemonnaie und er reicht ihm einem Schein. Vergeblich versucht er das Rückgeld nachzurechnen. Er gibt auf, bedankt sich und folgt dem Kleinen hinaus auf die Straße.

Jehuda Gabel ist misstrauisch. Über seinem wohlfrisierten und an den Enden nach oben gezwirbelten Schnauzbart zuckt seine schmale Nase in fremder Witterung. Zwischen Regalen voll bunter Römer aus Pressglas, angestaubter Vasen und Nippesfigürchen, zwischen Stapeln angestoßenen Porzellans und unvollständigen Bestecken, thront er im Dunst mottenzerfressener Pelzmäntel und falscher Perserteppiche. »Antiquitäten« heißt es auf dem kaum noch leserlichen Schild, das sich leise rasselnd und quer zur Hauswand in die Grenadierstraße schiebt. Als junger Mann hat er einer Karriere als Taschendieb und Wohnungseinbrecher in Lemberg den Rücken gekehrt, um im Scheunenviertel, dem Durchlauferhitzer Berlins, ins weitaus bequemere Metier der Hehlerei umzusatteln.

Das Herz des ostjüdischen Lebens im Scheunenviertel ist die Grenadierstraße.

Hier findet die Hausfrau bei ihren seltenen Ausflügen vor die Tür den koscheren Schlachter, den Fischhändler, den Karren mit Obst und Gemüse, ihr Mann die Buchhandlung, das koschere Speisezimmer und den Betraum. Auf den Neuankömmling warten Herbergen oder Absteigen und eine große Zahl Altwarenhändler, die ihn mit Hausrat und Kleidung versorgen.

Und hier hat auch Jehuda Gabel, versteckt hinter dem orthodoxen Gewusel aus schwarzen Kaftanen, wehenden Schläfenlocken und freitäglichem Fischgestank, sein Unternehmen angesiedelt. Zugegeben, manchmal verkauft er gelangweilt einen Satz Glasuntersetzer, ein angeschimmeltes Buch, einen fast neuen Wintermantel, aber der lukrativste Teil seiner Geschäfte findet nach Ladenschluss statt, wenn er die Kellerluke öffnet, auf der tagsüber sein Lehnstuhl steht, und in Zeitung eingeschlagene Pakete aus den Untiefen seiner Verliese hervorholt, die er mageren Botenjungen in die schwitzigen Hände drückt und im Austausch dafür schmutzige Geldbündel erhält. Wer am Bahnhof oder in den Kaschemmen des Scheunenviertels, in denen die Berliner Oberschicht in angenehmem Grusel die Unterschicht in ihrem Elend besucht, wer dort also eine Taschenuhr erbeutet, eine Brosche, ein Armband, eine Abendtasche, der bringt sie zu Jehuda Gabel und der bringt sie an einen neuen Besitzer. Er zahlt wenig und kassiert viel. Davon hat er sich einen stattlichen Bauch angefressen, der ihm gerade jetzt schmerzhaft den Hosenbund spannt, als die Tür aufgeht und der mondgesichtige Kleine reinkommt, der seit kurzem zur Clique von Fred gehört. Tüchtige junge Burschen, sind öfter da und immer mit interessanten Sachen. Aber das Mondgesicht hat einen Mann dabei, im guten, aber zerknitterten Anzug. Er stinkt nach Bier und stolpert auf der letzten Stufe runter auf die falschen Perser, kommt schwankend hoch, lüftet den Hut und erzählt sein Märchen vom verschwundenen Neffen.

Jehuda Gabel mustert schweigend den Anzug und geht im Geist die Möglichkeiten durch. Fürsorge, nein, nicht so besoffen, wie der ist. Polizei genauso. Fragt nicht nach seinen Geschäften, will nix sehen, will nix kaufen. Die Geschichte ist erstunken und erlogen, so viel ist sicher, aber der Anzug ist teuer und in Jehuda Gabels geschäftstüchtigem Geist entsteht die erfreuliche Möglichkeit für einen kleinen Extraverdienst zum Feierabend.

»Wenn nun der Günther so wichtig ist für das Seelenheil des Verlobtenfräuleins, wie viel ist Ihnen denn eine erfolgversprechende Auskunft wert?«

Der Anzug greift in die Brusttasche, was ihn wiederum leicht aus dem Gleichgewicht bringt, und schüttet den Inhalt seiner Börse auf das gesprungene Glas einer Vitrine, unter dem ein schwarz angelaufenes Silberkettchen mit Kleeblattanhänger neben einem Paar vergoldeter Eheringe ein einsames Dasein auf verschossenem Samt fristet. Ein paar Münzen, zwei kleine Scheine.

»Dreiundzwanzig Mark und fuffzig Pfennige«, verkündet krähend das Mondgesicht und Jehuda Gabel seufzt. Unter schweren Lidern bereitet er einen bedauernden Blick vor. Als er ihn aufrichtet, muss er feststellen, dass der Anzug ganz weiß um die Nase geworden ist und im Restgesicht feucht und grünlich schimmert. Der Adamsapfel bewegt sich zuckend auf und ab. Auch schaut er sich suchend um und fasst mühsam einen Schirmständer aus gehämmertem Kupferblech ins trübe Auge. Jehuda Gabel disponiert um. Eine gewisse Flexibilität gehört zu seinem Geschäft und eine rasche Kosten-Nutzen-Abwägung lässt ihn jetzt schnellstens etwas auf den Rand einer Zeitung kritzeln. Abreißen, vorschieben und das Geld von der Vitrine fegen, alles in einer Bewegung. Wortlos klaubt der Anzug den Zeitungsschnipsel, dreht sich vorsichtig zur Treppe um und stakst unsicher die Stufen hoch. Vor dem Laden bedankt sich das Mondgesicht artig für die Gans.

»Und komm Se gut nach Hause.« Dann sieht er zu, dass er Land gewinnt.

Günther Klauke wälzt sich auf dem hartgestopften Strohsack. Es ist kalt, viel zu kalt für einen Sommermorgen. Hinter der Luke ein Milchglashimmel, aus dem zu wenig Licht fällt. Selbst die Vögel singen nur mit halber Kraft.

Zu kalt für die Rupfensäcke, mit denen er sich notdürftig zugedeckt hat. Also auf und raus aus der Hütte, das Katzenkopfpflaster des Priesterwegs entlang zur Pumpe. Noch ist er allein, drückt den dunkelgrünen eisernen Schwengel ein paarmal auf und ab und hält den Kopf unter den Wasserstrahl. Er füllt einen Zinkeimer und trabt zurück zur Laube, ein windschiefes Konstrukt aus Bohlen und Latten, die irgendwo in der Stadt nur für kurze Zeit ohne Aufsicht waren. In einem kleinen Kanonenrohrofen entfacht er aus Spänen und alten Zeitungen ein Feuer. Kurze Zeit später siedet das Wasser im Kessel, den er an einer Stange darüber gehängt hat. Ein sparsam dosierter Löffel aus dem Schubfach der Kaffeemühle, Duft steigt auf. Er nimmt die verbeulte Henkeltasse und setzt sich auf einen Holzklotz neben der Tür. Im Dach der Hütte rascheln an langen Leinen frisch fermentierte Tabakblätter im kühlen Luftzug. Nicotiana rustica, Bauerntabak, Machorka, beheimatet in den sandigen Weiten Brandenburgs und der Uckermark seit dem Dreißigjährigen Krieg. Wächst überall und in jedem Wetter, ein Überlebenskünstler. Der hohe Nikotinanteil wird mit beißend-kratzigem Rauch bezahlt, der allerdings nach Veilchen duftet. Günther geht wieder hinein, pflückt sich eins der sattbraunen Blätter und schiebt es flach unter die Rollen der Schneidemaschine. Eine Kurbel lässt die verborgene Klinge rotieren und nach zwei Umdrehungen klaubt er sich die Häcksel in ein Zigarettenpapier. Zufrieden paffend setzt er sich wieder. Es könnte schlimmer sein.

Langsam schwebt Spiro aus einem traumlosen Schlaf, tief wie ein Brunnen, ins verheißungslose Licht eines grauen Tages. Etwas ist anders. Draußen kaum Vögel, nur das gleichmäßige Rauschen eingespielter Geschäftigkeit, kein Aufprall von Eisen auf Eisen vor seinem Fenster, stattdessen würziger Küchenduft. Seine Uhr zeigt 1 Uhr 27. Sie muss in der Nacht stehengeblieben sein. Er will sie aufziehen, aber das Rädchen lässt nur wenige Umdrehungen zu. Er schnellt aus dem Bett nach nebenan in Jakes rosafarbenes Domizil. Kurzes Klopfen, dann ist er drin.

Zwischen den Rosenwänden ein Tumult aus herumliegenden Schuhen, Hemden, Strümpfen, Miedern, fast stolpert er über eine Sektflasche, die entleert auf den Dielen kollert. Erbse hat sich unter den Nachtschrank verzogen. Im Bett Jake mit ausgebreiteten Armen, wie umgefallen vor der Kreuzigung. In seiner Armbeuge ein hellblonder Bubikopf, Mündchen rosa, passend zur Tapete. Ihre Augen grimmen allerdings. Sie rüttelt Jakes teilnahmslose Schulter, endlich wird er wach.

»Da ist einer«, flüstert sie in sein verschlafenes Ohr.
»Gestatten Heuer, Jake, mein Name. Stets zu Diensten.«
Sie lacht. »Nee, nicht du. Da ist noch einer.«
»Jake, wie spät ist es?« Spiros Stimme fleht.

»Guck auf deine eigene Uhr.« Jake wendet sich dem Schmollmund zu. »Bei mir ists jedenfalls Zeit fürs Frühstück« nuschelt er ihr ins Ohr. Seine Hände verschwinden unter der Decke. Sie schnappt nach Luft, dann lässt sie sich mit einem Schnurren zurückfallen. Anklagend knallt Spiro die Tür hinter sich zu, rennt durch Flur und Diele in die Küche, wo er Margarete Koch hinter einem Teller Rindsbouillon mit Einlage aufscheucht. »Jessusmaria Ariel, was machst du noch hier? Willst du auch ein Süppchen?«

»Gretchen, wie spät ist es?«

»Gleich halb zwei.«

»Nein, das kann nicht sein.«

»Aber sicher doch.«

Er fällt auf einen Stuhl. »Ich bin arbeitslos. Ich muss zurück nach Hause. Ich bin tot.«

»Nun mal sachte. So schnell stirbt es sich nicht.« Gretchen ist aufgestanden und setzt den Kessel auf. Spiro legt den Kopf in die aufgestützten Hände und durchforstet die trüben Gewässer seiner Erinnerung nach Fragmenten des gestrigen Abends. Er holt sein Jackett aus dem Zimmer und fischt in den Taschen. Nichts. Er geht noch mal und kommt zurück mit dem Mantel. In der Außentasche findet er eine Papierkugel nicht größer als eine Murmel. Vorsichtig entrollt er den von Jehuda Gabel eiligst bekritzelten Zeitungsrand. *Kol. Ziegenweid* kann er gerade noch entziffern.

Fragend hält er Gretchen den Schnipsel hin. »Das könnte Kolonie heißen«, überlegt sie.

»Kolonie Ziegenweid?«

»Kolonie Alte Ziegenweide, die gibt's. Neben und zwischen den Gleisen, die jetzt überall in der Stadt gelegt werden, bleibt immer mal wieder ein Stück Land übrig. Zu klein für Häuser oder zu weit weg von der Straße oder einfach nur noch nicht bebaut. Und auf diesen Flecken haben sich zuerst Eisenbahner, dann auch andere kleine Parzellen abgesteckt, Gemüse angebaut und ihre Kinder in Licht, Luft und Sonne gebracht. Damit sie auch bei schlechtem Wetter nicht im Regen stehen, haben sie sich Lauben gezimmert. Manche wohnen auch darin, zumindest im Sommer. Alte Ziegenweide ist irgendwo beim Bahnhof Papestraße. Die haben sich zusammengetan und eine Kolonie gegründet, sollte abgerissen werden, haben sie protestiert dagegen und sind bis jetzt geblieben. Stand in der Zeitung.«

Spiro ist schon wieder aus der Tür.

»Bitte, gern geschehen.« Gretchen widmet sich wieder ihrer Bouillon.

Spiro hetzt nach Süden zur Yorckstraße und nimmt die Vorortbahn nach Lichterfelde.

Es hat keinen Sinn ins Präsidium zu fahren. Schwenkow würde ihn in der Luft zerreißen. Entweder er kommt jetzt weiter oder er kann einpacken. Nächste Station schon der Bahnhof Papestraße. Er steigt aus. Rechts von ihm Straßen, Häuser, Stadt. Links, südlich des Sachsendamms, ein unüberschaubares Meer aus Schreberparzellen, Apfel-, Birn- und Kirschbäumen, ab und zu Hasel- und Walnuss, dazwischen ein Friedhof, aber auch kleine Felder, auf denen noch grün das Korn steht. Im Bahndamm in regelmäßigen Abständen Pflöcke, daran angebunden Ziegen, die ihn ungerührt kauend aus den waagerechten Pupillen ihrer gelben Augen mustern. Er hört das angestrengte Gackern von Hennen, die Eier aus mageren Leibern pressen. In übereinander getürmten Holzkisten, die vormals Tee, Gewürze oder Nudeln beherbergten, mümmeln Kaninchen Löwenzahn hinter Maschendraht. Gerade noch war er mitten in der Großstadt, nur eine Bahnstation weiter wähnt er sich beinahe auf dem Land, wäre da nicht der Lärm.

Vom nahen Rangierbahnhof grüßt ihn das Krachen von Waggons auf Polder wie ein alter Bekannter. Endlose Güterwagenkolonnen kriechen vielgleisig mit dumpfem Rumoren und hellem Kreischen Richtung Anhalter Bahnhof. Er nimmt einen sandigen Pfad in die Kolonien. Der mündet kurze Zeit später auf einen holprigen Pflasterweg, der ihn tiefer hineinbringt. Hinter ihm rumpelt ein Pferdewagen der Firma Bolle mit frischer Milch und Butter für die Kolonisten über die Katzenköpfe. Frauen und Kinder mit Milchkannen stehen tratschend am Weg und warten, bis das Gespann mit dem muskelbepackten Kaltblüter herankommt. Aus großen Aluminiumkannen wird Milch geschöpft.

Als sich die Frauen zum Gehen wenden, sieht ihn der Kutscher im blauen Bollekittel von oben bis unten an. »Und was darf's für den Herrn sein? Becher Milch oder 'n Viertelpfund Quark? Nehm Se den Quark, denn Quark macht stark.« Immer lauter ist er geworden und hat sich beim letzten Satz grinsend aufs Gemächt geklopft. Gackernd und kichernd verschwinden die Frauen in ihren Parzellen.

»Ich möchte zur Ziegenweide, zur Kolonie Alte Ziegenweide, keine Milch, keinen Quark. Können Sie mir sagen, wie ich hinkomme?«

Mit einem zweiten Kaffeebecher und einer Selbstgedrehten sitzt Günther wieder auf dem Holzklotz vor seiner Laube. Er hört den Bollewagen auf dem Priesterweg. Aber ohne Geld keine Milch. Heute wird er nicht hingehen. Macht nichts. Den Vormittag über hat er seinen Tabak geschnitten. Er wird ihn in kleinen Portionen vor der Stadtbibliothek im Marstall verkaufen, wo es einen Zeitungslesesaal gibt, der jedermann offensteht, auch denen, die keine Wohnung haben.

Die nehmen es nicht so genau mit der Qualität des Tabaks, Hauptsache billig. Er kennt den Lesesaal gut. Man muss lediglich den Anschein eifrigen Studiums wahren, dann kann man bleiben, solange man will. Schläft man allerdings ein, polkt einem der Saalwärter einen vorwurfsvollen Zeigefinger in die Schulter.

Am Bahndamm meckert eine Ziege. Er sieht auf. Den Sandweg entlang kommt einer in verknittertem Anzug und ebensolchem Gesicht. Er sieht ihn aus tiefliegenden, dunklen Augen an, als seien sie verabredet.

»Günther? Günther Klauke? Ich muss mit dir reden. Lauf bitte nicht weg.« Das »Bitte« gefällt dem Jungen. Er bleibt sitzen.

Spiro legt sich eine Latte über zwei Ziegel, geht in die

Knie und setzt sich. Günther hat seinen sehnsüchtigen Blick auf den Kaffeebecher bemerkt, schüttet den Prütt in hohem Bogen in die Botanik und setzt noch mal Wasser auf.

»Du bist Günther Klauke, nicht wahr? Ich war bei deiner Mutter, aber sie wusste nicht, wo du bist.«

»Geht's ihr gut?«

»Sie kocht Windeln.«

Günther lacht bitter. »Das macht sie immer. Wenn das Kleinste endlich auf dem Topf sitzt, ist schon das Nächste im Anmarsch. Was wollen Sie denn wissen?«

»Ich suche deinen Freund Alexander. Den, den du in der Schule in Wickersdorf kennengelernt hast. Ich glaube, dass er Schwierigkeiten hat, große.«

»Hat er das?« Günther ist misstrauisch. »Hab ihn schon lang nicht mehr gesehn. Sie ham mich ja geschmissen.«

Günthers Muskeln spannen zum Sprung, Spiro merkt das und wechselt das Thema. »Du lebst jetzt hier draußen? Ist schön hier, fast wie auf dem Land. Ich wusste gar nicht, dass es so was in Berlin gibt. Ich bin nämlich neu hier, erst vor ein paar Tagen angekommen.«

Günther ist geschmeichelt. »War 'ne Gelegenheit. 'N Bekannter von mir, Fred, und seine Clique haben hier im Winter gewohnt, wenn woanders nichts ging. Ist ja kalt. Freds Großonkel hat die Laube gebaut und sich dann drin totgesoffen. Als wir kamen, war er steifgefrorn, wie 'n Brett.«

»Und wo ist er jetzt?«

Günther macht eine vage Armbewegung Richtung Bahndamm. »War 'ne Plackerei bei dem Frost.« Spiro hat es die Sprache verschlagen, aber Günther kommt ins Plaudern.

»Die ganze Hütte voller Tabak, reichlich abgehangen, aber wenn man ihn einweicht, stehen lässt und wieder trocknet, wird's ein recht passables Kraut.« Er weist auf einen Steintopf mit schmaler Öffnung. Drinnen macht Spiro Lagen feuchter, dunkler Blätter aus. Günther reicht ihm eine Selbstgedrehte. Ihr Rauch hat ein deutliches Veilchenaroma. »Verdammt stark«, hustet er.

Der Junge lacht. »Den Tabak verkauf ich und komm ganz gut über die Runden. Den Sud auch, hier in der Kolonie. Ist gut gegen Läuse.«

»Hast du Zeitung gelesen in den letzten Tagen? Weißt du von dem Mord in der Fasanenstraße?«

»Bin nicht dazu gekommen. Zu viel los hier«, feixt Günther.

Spiro bleibt ernst. »In der Fasanenstraße wurde die Leiche von Alexanders Mutter gefunden. Man hat ihr den Kopf abgeschnitten. Der ist in der Zwischenzeit auf einem Dach in der Wrangelstraße aufgetaucht, um die Ecke von deiner alten Wohnung.«

Günther ist auf den Beinen. »Nee, damit hab ick nüscht zu schaffen. Das kann mir keiner anhängen. Sind Sie Polente, oder was? Ick bin hier ruhig und mach mein Tabak.«

Spiro hebt beschwichtigend die Hände. »Ich bin Ariel Spiro, Kriminalkommissar, und ich suche Alexander. Er ist wie vom Erdboden verschluckt. Ehrlich gesagt, weiß ich noch nicht mal wo ich anfangen soll, nach ihm zu suchen.«

»Ich hab nicht die geringste Ahnung wo er ist, wirklich.«
»Ihr Kopf steckte auf einem Pfahl. Er war geschnitzt.

Schlangen und Krokodile, bemalt war er auch. Sah aus wie ein Totempfahl. Ich habe seine Bücher über die Eingeborenen gesehen ...« Spiro bricht ab.

»War er das?«, fragt Günther leise. Er ist blass geworden.

»Ich fürchte schon. Oder er wurde auch ermordet und wir haben ihn nur noch nicht gefunden. Seine Mutter hat ihn eingesperrt in einem Verschlag und gehalten wie ein Tier.«

»Sie hat ihn unter Morphium gesetzt. Er hatte Krämpfe, als es alle war.« Günther ist noch immer empört.

»Woher weißt du das? Ihr habt euch also doch in Berlin getroffen. Wann war das und wo?« Spiro drängt und Günther schweigt. Er will nicht in Schöneberg gewesen sein, nicht in der Nollendorfstraße. Was er da angerichtet hat, darauf steht auch für Minderjährige Arrest oder mindestens Besserungsanstalt. Beides nicht gut.

Spiro spürt, dass er schon wieder auf Granit beißen wird. Das hier darf er nicht vermasseln. Er nimmt die Schärfe aus seiner Stimme. »Du bist anscheinend sein einziger Freund. Seine Mutter ist tot, einen Vater hat er nicht und niemanden sonst. Bitte denk scharf nach. Das ist jetzt sehr wichtig. Wo könnte sich Alexander verstecken, wo kann er hin sein?«

Günther nickt. Meistens verlaufen seine Gespräche mit Polizisten entschieden anders. Dieser ernste, zerknitterte Kommissar, den die Leiche hinter den Gleisen nicht kratzt, der nichts von Fürsorge und Heim faselt, sondern nur den Kleenen finden will, egal, was er gemacht hat, ob tot oder lebendig. Und selbst wenn er's war, scheint er das irgendwie verstehen zu können. Dieser Kommissar gefällt ihm. Er pafft, nimmt einen Schluck Kaffee, pafft weiter, ist still und denkt. Spiro lässt ihn.

»Lindwerder«, sagt er schließlich. »Da könnte er sein. Vielleicht.«

Spiro sieht ihn fragend an.

»Das ist eine Insel im Tegeler See. Ich habe ihn vor ein paar Tagen zufällig am Nollendorfplatz getroffen. Ich habe ihm erzählt, dass ich mich da verkrochen habe, als mich mein Alter so verdroschen hat. Er fand das toll. Eine Insel nur für sich allein, wollte alles genau wissen, wo sie liegt, wie man hinkommt.«

»Danke. Ich seh mir das an. Wo kann ich dich erreichen, Günther?«

Der grinst. »Erst mal hab ich hier noch zu tun und dann mal gucken.«

Eine Insel im Wasser, ein Gefängnis im Wasser. Viel Himmel, darin grauer Regen, der wartet. Vollkommen leicht ist er geworden und friert auch nicht mehr, das Nagen im Bauch, vorbei. Er schläft und träumt, erwacht und träumt und schläft wieder. Später ist es laut, Wellen klatschen gegen die Böschung. Davon wacht er auf, doch das Schiff ist schon vorbei.

Tief liegt es im Wasser, den Bauch voller Eisen. Es wird noch eins kommen, er muss warten, muss hoch, muss schreien und mit den Armen wedeln wie Windmühlen. So könnte es gehen. Aber er ist aus Blei, kann sich sehen, wie er aufsteht und rudert und schwenkt, doch sein Körper bleibt unten im nassen Sand. Komisch ist das. Er lächelt und schläft wieder ein.

In der Burg tagt die Lage. Nachmittags hat es angefangen zu regnen. Jetzt ringt Zigarrenqualm mit dem Mief nasser Schuhe und Mäntel um die Oberhand. Alle haben kaum geschlafen. Gestern Nacht haben sie die einschlägigen Lokale gestürmt, haben Schwenkow minderjährige Nutten geliefert, 175er in Scharen und illegales Spiel. Die Zellen sind voll, die Anschläge der Schreibmaschinen unterlegen die Flure mit Stakkato, so viele Aussagen gehen zu Protokoll. Nur einen Hinweis auf den Mörder der Bühnenschneiderin Magdalena Gavorni oder auch nur auf einen ihrer Liebhaber haben sie nicht finden können. Die Stimmung ist also schlecht. Wie ein übergewichtiger Tiger hinter Gittern läuft Schwenkow auf und ab. Ins beklommene Schweigen hinein dringt Spiros zaghaftes Klopfen. Aufgeregt ist er ins Präsidium geeilt. Gar nicht schnell genug konnte die Bahn für ihn fahren. Jetzt vor der Tür verlässt ihn plötzlich das Selbstbewusstsein. Er ist unrasiert und ungewaschen. Mantel und Anzug fleckig, auf der Weste in Streifen das Gänsefett. Der Hut lässt seine ursprüngliche Form nur erahnen.

In seinem Atem ist noch immer mangels einer Mahlzeit der Vierundneunziger von letzter Nacht zu riechen. Dazu flackern seine Augen beschwörend. Schwenkows Blick ist vernichtend.

»Na, ausgeschlafen *Wittenberge,* oder immer noch nicht? Aber schön, dass Sie schließlich doch noch den Weg zu uns gefunden haben. Gestern Abend, zur Aufgabenverteilung, waren Sie ja verhindert, oder in der Kneipe, oder im Bette. Frühst auch nicht auf dem Posten. Bei den Verhören nicht dabei. Ist auch egal. Jetzt erwischen Sie mit etwas Glück noch den Abendzug nach Hause. Darf ich um die Dreyse bitten.«

Spiro ist verdattert. »Die ist im Schreibtisch. Aber ich habe den Freund des Jungen …«

»Und weiß er, wo der Junge ist?«

»Vielleicht. Nein. Genau weiß er es nicht.«

»Ist er im Verhörraum?«

»Nein.«

Schwenkow ist kurz vorm Platzen. »Wo ist er denn dann?«

»Das weiß ich nicht.«

»Aber ich, Spiro, ich bin mir absolut sicher, dass ich Ihre Visage hier nicht mehr sehen will. Der Junge wird sich verkrochen haben. Zu Tode erschrocken, vielleicht verrückt geworden. Irrt herum. Kein Kind sägt seiner Mutter den Kopf ab. Behalten Sie Ihre wüsten Theorien für sich. Nehmen Sie sie mit nach Wittenberge. Verschonen sie mich damit. Ihren Ausweis, bitte.« Hat er nicht dabei. Der ist vermutlich bei einer kleinen Dunklen mit grünen Augen. Aber das geht Schwenkow nichts an.

Unfähig, etwas zu entgegnen, stolpert er hinaus. Suspendiert, denkt er. Aus. Das war's.

Er lässt sich über den Alex treiben und findet sich in einer Bahn nach Norden, Richtung Tegeler See. Aber die Verbindung ist kompliziert. Er fährt richtig zum Nordring, am Gesundbrunnen raus, dann wieder nach Norden. Aber den nächsten Umstieg verpasst er und gondelt mit verhangenem Blick durch bis Oranienburg. Da ist dann erst mal Pause, die nächste Bahn zurück erst eine Stunde später. Hin und her auf dem Bahnsteig, jede Strecke anderthalb Minuten, da kommt was zusammen. Aber hinsetzen geht auch nicht. Schließlich und endlich der Zug aus Stralsund, gefüllt mit Körben und Koffern, greinenden Kindern unter durchweichten Strohhüten, schlechtgelaunten Reisenden, denen der Kälteeinbruch mitten im Sommer die Ostsee verhagelt hat. Als er endlich an den Borsigwerken ankommt, geht der feuchtgraue Tag in einen düsteren Abend über.

Jetzt ist er auf dem See und hätte gern Bohlke dabei. Was hat er sich dabei gedacht, einen Jungen allein und unbewaffnet zu fangen, der seine Mutter geköpft und einen Bankier erschlagen hat? Außerdem ist er noch nicht mal mehr Kommissar. Er ist privat hier.

In dünnen Fäden fällt Nieselregen auf den blinden Spiegel des Sees. Seine Haare kleben am Kopf, das Jackett am Leib. Er rudert. Das kann er gut. Nicht umsonst kommt er von der Elbe. Schnell und zügig bewegt sich der Kahn auf die Insel zu. Den Angler, von dem er ihn geliehen hat, musste er nicht lange überreden. Er ist zurück in die Kneipe am Hafen. Barsche und Plötzen sollen heute Abend ihre Ruhe vor ihm haben. Zu kalt und ungemütlich ist es auf dem See.

Er hört auf zu rudern, dreht sich um und versucht zu erkennen, was sich auf der Insel tut. Sie ist klein, kaum 50 Meter lang, eine Gruppe von drei hohen Kiefern, zwei junge Eichen direkt am Wasser, sonst heller Sand, ein paar Gräser und Büsche. Der Strand ist leer, kein Boot, nicht auf dieser Seite. Unter den waagerechten Ästen einer der Eichen liegen belaubte Zweige im Schatten des letzten Lichts. Der Sturm vorgestern denkt er. Er landet nicht an, sondern umrundet die Insel. Sieht einen Reisighaufen, kein Boot, keinen Jungen. Er überlegt wieder umzukehren. Er ist nass bis auf die Knochen. Auf dem Wasser weht ein kalter Wind. Zu dunkel, um die Insel nach Spuren absuchen zu können. Was also will er hier?

Knirschend landet das Boot auf dem Sand. Er läuft zu der kleinen Erhebung von der die Kiefern aufragen. Er folgt ihren Stämmen mit den Augen bis in die Kronen. Er stochert in dem Reisighaufen, den er vom Boot aus gesehen hat. Der liegt noch nicht lange, dazu ist er zu akkurat geschichtet. Aber was sagt ihm das? Er nähert sich der Eiche, deren Wurzeln zur Hälfte ins Wasser führen. Er muss in die Knie gehen, um unter ihre Äste sehen zu können. Seine Augen brauchen einen Moment, um sich an das schattige Dunkel zu gewöhnen. Da liegt etwas Kleines, Bepelztes, das er nicht genau erkennen kann. Er kriecht näher, nimmt einen Stock und rollt es herum. Er macht einen Schwanz aus und lange gelbe Zähne. Er fährt zurück. Eine Ratte. Er kriecht rückwärts und behält sie im Auge. Vielleicht ist sie doch noch nicht tot. Fast ist er wieder aus dem Schatten aufgetaucht, da erkennt er im Laub der abgerissenen Zweige einen nackten Fuß. Und jetzt hat er Angst. Der kopflose Körper der Frau, der Pfahl, das Gesicht ohne Augen schießen in Sekundenbruchteilen durch sein Hirn. Er spürt das kurz getaktete Pochen seiner Halsschlagader. Zweifellos hat er das Boot gesehen, als es sich der Insel näherte. Er liegt unter den Zweigen und wartet. Wahrscheinlich hat er ein Messer. Er sollte zurückfahren, Bohlke holen, telefonieren. Von Minute zu Minute schwindet jetzt das Licht. Nur noch undeutlich kann er den Umriss des Fußes erkennen, der sich auflöst in Schwärze.

»Kriminalpolizei, kommen Sie langsam heraus«, ruft er. Nichts regt sich. Er ruft noch einmal. Nichts. Er umrundet die Eiche, geht nochmals in die Knie, und zieht vorsichtig den obersten Zweig herunter. Keine Bewegung. Er glaubt, zwei Beine auszumachen, angezogen auf der Seite. Er hebt den nächsten und übernächsten Ast ab. Ist das ein schmaler Körper im letzten Licht? Er wartet, er muss sich beruhigen, atmet tief durch, taucht wieder unter den Baum und berührt eine knochige Schulter. Sie ist kalt. Er tastet sich vor zum Hals und sucht einen Puls. Da ist keiner, oder doch? Er ist sich nicht sicher. Ein Puls, unregelmäßig, flatternd, schwach oder hat er sich das eingebildet?

Er hat gelernt, eine Leiche darf nicht bewegt werden, bevor der Tatort nicht gesichert und auf Spuren überprüft wurde. Wenn möglich, sollten Aufnahmen gemacht werden.

Er beugt sich tief unter den Baum, fasst die Achseln des Jungen und zieht ihn hervor. Er ist kalt wie die Luft und nass wie ein Stück Treibholz. Spiro zieht dem Jungen die durchweichte Jacke aus und wickelt ihn in seine eigene. Er legt ihn wie einen gefangenen Aal auf die Holzplanken des Bootes, stößt ab und rudert zurück zum Hafen. Die Beine fest zwischen Ruderbank und Bordwand verkeilt, schnellt sein Oberkörper vor und zurück, in gerader Linie gleitet das Boot wie an einer Schnur gezogen über den See. Es regnet noch immer. Er trägt den leblosen Jungen in die Hafenkneipe. Sie versuchen ihm einen Cognac einzuflößen, wickeln ihn in Decken, seine Augenlider schimmern bläulich. Eine Motordroschke kommt. Sie legen ihn auf die Rückbank, den Kopf in Spiros Schoß. Er reibt die kühlen Hände des Jungen, seine Handgelenke. In der Charité bekommt er Spritzen zur Anregung des Kreislaufs und eine Decke, die sich mittels Elektrizität erwärmt. Eine Schwester versucht ihm heiße Brühe einzuflößen, aber er wacht nicht auf. Gegen ein Uhr in der Nacht flattert er mit den Lidern.

»Alexander?«, fragt Spiro.

Er antwortet flüsternd. »Nein.«

Kurze Zeit später scheppert ein Fernsprecher auf dem Tischchen in der Diele. Tief hat Oberkommissar Schwenkow nicht geschlafen. Zuviel ist offen geblieben am Tage.

»Watt is nu schon wieda?«, grunzt er und dreht sich unter dem geblümten Plumeauberg heraus, wankt auf die Beine und zieht sich im Vorbeigehen einen Hausmantel über das

Schlafhemd. Seine Frau hat sich leise schnarchend umgedreht. Sie hat einen tiefen Schlaf. Er tappt in die Diele.

»Schwenkow?«

»Ich hab ihn«, hört er die flüsternde Stimme des jungen Kommissars, den er heute Nachmittag dorthin zurückgeschickt hat, wo er hergekommen ist. »Es war der Junge. Die Mutter und den Bankier.«

»Gott verdammich, Spiro, wo sind Sie?«

»In der Charité. Der Junge ist hier. Stark unterkühlt. Er ist fast tot. Die wissen nicht, ob er es schafft.«

»Wir sehen uns im Präsidium. Ich brauche eine halbe Stunde.«

Spiro lässt den Kopf zwischen seine Arme auf die Schreibtischunterlage sinken. Er schläft sofort ein. Regen läuft über sein Gesicht, über seine offenen Augen. Er tropft von der Decke, wo sich Stalaktiten aus Regen bilden, wachsen und fallen. Er tropft in die Schüssel mit den bunten Blumen aus Meißen, in Tassen, Teller und Untertassen, läuft in Rinnsalen über das Holz der Kredenz, die Türen hinab auf den Boden. In der Ecke eine Ottomane, aufgequollen wie ein Körper, der lange im Wasser lag. Davor ein Tisch, von dessen Kante Wasser fällt. In der Küche gleitet der Saum eines schwarzen Leinenrocks durch Pfützen, schwimmen Äpfel, Birnen, Kirschen in gummiberingten Gläsern der Firma Weck. In der Küche stehen drei blasse Kinder, den Kopf in den Nacken gelegt und trinken den Regen. Eine Uhr läutet irgendeine Stunde und hört wieder auf. Auf der Kredenz, erstarrt in weißem Porzellan, Nike, die Göttin des Sieges, nackt, einen gesenkten Speer in der schmalen Hand. Wasser umfließt ihre Schultern, rinnt über Brüste und Mädchenhüften. Auf einem hohen, dreibeinigen Tisch hockt er selbst, gemacht aus Porzellan, hält mit kurzfingrigen, haarigen Händen seinen langen haarigen Schwanz, große Zähne grimmassieren ein Grinsen im weißen Affengesicht.

Türenknallend metert Schwenkow herein, baut sich vor dem jungen Kommissar auf, will ihn zusammenfalten und macht es doch nicht. Spiro schreckt aus dem Traum hoch und braucht kurz, um anzukommen. Er stottert. »Wir müssen seine Fingerabdrücke nehmen und mit dem Pfahl abgleichen, der Pfahl mit dem Kopf vom Dach. Der stand da schon 'ne Weile. Wenn von ihm keine Haare dran sind oder Blut, muss der Bankier wieder raus aus der Erde zum Vergleich.« Und hofft gleichzeitig inständig, dass er Charlotte und Nike wenigstens die Exhumierung ersparen kann.

»Jetzt regen Sie sich mal ab und lassen den Fromm, wo er ist. Die Befunde aus der Pathologie sind heute Abend noch reingekommen, aber Sie waren nicht zu erreichen. Weg, wie vom Erdboden verschluckt. Kein Wort zu keinem. Dachte, Sie liegen schon in Wittenberge im Bett. Professor Fraenckel persönlich hat sich das Holz vorgenommen. Er hat Röntgenbilder und Abgüsse der Wunde am Schädel gemacht. Sonst hätte er die Leiche gar nicht zum Begräbnis freigegeben. Bei den Juden muss es diesbezüglich ja immer schnell gehen. Es passt. Auch die Farben aus der Wohung

Gavorni. Dieser Pfahl ist die Tatwaffe in der Mordsache Fromm. Das ist sicher.«

Fräulein Gehrke, die auf Schwenkows zackigen Anruf ein müdes »Jawollja« gemurmelt hat, schiebt sich mit einer dampfenden Kanne Kaffee durch die Tür und klinkt sie geschickt mit dem Ellbogen wieder zu.

Sie mault: »Eigentlich schlafe ich noch. Das ist nur ein schlechter Traum, dass ich jetzt hier stehe. Mannmannmann.«

Spiro holt Tassen und Teller, nimmt ihr die Kanne ab und deutet einen Handkuss an. »Ohne Sie, Fräulein Gehrke, geht es nicht.«

Sie schaut ihn an und seufzt.

Schwenkow hustet vernehmlich. Sie machen sich an die Arbeit. Spiro berichtet, Gehrke stenografiert, Schwenkow hakt nach. Sie formulieren den Bericht und die Mitteilung an die Presse. Danach fährt Spiro noch einmal in die Charité.

Die Morgenzeitungen melden bereits den spektakulären Ermittlungserfolg des Morddezernats. Die Stadt hat einen neuen Helden im Kampf gegen das Verbrechen, den jungen Kommissar Ariel Spiro, Fotos kommen später.

Der magere Körper des Jungen verursacht kaum eine Wölbung unter der Bettdecke.

»Fast, als wäre er gar nicht da«, murmelt Spiro leise zu dem Arzt, der ihn ins Krankenzimmer begleitet hat.

»Er hat Fieber, hohes Fieber. Er fantasiert.«

»Wann wird es ihm besser gehen?«

»Wir wissen noch nicht, ob es uns gelingen wird das Fieber zu senken.« Der Arzt stockt, Spiro sieht ihn fragend an. »Manchmal kommt es mir so vor, als wolle er gar nicht zurück. Er war schon runter auf 39,5, hatte die Augen offen und ist plötzlich wieder hochgefiebert. Was erwartet ihn denn auch hier?«

Spiro sieht hinunter auf das kleine Gesicht. »So ein erbärmliches Leben. Aber bei dem was er getan hat, gibt es kaum Hoffnung auf ein gutes Ende. Er wird zu den Irren kommen. Ich werde sehen, dass ich ein geeignetes Institut finde. Aber wirklich schön ist es da nirgends.«

»Haben Sie gar keine Angst gehabt, dieser Bestie allein gegenüberzutreten, im Dunkeln, auf der menschenleeren Insel?«, will ein Reporter wissen. Mindestens 60 Berichterstatter drängeln sich im Presseraum.

»Was hat Sie auf seine Spur gebracht?«, »Wie war der Kampf mit dem Wilden?«, »Er soll sich mit dem Blut seiner Opfer bemalt haben, können Sie das bestätigen?« Endlich soll er von der axtschwingenden Bestie erzählen. Sie sind bereit, aus ihren Federn literweise Blut auf die Titelseiten tropfen zu lassen. Spiro wartet, bis Ruhe eingekehrt ist, dann enttäuscht er sie alle. »Alexander Gavorni ist kein Wilder und auch keine Bestie. Er ist ein Kind. Ein Kind, das Zeit seines Lebens wie ein Sklave gehalten wurde. Mal gestreichelt und geschmückt, aber auch vernachlässigt, unter Drogen gesetzt und gequält. Seine Wirklichkeit war so schrecklich, dass er sich bei den Kopfjägern der Südsee, ihren Riten, ihrem Glauben, ihrer Kunst eine neue erträumt hat. Er ist in seinem Verschlag in der Fasanenstraße fast verhungert. Jetzt ringt er in der Charité mit dem Tod.«

Man verzeiht ihm sofort. Der junge Kommissar hat dekorative Ringe unter den Augen wie ein Kinntopstar. Sein Gesicht ein wenig ausgezehrt, die Haare voll und dunkel, Augen tiefgründig. Und dann dieser Mund. Ganz in seinen Mörder hineinversetzt hat er sich und ihn so gefangen. Man ist wieder begeistert, ekstatisch, geradezu verzückt. Für heute lieben sie ihn und er kann sich vor Interviewanfragen kaum retten. Er gibt kein einziges. Trotzdem verbreitet sich sein Bild in der Stadt.

Am Karlsbad hat Gretchen die schönsten Artikel ausgeschnitten und in der Stube aufgehängt. Jake ist gerade aufgestanden. Es ist früher Nachmittag, mit herabhängenden Hosenträgern raucht er im Unterhemd eine Zigarette und liest kopfschüttelnd die aufgeregten Berichte. »Da geht man abends nichts ahnend zur Schicht, legt sich schlafen, und findet sich zum Frühstück mit einem echten Helden unter dem gleichen Dach.« Müde prostet ihm Spiro mit einem Bier aus dem Sessel zu. Erbse versucht auf seinen Schoß zu springen. Sie wittert, dass er wehrlos ist.

»Erbse«, mahnt Jake, »die Zeiten sind vorbei. Ariel ist jetzt ein berühmter Mann, dem kannst du nicht mehr einfach so deine Haare anhängen.« Beleidigt zieht sich der Hund unters Sofa zurück. »Vielleicht sollte ich auch ein Interview geben. Jake Heuer, mein aufregendes Leben mit dem Mörderjäger.« Er lässt sich ein Bier aufploppen. »Aber das klingt irgendwie homosexuell. Findste nich?«

Spiro schüttelt träge den Kopf. »Ich muss ins Bett.« Er lässt sich in die braune Hölle fallen und ist weg.

Er schläft durch bis zum nächsten Morgen. Sonntag, keine Lokomotiven, kein Lärm. Sonnenschein und Vogelzwitschern. Aber es reißt ihn hoch. Nachdem er Alexander Gavorni gefunden hat, die Berichte geschrieben, die Reporter zufriedengestellt waren, kreist er in Gedanken nur um Nike, wie der Mond um die Erde und die um die Sonne. Er lässt sich ein Bad ein, ignoriert Jakes erbostes Trommeln gegen die Wand und das anschließende Gequieke und Gekicher. Er badet ausgiebig, rasiert sich und läuft zum Magdeburger Platz. Er überlegt, ob es noch zu früh ist, um zu klingeln, da öffnet sich die Tür und Charlotte Fromm kommt heraus. Ihr Gesicht hat wieder etwas Farbe angenommen. Reserviert mustert sie den Kommissar.

Dem ist nicht wohl unter ihrem Blick. »Wir haben den Mörder Ihres Mannes gefasst.«

»Das habe ich auch schon mitbekommen.«

»Es tut mir leid, dass wir Ihren Sohn von der Beerdigung abgeführt haben, aber ...«

»Schwerwiegende Verdachtsmomente, nicht wahr?« Sie hat ihm das Wort abgeschnitten. »Schade, Herr Spiro. Ich habe mich in Ihnen getäuscht. Oder haben Sie uns getäuscht? Trotzdem bin ich froh, dass der wahre Täter jetzt gefunden ist. Es bleibt allerdings ein absurdes, sinnloses Verbrechen.« Ihre Stimme ist bitter geworden. »Ich danke Ihnen, Herr Spiro. Auch für Ihre Entschuldigung.« Sie will an ihm vorbeigehen.

Er nimmt allen Mut zusammen und räuspert sich. »Frau Fromm, ich würde gern auch mit Ihrer Tochter sprechen.«

Sie zieht missbilligend die Augenbrauen hoch. »Nike ist im Institut. Dort gibt es ein Picknick.« Grußlos lässt sie ihn stehen.

Langsam durchquert er den Tiergarten. Charlotte Fromm hat ihm nicht verziehen. Noch viel weniger wird es Nike tun. Still liegt das Institut in der hellen Straße. Er betritt die verwaiste, düstere Halle. Aus dem rückwärtigen Garten dringen Stimmen. Er findet eine Treppe nach unten, öffnet eine Tür und prallt zurück.

Im satten Grün von Rasen und Bäumen leuchten etliche nackte Körper auf wie Fische in einem Teich. Es ist ein Picknick des Vereins für Freikörperkultur. Man isst, trinkt mit abgespreiztem kleinen Finger Tee und spielt Federball. Es geht vollkommen entblößt, aber dabei streng gesittet zu. Sogar der Institutsleiter Dr. Magnus Hirschfeld ist dabei. Sein Kopf ist jedoch gegen die Regel mit einem Strohhut bekleidet. Des Kaisers neue Kleider, denkt Spiro und stöhnt gequält. Gerade will er umkehren, da sieht er Nike, die schöne Nike, mit nichts als einem überbordenden Kranz aus kobaltblauem Rittersporn im Haar auf sich zukommen. Sie mustert ihn von oben bis unten. Er weiß nicht, wohin mit seinen Blicken.

»Eine gute Gelegenheit, um die Hosen runterzulassen. Sehr gut, Spiro. Der Kommissar mit dem untrüglichen Instinkt. Eins muss man dir lassen. Du traust dich was.«

Er wagt es schließlich, ihr in die Augen zu blicken. »Nike, ich muss einiges klarstellen. Zuallererst: Ich bin kein Jude.

Meine Mutter hat mich nach einem Shakespearestück benannt.«

»Aber du bist beschnitten«, insistiert sie.

»Ich hatte als Kind eine Infektion. Es musste sein. Und ich habe Ambros in dem Glauben gelassen, dass ich Männer liebe, damit er Vertrauen zu mir fasst und sich verrät. Ich habe ihn für den Mörder gehalten und wollte ihn überführen. Ich habe euch in dem Glauben gelassen, dass ich Jude bin, damit ihr mich an euch heranlasst. Ich habe ermittelt. Ich habe nicht vorgehabt euch zu täuschen. Es hat sich ergeben und ich habe es nicht gestoppt.«

Sie schüttelt traurig den Kopf. »Die Lüge als déformation professionnelle? Interessant. Eine andere These: Ich glaube, du weißt selbst nicht, was und wer du bist. Freund oder nicht, Jude oder Goj, Homo oder nicht. Schade. Ich dachte du hättest mehr …«, sie sucht nach einem passenden Wort, »Festigkeit. Mehr Charakter. Ich habe mich getäuscht und das nehme ich dir übel. Armer Ariel.«

Er kann sie nicht ansehen, nichts sagen, nichts retten. Mitten im hellen Sommermorgen trudelt er in seinen Abgrund. Sie hat ja recht und gleichzeitig auch nicht. Nike wartet und mustert ihn mit ernsten Augen, grün wie Peridot, aber Spiro bleibt stumm. Schließlich dreht sie sich um und geht langsam zurück in den Garten. Schlank und leuchtend. Durch das Blätterdach gleiten vereinzelte Sonnenflecken über ihren hellen Leib.

Schilf wispert, weht und flüstert trocken. Er gleitet durch einen Wald aus Schilf. Die übermannshohen Halme weichen vor ihm zur Seite, lassen ihn durch, machen ihm Platz. Er watet durch die Ebene aus Schilf. Er ist der Tänzer. Für ihn schlagen die Trommeln im Dorf. Das Dorf mit den Häusern auf Pfählen hoch über dem Fluss, dem Fluss, der durch die Ebene fließt. Wind trägt ihren Klang. Er trägt die hohe Maske des Krokodils. Ein schwarzer Krieger folgt ihm rechts und ein weißer zu seiner Linken. Sie tragen Speere, sie laufen im Takt der Hochzeitstrommeln. Sie queren das Schilf, die Ebene. Jetzt geht es bergan. Affen hocken in den Wipfeln riesiger Bäume und folgen ihnen mit hellbraunen Augen. Sagopalmen überziehen ihre glänzenden Körper mit fein gestreiften Schattenmustern. Vor ihm läuft der Vogel Kasuar auf stämmigen Beinen, sein blauer Kopf zeigt ihm den Weg aufwärts. Mit ihm laufen Eber und Beuteltier. Den Berg hinauf, roter Lehm, grauer Stein. Unten im Dorf werden die Trommeln lauter. Kurz vor dem Gipfel die Höhle der Schlangengöttin, seiner Braut. Hochzeit der Götter, Hochzeit von Schlange und Krokodil. Er dreht sich, zeigt seine Maske, stampft mit den Füßen die rote Erde, tanzt und lockt und tanzt. Zwischen runden Felsen der dunkle Eingang der Höhle. Er singt, er lockt, er stampft seinen Tanz.

Im Schwarz sieht er ein Gleiten. Im Schwarz züngelt die gespaltene Zunge der Pythonschlange, seiner Braut. Im Schwarz erscheint sie, leuchtet gelb ihr riesiger Leib.

Sie richtet sich auf, hoch über ihn hinaus. Von unten erkennt er sein Bild in ihren gewölbten Augen. Ihr Schlangenleib umfasst ihn von allen Seiten, ganz sanft. Sie öffnet ihren

Schlund, streichelt sein Gesicht mit gespaltener Zunge und er legt sich hinein.

Als die Nachtschwester am Ende ihres Rundgangs beschließt, ein zweites Mal nach dem Jungen zu sehen, prallt sie im Zimmer gegen eine unheilverkündende Stille. Kurz schießen ihr Tränen in die Augen. Er war doch noch so jung, ein Kind. Sie horcht durch das Stethoskop auf sein schweigendes Herz, schließt seine Augen, zieht das Laken über sein Gesicht.

11

Im Bülowbogen gibt es ein Tor aus rostigem Eisen. Dreimal kurz, dreimal lang wird geklopft und es öffnet sich. Dahinter ein Spalt zwischen Hauswänden, den entlang, dann von hinten rein ins linke Haus, durch noch eine Tür, dann Stufen hinab. Gemauerte Wände ohne Putz, Spinnweben streifen nackte Schultern zärtlich wie Wasserpflanzen, Gekicher, Gekreisch, Getrappel silberner Sandaletten und glänzender Lackschuhe. Es wird lauter, Jazz, ein Saxofon, Trommelstöcke auf scheppernden Becken, ein verstimmtes Klavier in ekstatischem Wettlauf mit dem Bass. Die Luft zum Schneiden, Licht nur an der Bar und auf der Bühne, wo die Kapelle dem Ende ihres Auftritts entgegentobt. Ein letzter Schlag auf die vibrierenden Becken und ruckend schließt sich ein fadenscheiniger Vorhang. Applaus. Blitzende Augen in schweißnassen Gesichtern irrlichtern durch den Kellerraum. Was kommt jetzt? Die niedrige Bühne erklimmt eine weißgeschminkte Frau im Smoking, strenges Mustern des Publikums durch ein randloses Monokel. Sie lüpft einen Zylinder aus dem zwei Täubchen panisch auseinanderflattern. Ihre Stimme ist rau wie eine Eisenfeile.

»Liebe Freundinnen und Freunde, liebe Luftikusse.« Mit gebleckten gelben Zähnen schickt sie etwas Ähnliches wie ein Lächeln 180 Grad weit in den Raum.

»Lasst uns auf Luftmatratzen die Lufthoheit der Luftballone lüstern loben. Mag anderswo der Lufthunger mit Bergluft, Seeluft, Landluft oder sogar Zugluft gestillt werden, unser Lebenselixier ist Nachtluft.« Applaus brandet auf. Sie fordert mit fahrigen Armbewegungen Ruhe. »Ihr wisst, dies ist kein Luftkurort, produziert aber Luftschlösser am laufenden Meter. Auf also, Luftgeister. Raus aus den Luftschaukeln, Schluss mit den Luftküssen und dem«, sie macht eine anzügliche Pause, »Luft-verkehr. Macht einen Luftsprung und trinkt mit mir auf Luft und Liebe, begrüßt unsere nächste Luftnummer, der die Luft in besonderer Weise am Herzen liegt, Luisa die Luftakrobatin. Applaus!«

Am Herzen der drallen Blondine, die jetzt inmitten wehender Chiffontücher die Bühne stürmt, liegt nichts anderes als Luft. Unter den wogenden Stoffbahnen, die taumelnd wie Herbstblätter zu Boden sinken, ist sie nackt. Der Klavierspieler hämmert. Sie erklimmt ein Seil, kreiselt, spreizt und dreht sich in gewagten Figuren. Gespräche flammen auf. Schließlich hängt sie mit ausgebreiteten Armen kopfüber und lässt die üppigen Brüste im Takt zittern. Wohlwollender Applaus. Einige Damen im Publikum heben leicht indigniert die Brauen.

»Donnerwetter«, entfährt es Wilhelm Gottschling, »das ham wa nich in Königswusterhausen.«

»Na, deshalb biste ja hier, mein Gutster. Hab ick zu viel versprochen?« Eine zierliche Grünäugige hängt am Arm des stolzen Besitzers des Hotels *Zur märkischen Post*.

»Also, nee, also so was. So ein Luder.« Der Kopf des Dicken ist hochrot, er schwitzt, kann aber den Blick auch nicht abwenden von den bebenden Brüsten und dem Schenkelgespreize am Seil.

»Ick hab Durst«, quengelt seine Führerin durch die

Berliner Nacht. »Und du kannst auch noch 'nen Schluck vertragen. Wenn du willst, mach ick dir bekannt mit ihr. Hinten sind Separees.«

Da durchfährt es den Hotelier Gottschling wie ein Pfeil und er nähert sich gefährlich dem Infarkt. Schnell winkt er nach einer weiteren Flasche Sekt. Sie fixiert den Barmixer, der kurz und bestätigend nickt, fast rutscht dem Dicken das Glas aus der feuchten Hand. »Du meinst sie würde kommen? Zu mir?«

»Hier ist jeder und jede zu haben. Alles eine Frage der Solvenz. Aber du bist ja gut bestückt.« Sie tätschelt seine Börse durchs Jackett.

Er ist geschmeichelt, aber auch Geschäftsmann. »Was kostet denn die Kleine?«

»Kommt ja immer drauf an, was so passiert, aber mit hundert Reichsmark musste rechnen und was trinken willse ooch, nach dem janzen Geschubber.«

Im hochroten Kopf des Königswusterhauseners rotiert eine Zahl. 100 Mark, das kriegt eins seiner Zimmermädchen im Monat. Wieder zieht es seinen Blick auf die wogenden Brüste. 100 Mark, das sind mehr als 18 Zentner Kartoffeln.

Ein letzter Blick zur Bühne, dann schüttelt er bedauernd den Kopf. »Nee, lass ma sein. Ich hab vier Kinder zu Hause. Die Rechnung, Herr Ober.« Plötzlich ist er fast wieder nüchtern und will raus aus dem Mief, weg von den halbseidenen Typen in ihren zweifarbigen Schuhen, weg von den Nadelstreifen, den schwarzumrandeten Augenlöchern über grellen Mündern, dem Gestank nach Schweiß, Rauch und billigem Parfüm. Er stürzt sein Glas hinunter, dann noch eins und das letzte. Schließlich hat er dafür bezahlt. Als er die Treppe hinaufwankt, zurück in die noch immer schwarze Nacht, ist die Brusttasche seines Jacketts leer. Aber das merkt er erst später.

Die Grünäugige hat einen kurzen Wink nach achtern gemacht, sich zum Abschied noch mal eng an den Hotelier gedrückt und im Gedränge etwas weitergegeben. Ein wieselflinker Freund hat es ihr abgenommen und ist noch vor Wilhelm Gottschling die Treppe hoch.

Im finsteren Hof legt sich dem Wiesel eine schwere Hand auf die Schulter. »Naaa, wen haben wir denn da?«

Er flucht, aber es nützt ihm nichts.

Nach seinem Debakel im Garten des *Instituts für Sexualwissenschaft* hat sich Spiro wie ein geschlagener Krieger durch den Tiergarten zurückgeschleppt. In einem selbstquälerischen Anfall hat er den Rhododendrengarten durchquert und die grasbewachsene Lichtung, auf der er sich mit Nike erst vor wenigen Tagen in höchster Verzückung herumwälzte. Die Lichtung lag verschattet, Schauplatz eines anderen Zeitalters. Ewigkeiten entfernt. Wunden Herzens ist er weiter den Kanal entlang, hat sich in der braunen Hölle verkrochen, auf den Abend gewartet und irgendwann endlich geschlafen. Pünktlich, morgens kurz nach sechs, Eisen auf Eisen vor dem Fenster und er senkrecht im Bett. Jetzt tritt er frisch gewaschen und mit vorsichtigem Optimismus zum dritten Mal seinen Gang nach Canossa an, zu Schwenkow, um ihm den verlorenen Dienstausweis zu beichten.

Fräulein Gehrkes Augen leuchten, als sie ihn erblickt. Aber sie meldet ihn nicht an beim Chef, sondern zieht ihn verschwörerisch auf die Seite. Es gab einen Anruf für ihn.

Spiros Herz macht einen Sprung und zerschellt gleich wieder, als sie weiterspricht. »Der Bludau will Sie sehen, sofort, wichtig, höchste Priorität. Hartmuth Bludau, Sittenpolizei. Sitzt im zweiten Stock, den Gang links, nach hinten durch. Aber seien Sie vorsichtig. Der ist nicht ganz koscher, wenn Sie meine bescheidene Meinung hören wollen.«

Drei Minuten später klopft er an die Tür des Sittenpolizisten und sieht sich einem Kollegen von Mitte 40 gegenüber. Früh haben sich seine Haare von ihm verabschiedet. Die ihm verblieben sind, hat er in pomadigen Streifen an den runden Kopf geklebt. Dafür hat er die Rasur ausgelassen. Er trägt ein blütenweißes Hemd mit Seidenbinder zum eleganten schwarzen Anzug.

Der spielt Tennis. Trinkt aber trotzdem zu viel, denkt Spiro.

Bludau hat seinen erstaunten Blick auf den Abendanzug bemerkt und lacht. »War noch nicht zu Hause zum Umziehen. Gestern Nacht waren wir fischen und das hat bis heut früh gedauert.« Er gießt sich einen Kaffee ein. Auch für Spiro steht schon eine Tasse da. Er setzt sich.

Bludau reibt sich gutgelaunt die Hände. »Hinter den beiden war ich schon lange her und gestern hab ich sie erwischt. Die Kleine sollte ihnen bekannt vorkommen. Cora, schmal, dunkler Pagenkopf, grüne Augen. Lecker.« Spiro klaubt sich eine Zigarette aus dem Etui und zündet sie an ohne zu fragen. »Aber ihren Freund und Beschützer, den kennen Sie nicht. Koks Carlo, der Name ist Programm, lässt es schneien in den besseren Etablissements. Ist er da nicht wohlgelitten, weil er den Türsteher nicht beteiligt hat, die Barmixer oder den Chef, muss die kleine Cora ran. Sie macht die Männer erst heiß und dann betrunken. Wollen sie nicht, klaut sie ihre Brieftaschen, gibt sie Carlo, der haut damit ab und ihr kann keiner was. Aber gestern hab ich sie gekriegt. Wir sind anschließend gleich in die Wohnung der beiden und raten Sie, was wir da gefunden haben.« Triumphierend holt er Spiros Dienstausweis aus der Innentasche seines Jacketts. »Habe nachgefragt, aber erstaunlicherweise ist er gar nicht als vermisst gemeldet.«

»Ich war gerade auf dem Weg zu Schwenkow ...« Spiro bricht ab, weil er selbst realisiert, wie blöd er klingt.

»Und immer wieder ist was dazwischengekommen.« Aus Bludaus gespielt verständnisvoller Stimme tropft Hohn. »Wenn ich all den kleinen und großen Gaunern wirklich glauben würde, was sie im Verhör zusammenfaseln, gibt es gar kein Verbrechen. Lediglich Aneinanderreihungen unglückseliger Umstände, blinde Flecken im Auge Fortunas, mehr nicht.«

»Das haben Sie schön gesagt.« Ironisch kann Spiro auch. Er beginnt sich zu fragen, was der Sittenpolizist eigentlich von ihm will.

»Ich habe hier eine Liste mit den konfiszierten Gegenständen aus Carlos Wohnung, abgezeichnet von den anwesenden Kriminalassistenten. Sie ist lang, drei ganze Seiten, aber nicht vollständig. Ein Posten fehlt. Der findet sich auf der vierten Seite, versehen mit dem Vermerk: *Zurück-*

gegeben an den Eigentümer mit dem heutigen Datum und Unterschrift.« Er reicht einen glänzenden Füllfederhalter über den Tisch. Spiro unterzeichnet und steckt ratlos den Ausweis ein. Jetzt ist es amtlich. Er hat zwar den Ausweis, aber auch seinen Verlust an einen Ganoven bestätigt, einen Dieb. Und das ist nicht gemeldet. Ob Schwenkow ihn decken wird? Er weiß es nicht.

Bludau greift nach dem Blatt Nummer vier, faltet es zweimal und schiebt es in seine Brusttasche. »Schön, das hätten wir also. Vorläufig endet mein Bericht unten auf Seite drei. Dem frischgebackenen Helden der Berliner Kriminalistik wollen wir ja keinen Knüppel zwischen die Beine werfen. Aber er sollte wissen, dass auch für ihn der Tag kommen könnte, an dem er beide Augen für einen Kollegen zudrücken sollte. Haben wir uns verstanden?«

Spiro überlegt. Ihm ist nicht wohl bei diesem Handel. Bludau hätte ihm den Ausweis einfach zurückgeben können. Allein der Fairness halber hätte er etwas gut gehabt bei ihm. Durch die Unterschrift wird es Erpressung.

Er mustert den guten Anzug, den silbernen Federhalter, die kleinen, intelligenten Augen seines Gegenübers. »Das ist sicher nicht ihr einziges, ich nenne es mal ›Abkommen‹ hier im Präsidium.«

Bludau lacht. »Sie sind meine Lebensversicherung. Meine Arbeit findet überwiegend nachts statt, wenn die Kollegen längst zu Hause sind. Ich schlafe länger und fange später an. Ich komme rum in der Stadt und immer sind junge Frauen und Mädchen mit im Spiel. Ich trinke Sekt und der Staat bezahlt. Würde ich behaupten, dass mir meine Arbeit keinen Spaß macht, wäre das gelogen. Ich bin ein Nachtmensch, werde erst richtig wach, wenn die Sonne untergeht. Ich nehme auch nicht jeden fest, sondern versuche mich auf die zu beschränken, die ich für gefährlich halte. Und nicht jeder Lude muss mich von Weitem schon erkennen. Besser ist es, sie halten mich für einen Kunden. Da kommen viele Kollegen nicht mehr mit. Gut und böse sind in meinem Metier oft gar nicht weit voneinander entfernt. Von der Vorstellung, den Sumpf trockenlegen zu können, habe ich mich schon vor Jahren verabschiedet. Hoffnungslos. Mit einem Bein stehe ich immer im Dreck, manchmal auch mit beiden. Es geht lediglich um Schadensbegrenzung. Fünfmal bin ich schon im Dienst verhaftet worden, da weiß man, was ein gutes ›Abkommen‹ wert ist. Es spart lange Untersuchungen und viele Seiten getippter Berichte.« Er klopft sich aufs Jackett, darin die Seite vier, und grinst. Spiro lässt sich Zeit mit seiner Antwort. »Verstehe«, sagt er. »Trotzdem wäre es mir lieber, wenn unsere Übereinkunft ohne Unterschrift auskäme.«

Bludau schüttelt bedauernd den Kopf. »Sicher ist sicher. Und nichts für ungut.« Er erhebt sich. Das Gespräch ist beendet. Spiro hat seinen Ausweis, etliche Fragen und ein neues Problem.

12

Auf dem Bahnhof begrüßen sie Spiro mit schüchterner Zurückhaltung. Ist er noch der, den sie kennen oder hat die große Stadt ihn sich schon anverwandelt?

Er wirft seinen Neffen hoch in die Luft. Der ist mindestens doppelt so schwer wie beim letzten Mal. Er umarmt seine Mutter, die ihm kleiner, zarter erscheint, gibt dem lächelnden Vater förmlich die Hand, boxt den Bruder spielerisch in den Magen und haucht über der Hand der Schwägerin einen Kuss in die Luft. Vom Hals wallt heftige Röte hoch ins überraschte Gesicht der jungen Frau. Er lacht. Er ist zu Hause. Das ist Wittenberge.

Am Abend wird zur Feier des Tages ein Wein entkorkt. Die Mutter zündet Kerzen an und schneidet dicke Scheiben von einem frischen Laib Brot. Es ist Freitag. Vor dem Fenster steigt der Mond. Nach dem Essen geht er mit ihr in den Garten. Es gibt eine Bank unter gelben Rosen. Nachtfalter umschwirren das Glas der Lampe. Er erzählt ihr von dem weißen Affen aus Porzellan, den der Bankier aus dem Hausstand seiner Geliebten heraus seiner Tochter vererbt hat, vielleicht einer der Hochzeitsaffen des Moses Mendelssohn. Er erzählt ihr, wie sein Name ihn zu einem angeblichen Juden gemacht hat, um ihn dann ins Unglück zu stürzen.

Sie sieht ihn lächelnd an. »Ein schönes Schlamassel, das.« Sie nimmt seine Hand und führt ihn zurück in die gute Stube.

Von der Wand nimmt sie ein Bild, das dort hängt solange er denken kann. Hätte man ihn gefragt, was darauf zu sehen ist, hätte er es nicht gewusst. Etwas Feines, etwas Zartes auf verblichenem Papier. Er hat nie hingesehen, so leise ist es. Sie legt es auf den Tisch unter die Lampe. Es ist ein Baum, weit verästelt die Krone und auch das Wurzelwerk. Zuerst denkt er, dass es eine Stickerei ist, schließlich erkennt er Haare, schwarze, braune, blonde, rote, graue, weiße Haare, glatte und krause, feine und dicke wie Pferdehaar. Der Baum, seine Äste und Wurzeln, Blätter, Blüten und Triebe sind aus Haaren geflochten, geklöppelt, gehäkelt und gestickt.

Sie weist mit schmalem Finger auf die Wurzeln rechts unten. Dort ist das Haar schwarz und kräftig. »Hier haben sie angefangen. Das ist Haar von deinem Urururgroßvater, Aharon Singer. Er war der jüngste Sohn einer Kaufmannsfamilie aus Speyer am Rhein. In ihrem Auftrag fuhr ein Schiff von Dresden nach Hamburg, ein Schiff auf einem fremden Fluss. Bei Wittenberge verschwand das Schiff mitsamt seiner Ladung in einem Hochwasser. Sie schickten Aharon, den Jüngsten, um Nachforschungen anzustellen. Damals war das eine weite Reise. An der ersten Station schnitt er sich die Schläfenlocken ab, an der nächsten begrub er seine Kippa. Als er ankam, war aus Aharon Singer Anton Spiro geworden, der sonntags in die Kirche ging und danach beim Stammtisch mit den Bauern ihre Fuhren aushandelte. Er hatte kein Erbe zu erwarten, das ging an den Ältesten. Das Schiff blieb verschollen. Sie vermissten ihn nicht in Speyer. Er nahm eine schöne Fischerstochter zur Frau, ward fruchtbar und mehrte sich. Aber er zündete am Freitagabend seine Kerzen an und machte, wenn es möglich war, am Samstag frei.« Sie streicht mit schmalen Fingern über die schwarzen Wurzeln. »Hier hat es angefangen. Seitdem fügen die Spiros eine Haarsträhne ihrer Toten in das Bild. Für die Juden bist du keiner von ihnen, dafür bräuchtest du eine jüdische Mutter. Für alle anderen bist du zu einem Zweiunddreißigstel jüdisch. Aber es ist gleich. Jeder betet zu dem Gott, der ihn erhört. Mir hat es immer gefallen, dass es ein Geheimnis in der Familie Spiro gab. Etwas Verborgenes, etwas was nur wir wussten und jetzt weißt du es auch.«

Über den Elbauen spannt sich weit ein großer Sommerhimmel. Spiro liegt im Fluss und lässt sich treiben. Weidengruppen, Eichen, Schilf. Nach ein paar Kehren steigt er an einer Sandbank aus und läuft barfuß über Kiesel, Sand und hartes Gras stromauf zu seinen Sachen. Er kleidet sich an und geht zurück zum Haus seiner Eltern. Auf den Firsten der roten Backsteinbauten die lose aufgeschichteten Nester der Störche.

Spiro steht rauchend am offenen Fenster des Zugs. Im schrägen, gelben Licht der Nachmittagssonne gleitet Berlin an ihm vorbei. In Berlin geht es weiter für ihn, aber er kann sich nicht freuen. Zwischen ihm und der Freude hängt ein Tuch, gewebt aus Sehnsucht und Zweifel, darauf projiziert das Bild eines Mädchens auf einem Pferd, eines Mädchens in Schwarz, in grüner Seide und ohne alles unter blauen Rittersporne, ein Bild, das langsam verblasst, so sehr er es auch festhalten will. An den Übergängen stauen sich Fuhrwerke, Motordroschken, Fahrradfahrer, Fußgänger. Aufgereiht wie verlotterte Begrüßungskomitees warten sie, dass sich unter hellem Bimmeln die Schranken heben, dass es weitergeht, immer weiter und vor allem schnell.

»Was ist denn jetzt mit deinem kleinen Kommissar?«, will Dorchen von Nike wissen. Sie sitzen in der Küche des Instituts am Rande des Tiergartens. Dorchen hat mit ihren breiten Pranken einen Rodonkuchen fabriziert. »Ich fand ihn ja nicht verkehrt. Und gut ausgesehen hat er auch.«

»Ja, das ist wohl wahr.« Nike stochert nachdenklich mit spitzem Zeigefinger nach Rosinen. »Aber er war auch schuftig.«

»Ja, das war er.« Dorchen gießt Kaffee ein und schaufelt sich zweimal Zucker. Nike winkt ab.

Dorchen empört sich. »Kein Zucker, kein Wein, keinen Tanz, gar nichts. Du wirst mir noch versauern und das in deinen jungen Jahren.« Sie schüttelt missbilligend den Kopf. Nike zuckt teilnahmslos die Achseln. »Du könntest ihn ja auch mal auf ein Gläschen treffen, statt nur noch über den Büchern zu hocken«, hakt sie nach.

Nike blickt überrascht ins starknochige Gesicht des Hausmädchens, das einst ein Junge war. »Den Lügenbold? Den Scheinjuden? Den Vielleichthomosexuellen?« Sie zündet eine Zigarette an und verfällt wieder in Schweigen. Dorchen seufzt und greift sich ein zweites Stück Rodon. Sie isst es freudlos.

»Erst mal muss ich meinen Kopf in Ordnung bringen und das Examen schaffen. Dann, ganz eventuell, mit klitzekleiner Wahrscheinlichkeit, könnte ich ihn noch mal treffen. Unter Umständen zum Tee. Keinen Alkohol. Den Affen hab ich auch noch nicht abgeholt. Ich will ihn haben, aber ich mag da auch nicht mehr hin. Jede Nacht denk ich: morgen, da machst du's und am nächsten Abend ist es wieder nichts geworden. Deswegen schlafe ich schlecht und versaue mir den Teint.«

In der Nacht, um halb drei, stolpert der Kreuzberger Bäcker Wuttke über eine Mehlwanne, die sein Lehrling in jugendlichem Tran nicht rechtzeitig zur Seite gestellt hat. Er schlägt mit der Stirn auf den Knettisch und ist erst mal weg. Es dauert nicht lang, aber lang genug, dass der Hefeteig für die Schrippen erst Minuten später geknetet wird, als es in den letzten Jahren der Fall gewesen ist. In seiner Bäckerei bildet sich also eine kleine Schlange Wartender bis auf die Wrangelstraße hinaus, die durchquert jetzt Abraham Vogelsang, Chauffeur des Bankhauses Fromm, in geschniegelt schwarzer Livree unterwegs ins Hinterhaus der Nummer 185. Im ersten Stock hört er den Drahtzieher Moritz Winkhaus mit seiner Frau streiten.

Zwei Treppen höher drückt ihm das Fräulein Hildegard Müller ein sorgfältig in Zeitung eingeschlagenes und mit Strippen verschnürtes Paket in die Hand. »Seien Sie vorsichtig mit dem Tier, ist Porzellan.«

Ist er. Eine halbe Treppe tiefer schießt ihm Erika Wuhlke zwischen die Beine, die wieder auf dem Weg zu den Zigaretten ihres Bruders auf dem Dachboden ist. Der Chauffeur ist geistesgegenwärtig ausgewichen und hat sich, das

Paket fest im Griff, an die Wand gedrückt. Im ersten rennt ihm der Drahtzieher Moritz Winkhaus wutentbrannt in die Seite. Er stolpert auf die Treppen zu, kann aber sich und sein Bündel im letzten Moment noch auffangen. Als er das enge Treppenhaus verlässt, ist die Schlange der Wartenden auf der Straße länger und nervöser geworden. Feindselig liegt sie zwischen ihm und der misstrauisch beäugten, hochglänzenden Audi-Limousine, die in der Wrangelstraße eindeutig als Fremdkörper identifiziert ist. So steht er mit seinem Paket in der Hand und riecht nach was Besserem. Soll man den Lackaffen durchlassen? Nein, er soll warten, wie alle anderen auch an diesem Morgen. Abraham Vogelsang ist ein geduldiger Mensch, das bringt der Beruf mit sich.

Am Schlesischen Tor springt derweil der Heizer Egon Schwarz in letzter Sekunde auf den abfahrenden Zug. Dabei rempelt er gegen den Luden Franz Rasch. Ein Wort gibt das andere. Am Görlitzer Bahnhof brüllen sie sich schon an, vorm Kottbusser Tor fährt Schwarz seine Rechte aus, wofür sich Rasch umgehend revanchiert.

In der Wrangelstraße wartet Abraham Vogelsang noch immer, sein Paket in steifer werdenden Armen, bis sich einer besinnt, dass Chauffeure auch Arbeiter sind, und ihn passieren lässt. Sorgfältig bettet er sein Bündel auf den Beifahrersitz und startet den Motor. Eile ist geboten, denn der junge Bankier Silberstein wartet bereits darauf, zu einem hochwichtigen Finanzgespräch kutschiert zu werden. In der Skalizer Straße unter der Hochbahn lässt er seine sechs Zylinder vibrieren. Er kommt gut voran. Oben in der Bahn sind Lude und Heizer ineinander verkeilt. Kurz hinter dem Halt Prinzenstraße kriegt Franz Rasch den Henkelmann seines Kontrahenten in die Finger und wirft ihn durchs herunter geschobene Fenster.

Unten auf der Gitschiner Straße freut sich der Chauffeur Abraham Vogelsang noch immer über freie Fahrt. Fast hat er die Bahn überholt, die hoch über ihm rattert, als es plötzlich und unversehens knallt. Sein Sichtfeld springt, etwas platzt und ein Liter verkochter Erbsen verteilt sich auf seiner Uniform. Instinktiv tritt er die Bremse durch und fängt sich, die Arme gegen das Lenkrad gepresst, ab. Sein Paket jedoch fliegt, den physikalischen Gesetzen von Schub und Fliehkraft folgend, in elliptischer Flugbahn hinaus in den blauen Sommerhimmel, einen Regen aus Glas hinter sich lassend, bevor es jäh von einer Gaslaterne aufgehalten wird. Kurz und trocken krachend zerspringt sein Inhalt zu einem Haufen Scherben. Der weiße Affe ist nicht mehr. Er ist zerfallen, zurück zur feinkörnigen Konsistenz der Sande, aus denen er einst entstand.

Am Halleschen Tor steigen der Heizer Egon Schwarz und der Lude Franz Rasch aus. Schwarz schnäuzt sich die Nase, schubst Rasch noch mal zum Abschied und nimmt die Bahn nach Norden.

Danksagung

Zuallererst möchte ich mich bei meinem Verleger Günther Butkus und meiner Lektorin Fiona Dummann für ihre Geduld, Klugheit, Intuition und ihren Fleiß bedanken, mit dem sie diesem Buch in die Welt geholfen haben. Dass ich in ihren pfleglichen Händen gelandet bin, verdanke ich meinem engagierten Agenten Daniel Wichmann von der Agentur Eggers, der mich mit freundlichem Rat ermutigte genau das Buch zu schreiben, das mir am Herzen lag.

Mein Dank gilt auch den Bibliothekar(inn)en der Zentral- und Landesbibliothek, Abteilung Berlin Studien, ihrer Hilfsbereitschaft und ihrem enormen Wissen.

Ich danke meinem Mann, Stefan Weber, dafür, dass er an dieses Buch geglaubt und mich unterstützt und meiner Tochter Emma, dass sie mich in seiner Entstehungszeit ertragen hat. Ein paar Biere bin ich auch Hannelore und Harald Bäuerle schuldig, die bereitwillig ihre Kindheitserinnerungen mit mir geteilt haben. Ich danke FRANEK, dass sie mir in ihrem Domizil in den Weiten der Elbauen Schreibasyl gewährte.

Ihnen und allen, die ich hier vergessen habe, gilt mein aufrichtiger Dank.

Pendragon Verlag
gegründet 1981
www.pendragon.de

Originalausgabe
Veröffentlicht im Pendragon Verlag
Günther Butkus, Bielefeld 2017
© by Pendragon Verlag Bielefeld 2017
Alle Rechte vorbehalten
Lektorat: Fiona Dummann
Umschlag und Herstellung: Uta Zeißler, Bielefeld
Umschlagfoto: PantherMedia / moprand
Satz: Pendragon Verlag auf Macintosh
Gesetzt aus der Adobe Garamond
ISBN 978-3-86532-584-6
Gedruckt in Deutschland